炊烟的记忆

朱群英◎著

群言出版社
QUNYAN PRESS
·北京·

图书在版编目（CIP）数据

炊烟的记忆 / 朱群英著 .-- 北京 ： 群言出版社，2017.12
ISBN 978-7-5193-0376-1

Ⅰ. ①炊… Ⅱ. ①朱… Ⅲ. ①散文集－中国－当代 Ⅳ. ① I267

中国版本图书馆 CIP 数据核字 (2017) 第 300953 号

责任编辑：王　聪
封面设计：黄佳影

出版发行：群言出版社
地　　址：北京市东城区东厂胡同北巷1号（100006）
网　　址：www.qypublish.com（官网书城）
电子信箱：qunyancbs@126.com
联系电话：010-65267783　65263836
经　　销：全国新华书店

印　　刷：成都新千年印制有限公司
版　　次：2018年4月第1版　2018年4月第1次印刷
开　　本：710mm×1000mm　1/16
印　　张：14.25
字　　数：183千字
书　　号：ISBN 978-7-5193-0376-1
定　　价：59.00元

序言

笔墨尺素里温暖的人性

◎ 叶延滨

朱群英是个勤勉的人，作为新闻工作者，事情很多，很忙，他能静下心来写散文，就不仅是勤奋了。人生宝贵的时光都要用在文学创作上，岂止是勤勉，也许还说得上是壮烈。近年，朱群英的创作甚丰，常在全国的大报大刊发表小说和散文，而且有不少还获了奖。没有勤劳的耕耘，是不可能取得这般喜人收获的。他酷爱散文写作，通过自己的作品表达了他的不同流俗的情感世界，让我们在他的散文作品的字里行间倾听到了一种最朴素、最真切、最执着，同时也最温暖的人性的声音。

朱群英在散文中无意于叙事，而是宁静、舒缓，着力于精神的张扬。他的笔墨主要集中在故乡的人与事，家庭生活、人生感怀和生命情趣上，这种题材他不仅很能得心应手地驾驭，最主要的是他在其中的感受特别丰富，情思绵绵，意绪纷纷。他写人物也好，写事物也好，写风物民俗也好，赤子之情皆跃然纸上，比如他的《麻雀的家园》《走进夏天》这些亲人乡邻的故事都让人读来生出亲切之感，犹如在生活中认识了一些平凡而又真实的面孔，他们迎面走来，身后则是故乡柔和的晚风。而《怀想野菜》《寂寞的木桥》《闲趣》一类作品更是情味盎然，往事与细节，怀想与情思，贯穿在这些篇章之中，如同一条柔曼的小溪，从读者心中浅浅淌过。另一些则更是显得扑面而来，如《远草遐想》《栖居人心的红薯》《家园小札》等，毫无遮拦地表达离开故土的人对家乡的那一番深切怀念和沉沉的缅想。读了朱群英的作品，你也许会品味，人为什么那样怀念故乡？故乡对一个游子来说意味着什么？从李白的《静夜思》到朱群英的怀乡小品，这中间有一种温馨灼亮的东西在一脉相承、息息相生，余音袅袅。

为什么那么多人在今天写故乡、说乡愁？朱群英是他们中的一位——故乡的讲述者和乡愁的记录者。这是一个时代的文学使命，故乡和故乡的一草一木，故乡的水缸和烟囱，对于城市化进程中的大多数中国人而言，不再是风景，而是回忆，不再是现实，而是梦境。人们离乡背井，到城市中去追梦。竞争和打拼中困惑的时候，谁在回望乡村的温暖和亲情。乡愁是人性的回望，乡村是无法忘却的精神家园。因此，朱群英笔下的乡村，会在今天打动我们，让我们回到青山绿水中，体味乡愁的滋味。从一花一草到山河湖泊，从深深小园、细雨绵绵再到纷繁的宇宙……有的只是对于完美人格理想的孜孜以求，有的只是对生命的苦心思索，对生活的深切关注。由外部到内部，由说明阐释到暗示象征，由富有个性的浅唱到鲜亮的灵魂低吟，作家的理性、激情、强烈的时代责任感通过一点一滴地积淀、凝聚、升华，丰富温厚的情思一下子攫取人们的心灵。从朱群英的文字里，我们可以感受到他的善良和厚朴，感受到他的文采和灵气，所以朱群英的散文作品里还散发着一股白玉兰般的人格清香。散文比起小说来更难遮掩作者的人格，没有比散文更注重人格的真切和雅致了。

《炊烟的记忆》是作家朱群英的又一部充溢着乡土意识和挚爱亲情的散文集。散文是写事的、写人的、写景的，但追根究底又是写心的。这是一部有着小说阅读质感的散文集，也是一本“认心又认人”的书。全书语言淳朴精致，意象绮丽丰盈，具有浓郁厚重的抒情意识和深远真切的人文观照，作者以一种基于乡村现实和内心波澜的文学意蕴，直面着自己真实的家园。他笔下的每一种物事，都散逸着博大精深的人文气息，从而表达和传递着自己的一种乡村风景和内心精神的酣畅书写。

时光有味，岁月留声，每一篇都是最诚挚的阐发。春暖花香，岁稔时康。太阳很热很热，月亮很凉很凉。他用太阳一样热忱、月亮一样沉思的眼睛探寻发掘身边的美景，审视周遭的生活，曲折幽深、入木三分，灵性的文字栩栩如生跃然纸上。他穿梭于冥想与现实的旷野，采撷大地摇曳的传奇和流云的籽实，暴晒、鉴识、碾磨、珍藏，他像一个耽于眷念的老妪，把这些文字的活计做得尽心竭力、一丝不苟。他用玉米的浑朴绚烂和红薯的幻丽健硕攫住读者的意念，让人把呼之欲出的诧异再度咽回。那些情境蕴藉着诗人横生的妙趣，那些情境叠映着小说家新颖的架构；那些情境涌现着睿智的忖量，或溢漾着理性与激情的糅合。每每在文章结束之际，那几缕油然沛然的唏嘘感喟，便是全文的点睛之笔，读后如有神会。他对汉语的真诚信赖使他触摸到了汉语的渊脉。他对词语的虔敬擦拭和呵护，保持了汉语的纯真光彩。他对通感全息式的运用，巩固了诗意的蔓延和柔韧性。

本书融入了作者的情感生活经历以及在这种生活积淀的基础上酿成的对于世态冷暖的深邃颖悟，以温馨的怀旧获得倦怠心灵的慰藉与津润。既有叙写新生活、新气象的当代叙事，又有怀念往昔艰苦岁月的独出机杼；既正视历史的曲折与时世的繁难，又锲而不舍对美好人性与崇高精神的探究追寻；既传承了中国现代化进程的传统命题，又熔铸着簇新的现实生活内容和浓烈的民族前途忧思。

朱群英笔耕不辍，春华秋实，着实让人心生佩服。如今现实的诱惑让许多人无法停下追逐的脚步，能够在笔墨尺素里讨生活的人已剩得不多。不过，子非鱼，安知鱼之乐。朱群英选择了这样一种文学的和审美的生存方式，他有多么大的快乐，我们又怎么知道呢?!

如果我们想分享他的快乐与清澈，那就读些他的散文吧——在心灵需要倾听和交流的时候，让心灵在书本中安静憩息……

写于2018年春节

（叶延滨，男，1948年11月17日生于哈尔滨，当代诗人、散文家与批评家。作品以诗歌为主，兼及散文、杂文、小说、评论，中国作家协会全国委员会委员，原《诗刊》主编，中国诗歌学会会长，享受国务院政府津贴专家。）

CONTENTS 目录

第一辑 归心似箭

第二辑 村语乡言

第三辑

望眼欲穿

第四辑

梦萦魂牵

第一辑

归心似箭

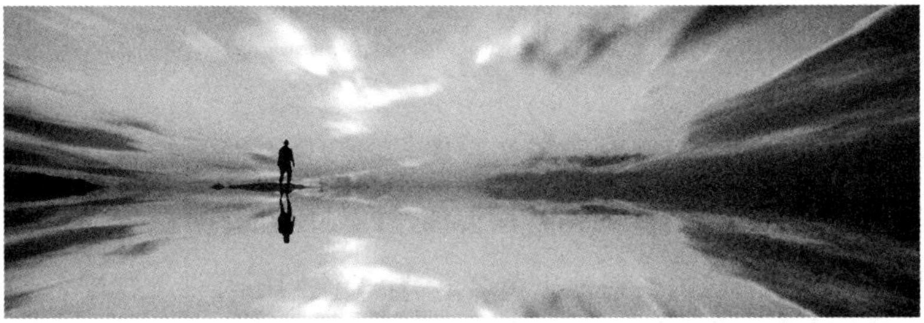

村　雨

庄稼人憨厚实在，不会吟诗作对、舞文弄墨，但却懂雨，懂得每一场雨水、每一个时节的旨趣与事理。“三月雨，贵似油；四月雨，好动锄”“立春三场雨，遍地都是米”“六月下连阴，遍地出黄金”，除了他们还有谁敢视雨为知己深交呢？雨的生命之舞，也许只有这些最朴实诚恳的庄稼汉最能心领神会。

如果雨在夜里下，人们劳累了一天，恍然听到夜雨敲窗，在半梦半醒中，总会惬意地翻个身，哼唧几声，眯眯眼睛，又酣然入梦了。梦里，庄稼满眼青翠，茁壮成长。第二天，迟迟地醒来，睡意依稀着，一面咕哝着“雨还没停呢”，一面却心满意足地巴望雨仍然下着，下个十天半月也不心烦。对农民来说，毫无理由地闲着是件奢侈的事，或者说是个不太荣耀的事，可是因为雨，一切都顺理成章、心安理得了。

城市也有雨。那雨倾盆而下，铺天盖地，一无遮拦。城市基本上都被柏油和水泥层层包裹，雨水积存成不大的水汪。雨水浩浩成流，顺着马路两侧淌进地下水道。几排绿化树懒意洋洋地，一副吞声忍气的样子。憔悴单薄的雨声，既无灵性，也没诗意，没有感人肺腑的那种氛围。住在钢筋混凝土的森林中，听不到雨声凄然，似乎生活缺了些许的灵气，缺了能让人感动的至柔至弱的东西，雨很柔弱，是世界上最轻灵的东西。

陡然就想念起了乡间的雨。大概同一片雨云下，两个地方有两种不同意思、不同档次的雨。冲动的心里好像有只小虫在爬在拱。匆匆忙忙拾掇一番，淅沥雨帘里撑一把雨伞，悄无声息偷偷逃回老家。

隐约间，从云缝间滚落一串串低沉郁闷的轰隆声，擦着屋顶磨着树梢，在远处雾蒙蒙的田间撒播着。恭候在村外的凉风，回应雷声的呼唤，霎时旋进街口，一棵棵树木狂舞着，把夹杂着湿气的土香，撒落到大街小巷，输送至家家户户。然后，一切都沉静下来，如同音乐大厅座无虚席，鸦默雀静，期待那酝酿已久、即将到来的一曲经典。

雨点越来越厚，越来越密。地面的水与天空的云融为一体，仿佛这宇宙又回到了混沌之中，再也无法分辨天地之间的界限。循着墙壁砖缝和边角滑着水，顺着树干老皮的沟壑纹路淌着水，房檐下的水口也张大嘴巴，像传说里的龙头，哗哗哗吐着水。此刻，天地万物，耳之所闻，只有水声，眼之所见，也只有水落。凭借这水声水色，一场雨的气势由弱而强，渲染到了壮阔的境界。雨水击打着青色石阶，发出啪嗒啪嗒的声响，似一粒粒珍珠落入玉盘，时而婉转，时而急促，声音非常动听。划破静空的雨点发出如裂帛一样的声响，与雨点落地迸出的啪嗒声响混杂糅合着。在宁静淡泊的乡村，雨，不愧为高明的演奏家，它肆意地、奇妙地演绎着自然的美好。

黄昏的翅膀姗姗来迟，雨在变薄变疏，一村灯火隐约着、朦胧着。在田间小路，听田野的雨声，果然茂密丰盛些许。叮咚叮咚，宛如来自天堂的演奏，这是敲打农人心扉和头颅的声音；扑哧扑哧，这是落下的雨点亲吻泥土的声音；啪嗒啪嗒，有如音乐中的揉弦，这是雨珠溅在农作物和树木野草上的声音，如浑厚的笛声激励着郁郁葱葱生长不已。夜影漫上来了，漆黑一片，雨还是淅沥绵长，雨幕茫茫。雨伞擎出一个小小的世界，人随伞动如影随形。雨伞上的声音被融化了，淹没在田野的雨声里。侧耳细听，唰唰唰唰，是一阵久别的亲情倾诉。而城市的雨则是噼噼啪啪的，坚硬乏味，呈现着一派无聊和焦躁。乡雨的优势在于独特的灵性和诗意。

一点一点地，一种令人愉快的沙沙声，伴随着沁人肺腑的清新，在空气中舒展、扩张着。静美柔和的气息弥漫到每一个角落，棚舍里一对对聆听的耳朵慰藉了，屋檐下一双双凝视的眼睛潮润了。听，雨点滴在饱经沧桑的瓦片上，如一个个灵巧的手指敲在琴键上，叮咚、叮咚，褐黑的瓦片上蹦出了一个个欢快的音符，四面的屋顶奏出一首首动听的乐曲。这声音虽略带沉闷，但空灵神秘，而又令人备感熟悉。仿佛是天地的和鸣，让人有一种九曲回肠的滋味。在乡下谛听雨声，那种万马奔腾的声音，那种轻风吹过耳畔的声音，那种能够让灵魂得以解脱的声音，那种酷似真实心跳的声音……轻重缓急，自有一份悠闲。不仅雨下得悠闲自得，人的心情也随之舒缓畅快起来。

在泥泞的路上跋涉着、迤逦着，敲开家门，一家人都大吃一惊，问怎么冒雨回家，我脱口而出：看雨。大家都极不相信，哈哈哈，笑成一片。我反复解释，都瞪大眼睛，众口一词：不懂，不懂哟！

雨后的村子，出奇的寂静，雨水从屋檐上滴答，声音被无限夸大，没有方向的风把袅娜的炊烟吹得七上八下。温馨的村舍，一片黄黄的、朦胧的灯光，向窗外渗透着，映衬着清凉的绵绵雨丝。清爽的雨雾气息被风刮进来，一股股一团团，润润的，湿湿的，呼吸之间，就像在纯纯的乡情里游泳。霍地，地面上，暄土厚又细，现出一眼小洞，黢黑的，有点神秘莫测，从地皮下疾弹出来的好像是什么虫儿。细瞧，玻璃似的地面上，一个个的暗色斑点闪动着。偶尔有那么一两根草叶柴梗，猛然跃起，蚂蚱似的回转身子，又木呆呆地睡在地上。

吃过晚饭，儿子闹着要去照知了猴。村里人把蝉唤作知了，把蝉的幼虫唤作知了猴。雨后的泥土软软的、湿湿的，知了猴就瞅准机会拱出地皮，络绎不绝地，趁着夜幕爬上树木，一心往上爬，爬得高高的，蜕皮时就不会被人抓到了，它使出全身气力往高处爬，终于感到累了。它想歇一歇再走。它的背脊上挣扎出一道小小的裂口，忍耐着针扎般的感觉，用力褪下那层薄薄的铠甲。原来的皮慢慢地从它那新的、青绿色的、柔软的皮上脱落了，蝉还全然不知呢，它还沉醉在梦乡之中哩。翌日凌晨，天刚麻麻亮，高高的树枝上就有连绵不绝的歌声了。快乐地宣泄，自由地歌唱。天气越热，太阳越大，越是困人的中午，蝉鸣也越有劲。嘤嘤的声音特殊而响亮。有的声音尖而长，有的低而短，像文艺演唱会，有伴奏，有领唱，有合唱，有独唱。蝉声从树梢掠过屋脊，似微风擦过水面，在精彩处，悠扬成一弧弯弯的清丽，留下一串串长长的凄凉幽怨。那声音漾漾地散布开来，装点着乡村的夏天。蝉鸣声声，倾诉着心的情结，诠释着夏的酷热。

乡村的夏天是被蝉声喊叫出来的。下雨天，知了猴纷纷出笼。儿子右手拿着明晃晃的手电，左手提着一只塑料瓶。雨快停了，只有凉丝丝的几缕在飘着。闪闪烁烁的手电光，此隐彼现，游游弋弋，在城市是绝对见不到这喜人的场景的。村里人穿着长袖长裤，全副武装，他们大都提着手提袋，袋子里装着盛放知了猴的矿泉水瓶、塑料袋、布提包等物品，一手握着强光手电筒，一手举着两米左右的竹竿，像行军打仗似的。天气炎热，倒不如出来抓知了猴，还能乘凉散步，两全其美，其乐无穷。

土地水汪汪的，树木水灵灵的。不时有水珠从树上乱乱地落下，抓知了猴的时候，生怕碰撞树干，都小心谨慎轻手轻脚。知了猴跟树干和泥土颜色相似，很难分辨。但是可以用手去捉。双手围着树干悄悄抚摸下去，猛地一扣，还没等它反应过来，就已经成为俘虏了，活泼泼的生命在手里腾挪扑腾着。只见那知了猴身子约有四厘米长，两厘米宽，活像一个小皮球，浑身上下乌黑发亮，像是涂上了一层黑色的油漆。它头上有两根又细又长的触角，触角下有一对奇怪的眼睛，大大的、鼓鼓的、圆圆的，但不会眨动，倒像小女孩头上梳的两个小发髻。抓知了猴要有好眼力，眼疾手快，及时发现那些刚刚爬出来的；还要凭经验，看着地上不起眼的小洞，拿小棍一挑就会发现里面藏着圆滚滚的知了猴。一时没看见也不要紧，把小棍伸进洞里，知了猴就会紧紧抓住小棍，乖乖束手就擒了。

一只淡绿色的知了猴，刚刚蜕过皮。它的肢体还比较柔软，长着一对透明的薄翼，两只黑米粒大小但不能转动的眼睛，嘴巴像一个针状的吸管，活脱脱的一个小精灵。知了猴的幼虫却分外丑陋，若与成虫鸣蝉相比，则是丑小鸭之于白天鹅的霄壤之别。而这种蜕变，则需要知了猴幼虫经历三四年的地下黑暗生涯，然后顶破地皮，几乎一夜之间就脱胎换骨了。细细思忖，也着实不易。它们刚刚跃出泥土，未及蜕变即被捕获，还要在油锅里煎熬，其运气就更加悲凉凄惨了。不过纯朴的村里人很少这样举一反三，往深处思索。

一阵阵火辣辣的蝉鸣，穿墙而入，直贯耳鼓，这是无休无止的聒噪，这是震耳欲聋的合奏。歌声愈加嘹亮，有的好像尖叫声，有的好像喇叭声。蝉是非常乐意唱歌的。它翼后的空腔里带有一种像钹一样的乐器。它还不满足，还在胸部安置一种响板，以增加声音的强度。蝉的生命，就是为了演奏音乐，它那么弱小却是那么山响，竟响彻整个夏天，虽然它只有九十多天的寿命，但它丝毫也不放弃。生命虽然短促，蝉却坚韧地等待，直面生命长短与活着的意义，蝉毅然选择了在烈日下释放自己的价值。

沿着树林游移，围着大树转圈，脚步挨着，眼睛挤着，灯光上上下下闪着，前后照着，左右摸着，飞扬着湿润润的愉快。不知不觉地，塑料袋鼓囊囊的，装满几十只知了猴咧。是热得出汗还是心里激动，全身都湿答答的，衣服黏贴在身上，四周也是水汽氤氲着，连手电筒的光亮也朦胧起来了。

该回家了，雨又零星落着，散散淡淡地，树的叶子仿若无数只手，纷纷伸展着，托举着雨点的灵气，淅淅沥沥，窸窸窣窣，诗意一般缠绵缱绻着。刚进家门，哗的一声，雨大了、浓了，像有着默契、心照不宣似的。

不用花钱就能吃到的野味，越嚼越香！知了猴用水淘洗，黄灿灿地透着一团亮泽。这种虫类极富营养，据说在城里菜市场，还是几角一只呢。先放在碗里盐渍，浸浸盐味。待锅里的油加热到六七成时，把金蝉倒入锅里炒，锅铲旋转飞舞，不停地翻炒，不然焦煳味是使人十分败兴的。炸至酥脆，就是蝉衣变成金黄色，这时火候就差不多了，然后放入细盐、孜然及味精，装盘即成。吃知了猴不便拣瘦挑肥，整只吃才过瘾。诸多吃法中要数干煸了，用少许油煸炒至知了猴膨胀，外皮焦脆，再放一些红亮亮的干辣椒，香气扑鼻，垂涎欲滴。

村里人吃知了猴，是最平常的事了。在城里，可算是罕见的奢侈。电闪雷鸣，大雨滂沱，就给村里人送来了土生土长的佳肴美味。夏季每逢暴雨，村里人都手舞足蹈的。我们很难亲历其境，慢尝细品。只能静坐，谛听滚滚红尘里经久不息的蝉鸣，这黑色的歌者不知疲倦地吟唱！

家乡的雨季充溢着吸引力和诱惑力，那排排柳树似高挑的淑女，在雨后尤为楚楚动人，不由得让人们去轻抚那柔柔的枝条。四周漆黑一片，唯一能望见的只是不远处星星点点的万家灯火。那天真的孩童们开心的笑声应和着那阵阵吆喝牲口的声音，慢慢地融进了夜幕……村雨不仅仅比城市雨声多了一种灵气、一分诗意、一缕默契，委实还多了几许难得的乐趣啊！

在潇潇雨声里滑进梦乡。早早起身推窗，蝉们也叫得正欢，铿亮亮地响成一片。门口一蓬蓬月季，肥硕鲜艳的花朵已全然绽放，水灵灵的，扑鼻的清香迎面而来。绿叶红花被晨曦一映，又似一只只红蝴蝶在微风中扑棱着翅膀，翩翩起舞。晶莹的雨水还在花瓣上滚动着，像一粒粒珍珠玛瑙。那几朵像抿嘴腼腆的小姑娘似的花苞也开得斗艳争芳，在绿叶的衬托下显得比以前更精神了，比以前开得更艳了。

城市的雨，砸在水泥地上，扑在柏油路上，溅不起水花，味同嚼蜡，只有零零星星细弱的声音，在地面默默传递，许多声音被鸣笛、喇叭覆盖了。乡下的雨落在泥土上，虽扑哧扑哧，但能溅起片片水花，在聚成的一汪汪水洼里，雨的花絮次第开放。在河面走着密密麻麻的针脚，在黑黑的瓦楞上叮当作响，似乡村鼓手在演奏；在农人的草帽上啪嗒啪嗒，在庄稼叶上哗哗啦啦，那是生命赞歌在豁亮地高唱。

在乡下观看下雨的景色，与在城市有着诸多不同。在城市无论春夏秋冬四季轮回，那林立的楼房却总是板着千篇一律的呆板面孔作背景，倘若下雨的时候，你恰好徜徉街头，那么你的眼前行人匆匆，甚或汽车尾气让你遮面掩鼻，鸣笛让你心跳加速，你哪里还有欣赏雨景的心境呢？如果是久晴逢雨，再听那久违的雨声，那才真叫舒畅，让人有脱胎换骨、羽化登仙的快慰。无雨的日子，人好像失了生机，总没精打采的，有雨的日子却迥异了，雨能让人精力旺盛，思维灵敏，步履矫健。雨是大自然洒向人间的甘露，在乡下观看雨景才能让你的灵魂融进自然、贴近土地！

鸽子的家

悄然坐在窗前，阳光缓缓地穿过薄纱，变得微茫而缥缈。抬眼望，俏丽的夕阳，尽绽光芒。余晖很美，轻轻地飘摇于天际，飞过一片嫩汪汪的田野。在不经意间，夕阳无声无息地记录下我们的点滴，用它尖利的光，在天空雕镂着我们生命中遗失的记忆。

夜晚，意外地发现，窗外歇了一只鸽子，身子蜷成一团，头缩进脖子，像一个熟睡的婴儿安闲地静卧着。酷暑难当，洁白的羽毛微微颤动，感觉很无助，很燥热，想要喝水。我的心战栗着，多想开窗伸手将鸽子抱进来。但我知道，打开窗子它就会飞走，杳无踪迹，而且再也不会飞回。

很惊羡这样一群具有灵性的鸽子，人类的爱心能够让它们无所畏惧风雨和黑暗的侵袭；轻灵的翅膀能够让它们随心所欲地自由出入大地和天空；纯洁的心灵让它们没有生存的重压和对未来的焦灼。它们可以从容地看云起、观日出，可以体味风速，可以呼吸自由的空气，甚至可以站在空中俯视人世的纷扰和喧嚣。红尘的起起落落对它们来说只是刹那的风景，无关心情。

当鸽子起飞的一瞬间，在观赏它们优雅身影的同时我的心情也随着起飞，飞过重重叠叠连绵起伏的楼顶，飞出城市，飞到乡村和自然之中去，暂且摆脱烦人的庸俗，也抛开生存的压力。我多想幻化成一只鸽子，即使生命是短暂的，只要能在天地间无拘无束地起落，过一种我所追求的生活。外面的天地无限开阔，诱惑着我，也吸引着我，我却只能每天在狭窄的工作和家庭之间来往穿梭。身体越来越倦怠，心情越来越孤单。我对自己说，这不是我想要的生活，我的魂魄需要援救，我的心灵想要挣脱束缚。

鸽子的家总是不起眼的，用木条或铁皮凑合而成，只有顶是囫囵的，夏不避暑，冬不御寒，然而，它们却终生记得自己的甚至连雨水也遮挡不了的——家。

友人家的鸽笼两次遭遇野猫侵袭骚扰，此后，鸽子们宁愿露宿屋脊也不回到它们的巢里，但是一直不肯离开——从友人的眼光来看，那还能称为家吗？

事实上，对于鸽子来说，家的定义只有一个：生命诞生的地方，只要它在哪里出生，那处便是这只鸽子的恒久圣地，此后不管它到了什么地方，只要有可能，它都要想方设法回到这圣地去。

我曾经养过一只良种信鸽，主人送来它时反复吩咐：捆住翅膀，永远不要放开。我为它在房檐下悉心营建起一个家，在接下来的几年里，它娶妻生子，繁衍出一群后代，宛若是一家之主。我不忍心看见它眼巴巴望着自己的后代飞翔的眼神，并且愿意相信人类关于“家”的法则对于鸽子也适用，就心软地把翅膀松了。它完全自由后，在自己儿孙绕膝的家又徘徊逗留了两天，正当我为此大松一口气的第三天，它飞走了，再也没有回来。

它宁可全然抛弃自己的妻子儿孙也要回到它那个几乎举目无亲、孤苦伶仃的出生地。鸟类乃至所有动物的迁徙都有改善生存条件的深长意味——对于家都有所选择，所谓“良禽择木栖”“种下梧桐树，引得凤凰来”“百舌未作枝上语，凤凰哪肯共同栖”，诸如此类，说的都是同一个道理。

但是鸽子对自己家的祈望则是一种逾越生命的意味：不是为了食物，不是为了生存环境，也不是为了亲情！为了回家，鸽子可以忍耐饥寒交迫，可以抛妻别子，甚至不惜生命危险——人的一切逻辑都已不再适用，我只能说鸽子的回归是神圣的，而神圣是不言而喻、不用解释，也无法解释的……

与此庶几相近的是老人的“叶落归根”的情愫：几乎可以屏除其他任何理由，就是想回家。那绝不是一把老骨头埋在什么地方的挑剔，而是人在阅尽沧桑、历经坎坷之后，突然彻悟了生活的底蕴而对于人生归宿的最后抉择，人往往要花上差不多毕生的时间来比较才会明晰，在这个世界上，只有自己的家最好。

我们一点都不知道，我们长大一厘米，长壮一丁点，父母的皱纹和白发就多了无数。最后，无形的翅膀变成了有形的翅膀，我们如愿以偿、志满意得去了远方。我们不知道，远方的路多么遥远，父母的牵挂就多么良久。远方的路多么坎坷，父母的思念就多么深沉。我们不知道，所有的出发都是抵达，所有的抵达都是为了返家。我们去远方很久很久，父母的思念就有很长很长。我们频频出现在父母梦中，父母却很少很少出现在我们的话语中。终于有一天，我们也有了自己聪明的儿女。这才想起，在那个叫故乡的远方，有一个叫老家的地方，有我们最亲最爱的父母。一切都太悠远了。从内心出发，返乡的路太远太远，回到从前太难太难，再没有比家更远的远方了。即便回到家，好像自己也成了陌生人，自己也成了家的客人。这时我们真的想，回家，从远方的远方的远方回来，回到远方的远方的远方的家。而后，静静地待在家里，静静地沉浸陶醉在父母温馨的拥抱里。

父母慈祥的目光如故，慈爱的话语依旧，可笔挺的腰身已成了弯桥，当年的青丝已成白雪……山一程，水一程。迢迢遥遥，山山水水又一程。要回到家这个远方，路总是太远太远！

也许鸽子天生就懂得这个道理？这多像母亲对游子的牵挂啊。当微风轻轻拂过青丝，母亲那切切期盼的眼神，深深地刻在我的脑海里。只有这种无边的眷念，才不会因为远隔千里而慢慢淡忘。可爱的家乡，我要牢牢记住，我是一只流浪的风筝，无论飞得多高，飞得多远，那根线，温暖的线、坚韧的线、连接着家乡和亲情的线，是永远握在母亲的手里，是永远握在故乡亲人的手里。我还是只漂泊的鸽子，虽然飞越千山万水，但心系故土，心系桑梓。如果我的心是故乡放飞的一只鸽子，那我温暖的窝一定是你——我的故乡。

唤您，却不再回

淅淅沥沥的雨洋洋洒洒地下着，我没有打伞，任凭雨水淋透我的衣衫，打湿我的头发，我默默地跟着亲人走向祖母居住的那片田地。正是“清明时节雨纷纷，路上行人欲断魂”啊！记忆里的清明节似乎都与风雨有着千丝万缕的联系，或许，雨是为着世上那些断肠人流不尽的泪水在陪着抽噎啜泣；风也在随着那些断肠人在声声地呜咽滴血，呼唤那些永不回来的魂灵吧?！听，那窸窸窣窣烦人的雨声，把整个世界，都织进了无边无尽的惆怅和迷蒙之中。这个季节的雨，应是属于绵绵思念的雨。

祖母，我看您来了，带着我的怀想，我的内疚和忧伤，来叩响您的坟门。可是，任凭我千呼万唤，却唤不回您呀，飒飒愁雨却把我带回了往昔的岁月……

祖母是在前年第一场春雨落下来的时候走的，也带走了她一生中最心爱的一件东西——纺车。

听父亲讲，祖母走的时候非常安详，甚至嘴边还挂着一丝微笑。祖母过世的时候我还在外地读书，父亲也没通知我，待放假回家才得知这个噩耗。我不愿，也不能接受这个意外的事实：我考上大学竟是与祖母最后的诀别。跪在祖母的坟前，我久久不能言语。一层冰冷的黄土将祖母与我分隔在了两个不同的世界，我想哭，却哭不出声来……

祖母最心爱的那辆纺车是她出嫁时带来的，风里、雨里伴着她走完了平实而又无悔的一生。祖母与那辆纺车结下的是一生的不解之缘，她始终没离开它，一直到老。

祖母从没读过书，但她最渴望的就是能读书，只是那个年代没有条件，这便成了她终生的遗憾，她把自己的希望寄托在后代身上，希望他们能够实现自己的夙愿。父亲自小就受到她严格的管束，那时家里经济条件特别差，父亲几次要求退学以减轻家庭经济负担，都被祖母骂了回去。她依然顽强地依靠纺线来支撑困难的家庭，用纺出的线到集镇上换取生活用品及父亲所需的费用。限于当时的条件，父亲只读完了高中。我很小的时候就受到她的启蒙教育。后来我读小学了，她决定要亲自看管我，监督我是否努力学习。虽然她不识字，我父母也没反对她，因为他们了解她的脾性。她虽不识字，却自有办法监督我是否偷懒，她向我父亲要了一枚废印章，每次都在我当天完成的作业处盖上一个印章，这样我想偷懒也没办法。有次我想把那枚印章偷藏起来，不料却被她看破了心思，结果我便跪在她早为我准备好的洗衣板上，直到她纺完第一个线穗我才“解放”出来。从此我再也没敢偷懒过。

后来我到外地读书，每次回家她总要教诲一番。祖母的话时常鞭策着我，给我以警醒。再后来我等来了大学作家班的通知书，远离她来到更远的江南读书。临别的一刹那我突然感到祖母老了，看到她瘦小的身影我心里沉沉的。我恳求她不要再操劳那么多了，劳碌了一生也该歇息一下了，可没想到她却永远地走了。

祖母走了，她没有遗憾自己没给我们留下什么财富，因为她知道她的子孙便是她最大的财富；祖母走了，我们遵照她的遗愿，在去年第一场春雨落下时把那辆纺车烧了，让她带到另一个地方去了。纺车融入了她的整个生命之中，纺线是她生活中不可缺少的一部分。一天不坐在纺车旁拉出几个线穗，她心里就好像缺点什么。劳累一天的她，只要往纺车旁一坐就能撵走一天的疲劳，愈发精神了。

祖母纺线非常认真仔细，动作纯熟，即使光线昏暗也出不了差错。纺车发出的嗡嗡声自小就在我幼小的心灵中刻下了不可磨灭的印象。小时候我常常愿意睡在祖母的另一头，给她暖脚，每到晚饭后她都习惯地把被窝给我整好，我便缩在里面，露出两只耳朵，静静地听着她纺线。昏黄如豆的油灯下，她总是那样一丝不苟，恍惚中我便不知不觉地沉入了梦乡。大约半夜时分，睁开蒙眬的眼睛，透过敞开的窗户，我看到窗外的夜空，一轮明月高悬，把银色的光洒在了窗前，泛着淡淡的白光。窗前，祖母正借着微弱的月光，凭着娴熟的手艺，佝偻着身子，摸索着、重复着那一套动作。她右手摇着纺车轮，左手抽着棉线，手臂一起一落，永无休止地循环着同一个动作。月光把祖母的身影倒映在了墙上，一摇一摆地很有节奏……

祖母爱纺车和织布机犹如爱护她的眼睛。纺线前她要把棉花搓成细细的棉花卷儿，她用一根高粱箭秆儿，把大捆的棉花撕成巴掌大小的棉花块儿，然后在一块光滑的木板上搓棉花，一会儿摆在她面前的就是小山似的一大堆棉花卷。“嗡，嗡，嗡，吱儿，吱儿，吱儿……”纺线开始了。扬手，放手，拉线，缠锭，祖母好像弹奏着一件乐器，轻松自如，声音、节奏那么和谐有序。长长的棉花卷儿经过拉、抻，变成洁白的棉线，缠绕在纺车的锭子上。每个锭子缠满大约四两左右的棉线后，就从纺车上卸下来，再换个空锭子，继续纺，继续缠。如此周而复始，她每天都要纺二到三斤的棉线。天亮了，我们醒来，祖母还在纺车前纺线。我们问祖母：“奶奶，您又没睡觉吧？”祖母说：“睡了，奶奶比你们起得早。”看着瘦弱的祖母和她那熬红的双眼，懂事的我们十分心疼。

记忆中，纺车的结构比较简单，由一根横木和几块木板组成，木板之间是用一种细细的皮线连接起来的，中间有一个摇把，一头是一个圆形的棚架，一头是一个用来固定铁锭的小木块，看上去非常普通。祖母的那部旧纺车用了十几年了，她也不舍得扔掉。寒冷的冬夜里，我都睡醒了，祖母还没有睡，祖母为什么要选择在寒夜纺织呢？因为冬天是农闲的时候，祖母经常在这个时候纺花织布。纺车的风，也是很凉很冷的，祖母却在这样的冬夜，给我们纺线织布，给我们送来温暖。

纺线、织布是祖母的理想，她一直为这个理想不停地辛劳着。过新年的时候，我们穿着漂亮的新衣服，我却发现祖母和纺车一样苍老了许多。祖母为了这个企望，忘记了疲劳，忘记了寒冷。纺车在寒夜不停地转着，转着祖母的理想，那“嗡嗡”的声音，发出的是祖母的心愿。小时候，我常常看见她在煤油灯下纺线，嘤嘤的纺车声在低矮的房子里回旋。她先是把弹得松软的棉花用一根细细的高粱秆在木板上揉搓，把棉花搓成细长条，然后开始在纺车上纺线。祖母纺线的动作十分优雅，她右手摇着纺车把，左手拿着棉花条，像一个熟练的魔术师，一会儿就纺出了一个大线穗。祖母没日没夜地为我们纺线织布，我一直心存感念。古人说的“慈母手中线，游子身上衣”，大概与纺线织布有关吧！

那时的我，总是呆呆地望着祖母有许多的好奇，祖母有一双多么灵巧娴熟的双手啊，在这寒冷的冬夜好似是用一种优美的手舞上演一场精彩的舞剧，使得漫长的冬夜不再寂寞。而那盏昏暗的煤油灯却将祖母和那辆老纺车投影在西墙壁上，简直就是一幅动态的画在煤油灯忽暗忽明的光影下晃动、跳跃。望着祖母的背影，再看一眼墙壁上的投影，幼小的我在心里嘀咕，我的祖母好似一台永不停歇的机器一直在运转着。白天下地劳作一天的祖母，在夜深人静的时候，还在那盏点点昏暗的煤油灯的火苗照耀下，摇着她的那辆老纺车吱吱呀呀地，仿佛是在摇着一首只有她自己听得懂的小夜曲。不过那首小夜曲永远没有一丝浪漫，有的只是祖母的辛劳，那声声吱吱呀呀仿佛就是我的祖母劳累了一天后所发出的低声叹息。祖母所有的苦难都随着转动的摇柄，摇进了一圈圈随纺车转动的时光里。祖母摇着那辆老纺车，不仅摇着一家人的希望，也摇出了祖母对儿孙们的爱和温暖。

一年，两年，三年……祖母的那辆老纺车吱吱呀呀的声音总是伴我入梦，似乎成了一种习惯。等我半夜从梦中醒来，总是那一盏冷冷清清且昏暗混浊的煤油灯还在陪伴着祖母和那辆吱吱呀呀的老纺车。童年的记忆里，我的祖母几乎没有睡过整宿的觉，祖母像只永不倦怠的陀螺转啊转啊……

自家织出的土布厚实而温暖，再拿到集镇上的染坊里，染成蓝底白花的褥子面，犹如一件青花瓷的艺术品，朴素大方，透着原始的美。我曾经穿的棉裤、棉袄，都是用土布做成的，那里蕴藏着一种实实在在、从里到外的温暖。

儿时，在那风雨飘摇农家日子里，昏黄的油灯下，祖母手摇纺车，吱扭吱扭，乐奏嘤嘤。左手随着右手上下翩翩起舞，永不歇息，似春蚕吐丝。天未亮，祖母身边已经纺了三五个线穗，纺成了拉不完、缠不尽的精密线穗，苦心孤诣地缝纫凑合的日子。

祖母的不同心情也自然而然地融入了纺车之中，心情舒畅时，纺车便唱出欢快和谐的乐曲；她心情不好时，我也能体会出其中的滋味。纺车凝聚了祖母一生的酸甜苦辣，她全部的历史都写在了那架纺车之上，那是她苦乐人生的最好见证。

纺车磨就了祖母勤劳、稳重、干练的性格，这种性格一直影响着我。她总是勤勤恳恳，从不与人为怨。每天都是她第一个起床，开始打扫庭院，接着全家人都起来了，便各忙各的；每天，也是她最后一个休息。她总是默默地做着每一件事，总是无怨无悔地奉献着自己力所能及的一切。自己手头稍有宽裕便接济不如自己的人家，甚至偶尔改善一次午餐也不忘给邻家孩子送上一碗。祖母其实就是一架纺车，因此祖母深得家人及邻居的尊敬。

祖母，您还记得吗？那个漆黑的深夜，我哭闹得很厉害，母亲生气地把我抱出了门外。在黝黑寂静的房外，我的哭声更加尖亮：我怕啊！而您却在我最感孤独和恐惧的时候，打着小煤油灯来了，成了我的救星！您把我抱回您的房里，让我睡在您房里，温柔地抚摸我的背，把我的眼泪拂去，让我悄然入睡……

祖母，您还记得吗？在我能挎上小竹篮时，您把我带向了田野，教会我怎样割青草喂兔子。初冬时，冬麦已然油绿青葱，一眼望去，冷冷的寒风掀起阵阵青浪，我们就是在那田垄中拔着还是青青的小草，您说这草小兔最爱吃了。而我常悄悄跑出您的视线与您捉迷藏，每每使您找了半天也找不到，您便故意喊着“回家喽”，吓得我急急忙忙跑出来，您总是微笑地嗔怪我：“跑丢了怎么办？”初春时，母兔下了小兔子，您说这一窝算是我的。那一春，在您的引导下，我精心地喂养着小兔子，小兔子长成了白白胖胖的、毛色白里透亮的大白兔。祖母，是您使我第一次品尝到了收获劳动成果的乐趣呀，那年我才六岁！

祖母，您还记得吗？我三年级时便喜欢读小说。我向村里的哥哥姐姐们借来了很多书——《隋唐演义》《杨家将》《岳飞传》等。白天我贪婪地读，晚上还是放不下手中的书。可是那时没有电灯啊，煤油也不好买。您不知在哪儿找来了一块猪油，告诉我用刀削一块到小铁盖里，再放下一条小布绳就可以点亮了。我就是在您教我做的小油灯下，在您默默地陪伴下，看完了村里哥哥姐姐们所储备的书。也是从那时起，我喜欢上了文学。

祖母，您还记得吗？我外出读高中去了，您的身体却很不好，那时您已七十岁了。我每次周末回家，都先往您那里跑。我远远地在大门外就喊您了，我随喊声闯进了大门，然后闪进了您住的厢房。而您呢，总是努力把驼背挺直了，把脖子拉长了，头用力地抬着，微笑地看着您的孙子飞进来。我们是约好了的，我回来时不许您站起来等我，因为您站起来是那样的费力。您曾有几次违反了约定，我生气了，说："再站起来，以后我可不喊您了。"可是您还是那样费力地站起来，您那样子很使孙儿我心痛呀！您知道吗？祖母！我坐在您身旁，您总是抚摸着我的头，絮絮地诉说您的生活琐事，好像我们已分别了很久很久。

祖母，您还记得吗？当我拿着大学作家班录取通知书兴冲冲地跑进您的房间时，您却已躺在床上不能起来了。我整整一个学期不能见到您了呀！祖母，我每次往家打电话您都说您很好，怎么现在我伏到您身前，您却认不清我是谁了呢？怎么现在我不在您耳边大声呼喊，您就听不出我的声音了呢？怎么现在却连侧身牵我的手都是力所不及了呢？祖母呀，当您知道我——您最牵挂的孙儿，将成为大学生了，您是那样的欣慰，苍白而布满皱纹、斑点的脸舒展得好开心："我就知道，我们家代代出读书人！"您那自豪、满足的笑容使我永远难忘！

清明时节，心里总是凄凄的、慌慌的、寂寂的，弥漫着一种惶恐怅惘的忧伤。雨，如烟如雾，潸潸涔涔，下在了心底，浸湿了我的眼眶，浸透了我的衣衫，一滴滴雨水，穿过我寒战的躯体，汇集在我的心房，波涛汹涌，汇成了一条思念的河。雨依然飘飘悠悠，绵绵的雨丝，绵绵的忆念，打湿了记忆的门槛。此时我把珍藏着的痛，供奉在您的墓前，我的心语像雨中飞翔着的一只孤蝶，颤抖着，轻轻抖落在您的面前，我用已经冰冷的双手，紧紧拥抱着您，苦苦守候记忆，与您再一次相约在清明的雨中。犹如您曾牵着我的手，去倾听老屋里那古老的时钟"嘀嗒、嘀嗒"的声音，犹如那年春天，也是在杏花雨中，您将我牢牢地抱在您暖意融融的怀里……

祖母，您走了，就在我刚刚踏上大学路的时候，您永远地离开了我，那年您八十二岁！您说您会伴我去大学的。是的，您时时进入我的梦乡，抚慰我身处异乡而孤寂的心。祖母，您总是放心不下孙儿呀！可等我习惯了大学的生活，我曾梦里千百次寻找您，却不再见您慈祥的目光。

祖母，我有多少年没来看您了？说在外求学不方便回家，说在城里工作不方便请假，要找借口会有很多，而我却真的仅仅有那么几次匆匆忙忙地来看您！日子是一扇无法打开的门，您在门的那头，我在眺望中望眼欲穿，所有的誓言都在这袅袅升腾的炊烟中，成为一种盘旋的思念，不知道天堂里您能否感受到一种呼唤？如今，您的坟前已是杂草丛生，在蒙蒙细雨中，您却是怎样的静默呀。任凭我泪流成河，早已见不到您那蔼然的笑容，听不到您关切的话语……

家园小札

炊　烟

每当我在乡间散步时，我总能看到浩渺的炊烟。家乡的炊烟总是有一种灵动隽永的美。它似平原维系外界的飘带，又似田野抛给天空的情丝。炊烟，让天空显得高远、清澈，为乡村添了几分宁静、安闲。炊烟是村庄里男女老少灵魂的老师，她让我们在生活的坐标中探寻自己的标尺，始终保持对生活的信念。

清晨，当圆溜溜的露珠悬在草尖上颤动着摇摇欲坠的时候，当活跃的羊群你追我赶涌向原野的时候，淡蓝色的炊烟从瓦屋上袅袅升起，与乳白色的晨雾交融在一起，千丝万缕，薄如蝉翼，轻若绢纱，吸一口炊烟糅合着青草的气息，如醉如梦，甜透心胸。清晨的故乡是忙碌而静谧的，伴随着寥寥炊烟的飘舞，街边的杨树被一线线一团团的炊烟缭绕，炊烟妩媚地在树叶缝隙里招展腾跃，贪婪地吞吐着从老屋里漾出的农村新麦独特的气味。早晨的炊烟，大致是云淡风轻，显得清朗雅淡，妖妖娆娆似“草色遥看近却无”；中午的炊烟，因为生活还要延续，显得波涛汹涌直截了当，就有些“天高云则淡”，是来得快捷去得也匆忙；而晚炊则是最能够显出农村生活粗疏中的精致来，“炊烟袅袅牧人归”，这时一般都是家人团聚的时候，远归的旅人、上学的孩子、劳累的农民，一日三餐，自然最关注温暖的晚餐。春夏秋冬，循环往复，岁岁年年乃至年年岁岁，风里来雨里去的炊烟，浓浓厚厚历久弥新。

炊烟是乡村的请帖，它让如饥似渴的旅人找到客栈，也给村舍的主人意料之外的欣喜。黄昏时分，在玫瑰色的夕阳余晖烘托下，丝丝缕缕炊烟在家家的屋顶上袅绕着，梦幻似的舒卷自如，像农家素朴的旗帜。潮起潮落，月圆月缺，一擀杖能擀平的疙瘩，就算不上疙瘩。这坎儿那坎儿的，也不过是灶前的蒜皮子葱胡子，一把火就能化腐朽为神奇的小磕绊。只要炊烟升起，锅碗瓢盆重新奏响，和平安宁的生活又回来了。

炊烟袅袅升起，默然地倾诉着庄户人家的哀愁喜乐，倾诉着一代又一代人的憧憬和希望。因为它是人间的明天和希冀，是人们对幸福生活的追忆和景仰，更是乡村一道俏丽而美妙的风景。太阳就像一个刚刚出锅的金色玉米面饼子，香气四溢地悬在地平线上。而炊烟则是大地之神蘸着树汁一样的阳光草书的诗篇，它的主题是祥和，它的副题是安闲，它挥洒的韵律叫袅袅升腾。而月亮更像一只空而又满的民窑瓷碗，悄然斜挂在井栏上方，假如没有炊烟这根麻绳，它如何能在千古岁月里盈盈缺缺、星月交辉、顾盼生姿呢？

炊烟是故园的小手呼唤你归来。我写下了这句诗，满怀着一种感激。寻找到了炊烟，就寻找到了回家的路途。故乡那一片片腾跃的炊烟，是一盏盏永远不会熄灭的灯塔，守护着它的是母亲的爱，渴盼着它的是远方儿女的情。

故乡那一缕缕飞腾的炊烟，是一座连心桥，桥的这头，是白发亲娘无尽的关爱，桥的那端，是远离家乡苦苦奋斗的儿女们不息的梦境！炊烟就是远行的游子心灵的故里。无论是在都市庙堂还是到了天涯海角，无论你腰缠万贯还是誉满天下，最让你兴奋动心的，一定是故乡茅屋上升起的那袅袅炊烟啊。不论你蒙受了多么沉重的伤痛，那飘在风中的缕缕炊烟，刹那间就把你隐藏在了无穷的温暖中。

炊烟是柴草灶火幻化的幽灵，是房屋升起来的云朵，是村庄的呼吸和气息。田间地头劳顿的儿女，看到这婉转悠扬的青烟，倏忽间心里油然而生一种归属感。因为他们深知，有炊烟的地方就有亲人的期待，炊烟升起的地方就是他们的家。绵绵不绝的炊烟，此起彼伏的炊烟，经久不衰的炊烟……形形色色、林林总总，缭绕和彰显着的是一幅人间最催人奋进的生活画景：恬静，温暖，和谐。即使只是细微地淡淡一瞥，也会让人通体惬意、舒畅安逸。

乡　音

故乡是一棵树，而乡音则是树上的一片片叶子。一个人可以阔别自己的家园，却无法改变对乡音的拳拳深情。乡音是追随自己一辈子的伴侣，无论你是财富五车还是一贫如洗，她不疏不离；无论你近在咫尺还是远在天涯，她不嫌不厌。乡音伴随着你，行遍名山胜水；乡音伴随着你，走遍乡村城市；乡音伴随着你，度过春夏秋冬。乡音啊，乡音！

冬日，当我在永定门火车站踟蹰时，心间升起一种身处异乡的冰冷。骤然间，人群中隐约传来了几声娴熟的苏北乡音，一看才知是三个男子在不远处攀谈，蓦地一股暖流淹没了全身。霎时，心中竟有了“他乡遇故知”的感觉。很想上前搭讪，却被自己的腼腆和矜持挡住了。远远地看着三个男子渐行渐远。乡音就是一颗种子，植根于我的心田，时时刻刻都在发芽，都在生根，都在开花结果！人总是在远离家乡之后再去眷恋家乡的美好。家乡的水，家乡的土，家乡高耸挺拔的白杨，甚或连家乡的辘轳、牛车，还有那曲折绵延的小路，随时都在我脑海里一遍遍反复回放。而乡音，就是串起这个记忆的按键。无论走到天南海北，一旦说起乡音，家乡的一切风物便悉数挤入我的脑海，这是家乡深深烙刻在我身上的印迹。

身处异地他乡，每回我都企望能邂逅乡音。乡音像一块浩大的磁石，呼喊着我，吸引着我回乡。也许，人对乡音的奇特情感，是对生养自己的那片土地的浓郁心结吧。乡音把一些人密密地串起来。屡屡听到乡音就会闪现出村庄的一些人，一张张朦胧的面孔、熟识的面孔就映现在眼前。丑陋的、美丽的，白皙的、黝黑的，善良的、丑恶的，苍老的、稚嫩的，渐次在脑海中浮现，让你一下子就回到了乡村，回到那一方水土所养育着的那一方人的襟怀中，感动着，享受着。听到乡音往往串起的是一些话，一些富有个性却又土得掉渣、牵心挂肺的话。

所以，再度通晓了“乡音无改鬓毛衰”的沧桑，也由此醒悟了血浓于水的至理，人终归离不开自己的根呀。乡音，虽然不像普通话那样字正腔圆、抑扬顿挫，也不像粤语那样朗朗上口、言简意赅，却有着一种纯朴宽厚的意味。乡音，村生泊长的乡音，不管怎样也改变不掉的乡音。现在，我终于读懂了乡音。乡音，是一种对家乡的感恩和忆念；乡音，蕴涵着老家的风土人情和地域文化；乡音，是一个人一生的标志。每一种乡音都是一道靓丽景致。乡音是家乡风土人情喂养出来的，洋溢着亲切、热诚，浸透着憨厚、纯朴；乡音是家乡祖辈们在岁月中垦殖出来的，在生活的熏陶下，发自内心的声音；乡音是人们勤劳智慧的结晶，是家乡历史、文化的产物。乡音没有更多瑰丽、典雅的词汇，但却句句朴实诚恳，三两句话，拉近了人们之间的距离，融漾着浓浓的甜美乡情。

乡 情

乡情是一坛古老的醇酒，但乡人却是万古醉客。故乡是一坛陈年佳酿，在我心里放置的时间越长，它的味道就越醇香；故乡是一段记忆的视频，在我心里放映的次数越多，它的画面就越清爽；故乡是一杯龙井绿茶，在我心里浸泡的时间越久，它的滋味就越浓郁。爱自己的故乡不需要借口，更不需要缘由，因为故乡有我们深远的根！

最能呈现风俗民情的仍是婚丧嫁娶这等大事。一方有难八方支援，一家逢喜众皆欢悦，一条巷子串起大半个村落，追根究底都是大槐树下的子民，五百年前祖出一辙，还算有着很深缘分。街里街坊低头不见抬头见，磕磕碰碰跌跌撞撞磨不开脸面。一句“是俺的不是，您多包涵”，冰释前嫌言归于好，尽如人意欢天喜地。

村野田园给了我容人难容、天性质朴的旷达。任你眼里长刺争斤论两，我都心情如水纤尘不染，就像乡情经年累月的浚濯。随着年龄的增长，我愈发感觉乡情像颗水晶钻石，反射着原始的质朴光亮。没有离开故乡时，故乡就像一幅斑斓的画卷，我们在画中玩耍、嬉戏，但只能看到天空尽头那遥远的夕阳。当我们离开故乡的时候，故乡是一幅挂起来的画，不管我们怎样走近，却总是隔膜着薄薄的一层网纱。

投桃报李滴水涌泉的乡情，长成郁郁葱葱的大树，给世代乡民带来荫凉，生成浩然旷世之风。乡风是有口皆碑的庄户哲言，是人心所向众望所归。故乡的歌是一支清越的长笛，总是在月光融融的晚上响起。故乡的面貌却是一种依稀的惆怅，宛若雾中的挥手别离。折柳离别之后，乡愁是一棵没有年轮的树，蓊蓊郁郁永不老去。

每当我在异乡听到言辞爽利、语调厚实的乡音，总会似曾相识一见如故地紧紧握住对方的手，兴奋地大喊：老乡，久违了！对于流离漂泊的游子来说，故乡，永远是心灵仰赖的温馨港湾，永远是一帧珍稀的水墨丹青画。走过奇山异水，走过岁月流年，游子的空谷跫音不管落在哪里，那心头缱绻的点点乡思从未曾有半分的削减。故乡，是一条看不见的线，不管旅程多远，游子终归躲不掉它的牵引，离不开它的呵护。当月上柳梢头时，当雨落、风起、雪纷飞时，游子的心，一次次总是飞往故乡的方向……物换星移，光阴似箭。然而，游子思乡的念头恰似青藤一样爬满心坎，那一抹眷顾的情怀，仿若水草一般在心湖里蔓延，日夜张扬。不论是灯红酒绿处，还是在风起云涌的人群中；不论是幽幽独处时，还是在推杯换盏觥筹交错间，游子的耳畔总有故乡隐约的吆喝呐喊。因为心底藏着故乡，所以游子心田里总波荡着淡淡的怅惘和切切的憧憬。

老　屋

离开老屋已经有很长时间了，经常想起在那里熬过的时光，有时在梦里，也会回忆起一些零散的事。眼前的老屋在冬日的映衬下闲适而清晰，有一种难以形容的丝丝关切和缕缕温馨。

岁月的车轮满盈盈沉甸甸地负荷着无尽的劫难，老屋载着我的全家闯过了风雨如晦的时光。老屋，是我生命不沉的方舟。凝视着老屋年迈而熟稔的身影，我总是泪眼蒙眬。日子就像树叶一样，一片一片地枯萎凋零，尽管已别数年，但一种坚固强烈的老屋情结总是久久地在胸际徘徊。我细心计算过一光年的距离，但我没有计算出我和老屋之间的路程，现在，忐忑不安的我掐指一算，我觉得我和老屋没有任何距离，因为老屋从来都在我的心里深深扎根。

云游四方客，唯系慈母心。数年的时光，只有你——老屋能与母亲分担数不清的忧郁愁苦。每当鸿雁传来家书，母亲总是喜欢把儿的信紧紧捏在手心里，独自念叨；也只有你——老屋能与母亲一起排解无助的孤独。

时光逝水一样缓缓流失。老屋愈破了，老屋愈老了。我可以什么都没有，但我不能失去老屋。毕竟，老屋是我童年的摇篮。老屋沐阴雨，着风寒，但却激发了我奋起的勇气。人们总想长大，总想发展，但社会繁芜，世态炎凉，人生百态等种种，都会让我们很容易迷途。金钱、名利、地位都紧随在我们身后，茫茫人生，其实一直在迷失生活的道路。然而，在漫长的人生路上，老屋在我心里不再迷路。当一个人心情冰冷的时候，总是悲伤，那种伤感总是盘桓在过去与现实之间，如何找到一个能够让伤感逗留的地方？家！是家！老屋就是我心中一个家，一个储存过去美好种种的家。

老屋老了，但缄默不语。老屋像古老却不昏花的眼睛，紧盯着我成长的道路，直到开满鲜花的日子。老屋虽然老了，却保留着童年的记忆，蕴蓄着温馨的亲情。只有当我们回到老屋的时候，浮躁的心灵才有了归宿；人类不仅需要良好的生活条件，更需要一个安身立命的精神家园。

其实，我每每怀揣着老屋远游，有了这个眷顾，心灵变得温煦、朗润和饱满。其实，我一直系念着老屋，有了这个牵挂，步履将变得稳健、扎实和果敢。每当想起那遥迢的老屋，心中就会变得明亮和欢悦！再见，老屋，你是我的依赖，你更是我的根。不管我走多远，不论我离开多久，老屋总能给我带来慰藉，带来甘美，带来心灵的沉静。

家住乡村

乡村是一塘水，给鱼儿伶俐活泼的生命；乡村是一棵树，给鸟儿油绿浓重的绿荫；乡村的日子是捧愈久弥新的故乡泥土，让背井离乡的游子永远没有水土不服的毛病！

回眸乡村，我终于猛然醒悟：有乡村的日子，心灵才有最珍贵的储藏；有乡村的日子，人生才有最坚实的脚印；有乡村的日子，生命才有最欢畅的歌吟。

我在城里上班，家却住在乡村。相距四公里，每天一遭儿来回。我甘之若饴，且收获颇丰受益良多！

乡村的清晨醒得分外早。天刚麻麻亮，月亮依然在天际高悬。远近的鸡鸣犬吠之声此起彼伏，鸭鹅唱和的晨曲唤醒了乡村的梦想。天天锻炼，顺其自然理所当然。六时起床，七时出发，一辆自行车，急急忙忙风风火火。筋强骨健，越汗流浃背，越淋漓尽致……胜过市民跑步、打拳、遛早儿……骑摩托少了意味，坐汽车无此补益。然风雨雷电，冬寒夏暑，难免清清苦苦忙忙碌碌。但“艰难困苦，玉汝于成”——古人的话实乃肺腑之言。现代人日渐懒于吃苦了，好是好事，岂料，“福兮祸所伏”哩！

家住乡村，无虑无忧无牵无挂。企业效益见好，便月月拿钱。村里另有地种，节假派上用场。鲜粮鲜菜，爱啥种啥。或养鸡养鸭养兔，或养羊养猪养牛，大可放开手脚开动脑筋。既省下一份高价钱，又免得买那上当货。狗也养上一只，上班由其看门，尽管宽心而去；归来自会出迎，一番亲亲热热闹闹哄哄。一家一座庭院，宽宽敞敞，开开阔阔；门前院内屋后，果实累累，绿树莹莹；馨香徐徐，花卉艳艳；无污染之袭扰，无噪声之聒耳。夏日天热，饭桌摆在院里，和煦清风扑面，亮亮星河佐餐。房顶好睡，院里能躺，免了空调、电扇之副作用。大街门始终敞开，友人可长驱直入，不尚虚礼，大呼小叫，坐列无序，直率为约。掏电费邻里无争，倒垃圾没人收费。下了班也坦坦然然，孩子亦随时随地都可以“接班”。想升官由俺自便，“羊长官”“鸡司令”自我加冕。

城市的单元楼房，步步级级，上上下下，拥拥挤挤，比肩继踵，空气浑浊，空间仄仄。下层卡拉OK，砰砰啪啪；上层人家舞蹈，呼呼嚓嚓。常人神不守舍，病人火上浇油。偶尔便溺外溢、管道漏水，熏熏然，脏兮兮，急如锅上蚂蚁。且家家安装防盗门，猫眼儿里管窥来者，视友人宛若贼人。且收费项目颇多，花销皆贵，令人长吁短叹。若一下岗，更没归属，难就业者，如何果腹？

家住乡村，并不阻滞。公路畅通，宽宽阔阔，出租车、公交车来往穿梭，乘坐方便。弹指之间，区区百里。有线电视，频道几多，深居简出，尽知天下闻也。无线电话，一开即通，随时与五洲朋友妙语横生。各类商店，美不胜收。酒家飘香，亦有雅座。或在舍内畅饮，菜肴召之即到。朋友三五八十，一一任其落座，宾主无间，坐卧行立，简素为具，眉飞色舞。酒至半酣，物我两忘，或跳或唱，浓墨重彩，没遮没拦。即便招待不周，亦有遁词解嘲：“乡村鄙舍嘛！”送其土特产品，乃是自家收获，友人尤为钟爱，无须破费金钱。

谷场边有插秧的后生，小河边有浣衣的村妇，树荫下有争食的鸡豚，村道上有撒欢的牛犊。五谷六畜，女贤男勤。热情里洋溢着知足的欢欣，乡村的日子是火红的社戏。一件新衣裳引得好几天赞许，一碗红烧肉香遍大半个村落，一场夫妻仗惊动数十户近邻，一位外来客招致几十声问候。粗茶淡饭，家长里短。乡村的日子是长辈的絮叨，琐屑中涌动着淳朴的真诚。元宵的龙灯，惊蛰的爆豆，清明的烟火，端午的粽子，中秋的月饼，腊月的梅花。敢爱敢恨，喜怒哀乐。粗犷中燃烧着浓烈的品性，乡村的日子是自酿的美酒。村北的古井泛溢着生活的滋润，村南的小河流淌着温馨的恬静，村西的杏林摇曳着清脆的笑声，村东的公路展示着丰收的喜悦。荣辱不惊，岁月沧桑。平和中透着旺盛的精神，乡村的日子就是淡泊的水墨画。

乡村五月，麦子熟透了，原野一派金黄，在乳汁一样的月光下，微风轻抚，如一片波涛翻滚的大海。我的小小村落，似一只轻轻的小船，湮没在一团纯真的麦香之中。在那淡蓝色的雾霭里，以及小河潺潺流过的白杨树林里，正有一只鸟颤颤地，似怨妇一般，抑扬顿挫声声哽咽：割麦插禾！割麦插禾！就在这种凄厉哀婉的呼唤声里，庄稼地埂上支棱着耳朵的南瓜花，便在斑驳夜色里一大朵一大朵静静开放了。老屋前的三两树杏子也在夜露里描眉化妆，笑容变得麦子一般黄亮了。第二天一早，乡亲们紧紧握着霜刃匆匆赶往黄澄澄的麦田。

庄稼，庄稼，无涯无际的庄稼，而被庄稼地包围的小岛似的乡村人家，则如浩繁银河系里闪烁的一颗亮星，如此耀眼，又如此大美无言，大音希声。当一场清爽的秋风掠过，粮食们便似排着队一般，一堆又一堆地从田野上回到乡村，且一疙瘩鲜亮、一疙瘩金黄地挂在农家的屋檐下，或架在门前的洋槐树、梧桐树的树枝上。最是那些大豆们，如淘气的孩子似的，总是趁着大人们不注意，便在场院里连蹦带跳的，东藏一颗西躲一粒，逗得七八只花喜鹊总是在庄稼地里一边煞有介事地报喜，一边在玉米秆上、在草丛里、在土墙的角落里寻寻觅觅浮浮沉沉。这时候，乡村大地一片空空旷旷，只有村头的柿子树们，擎起千只万只惹眼的红灯笼，看守瞭望着空荡荡的庄稼大地。一场大雪适才下过，太阳刚刚露出脸来，那漫天卷地的原野上，恍惚一夜之间，便窜出了一片又一片稚嫩葱绿的麦苗，逶迤着绿往天涯尽头。

家住乡村，其乐融融，乐以忘忧。一村人就是一家人，谁家是几男几女，孙子的大名爷爷的小名，谁家有几猪几羊，儿女各是哪村对象、哪样秉性。一户婚嫁，户户道喜；一家盖房，家家帮工；一人去世，人人流泪；谁也有用谁的时候，谁都是谁家的上宾，细细算来，都是转弯抹角的亲戚。在外是天大的官儿，见乡亲也得论辈儿排，年纪轻轻，也是姑、是叔……好酒、好烟，必须大家分享。一见面就是一台戏，越“骂”越亲密。陌生人刚一张口，便有人招呼，有人引路，如果朋友不在家，谁都会说“俺家坐”！

村庄的日子是母亲的叮嘱，随浓浓的晚炊、淡淡的晨雾渐次浮现，常使我怀想的波涛像不安分的潮汐。村庄的日子是父亲的辛勤劳作，伴着星夜的蛙鸣、黎明的鸡叫久久萦回，常使我挂念的目光像早出暮归的鸟儿。乡村的日子是孩子的天真嬉戏，由炎夏的莲曲、金秋的渔歌传吟，常使我记忆的帆篷像飘舞的纸鸢。暮送余霞成绮，晨迎旭日喷薄，夜揽北斗七星，昼淋风霜雨露。日落而息，日出而作。乡村的日子是家纺的纯净土布，原生态里流泻着简朴的韵味。

春观梨花吐银，夏眺稻浪曳金，秋闻丹桂飘香，冬插蜡梅入瓶。斗转星移，四季分明。乡村的日子是旷野的风光，平凡中流淌着丰盈的诗情。家住乡村，无不优哉，乐哉！漂泊流浪的人总是会在更深夜静的时候孤枕难眠辗转反侧。童年的记忆里，一抹悠扬的炊烟，就是归巢的路线，总是燃亮我饥饿的眼睛和疲倦的身心。

当你已经习以为常了城市的喧腾纷扰，顶着高楼大厦一样的千斤重压，高弹着蹑影追风瞬息万变的生活节奏，来到这边的乡村，吸一口清爽新鲜的空气，看看蔚蓝如海的天空变化，小鸟每天“叽叽喳喳”地唤你起床，绿色带给你更多的舒缓。和骄阳似火铄石流金的城市比，这里的一切带给你的都是清晰、俊逸，那是多么写意逍遥的心灵婉畅。感受乡村，别总是做一个自由自在的观光者，在领略它的纯净与宁静的同时，给它的辛劳多一点悲悯与理解，给它的苦痛多一点关爱与呐喊。感受乡村，感受中国最浑厚的呼吁，感受农耕文明蹦跳着的脉搏，感受那片土地润泽的血汗，感受那片土地的劫难和深厚，感受中国农民所经历的无奈与苦楚，感受中国农民最质朴的执拗与坚韧。

母爱如斯

生活中诸多回顾已随风而逝、雾散云敛，无论是惆怅的，还是怡悦的，但记忆总是很和煦的。母亲，让我把您的一切都暂且深藏心窝，待到将来我成功的那一天，让我们一起在蓝天下追忆。但是现在，我只想对您说："为什么我的眼里常含着泪，是因为在我的脑海里始终有着您的影子，若有来生，我还做您的儿子。"

——题记

"慈母手中线，游子身上衣。临行密密缝，意恐迟迟归。谁言寸草心，报得三春晖。"每当想起孟郊的这首《游子吟》，我总是感慨万千，思绪翩然。唉，可怜天下父母心，的确是呀！母爱是一颗橄榄，初尝既硬又苦，但久后甘甜又留香；母爱是一把伞，虽粗拙老旧，但能避雨又遮阳；母爱是一种无声的凝望，虽默默无言，却荡气回肠。

岁月荏苒，流年似水，母亲的头发全白了，蹒跚的步伐让母亲显得尤为老气横秋，佝偻的腰板已经没有了年轻时的挺拔。母亲真的老了，时光也在母亲那安详的笑容里雕刻着沧桑。每当看到慈祥的母亲，温暖就油然而生，有很多烙在心底的往事在脑海里奔腾，丝丝缕缕的记忆缓缓拉开了思念的帷幕。

不知不觉中，寒假已经过去了，带着十分的不情愿我又要返校了，临行前母亲帮我收拾着东西，而且忍不住一遍又一遍地叮咛着许多。我一边往箱子里放着东西，一边满口地答应。实际上，我又不是第一次出远门，况且，既然家里每次放心地总是让我一个人出门，他们也明白，儿子大了，应该去干自己该干的事，毕竟以后更加漫长的生活之路还是要靠他自己坚忍不拔地走下去，而母亲总是在临行前不免“唠叨”很多。说话间装的东西够多的了，母亲还拿这拿那坚决要我多带些，以免上车自己用时又不会买。由于这次所带的行李比较多，箱子又特别重，母亲坚持要送我上车后才算安心，我也说服不了母亲，只好答应她送我去车站。一路上母亲又不免唠叨这，唠叨那，唯恐自己的儿子丢了不成，经过一小时的公共汽车颠簸终于到了火车站。

临上车了，母亲的眸子里有春雨在闪动。透过窗帘，我看出母亲还想说点什么，可欲言又止了，不过，在车门砰然关上的那一刹那，我瞧见母亲用手轻轻擦着泪，在汽笛的鸣叫声中，火车终于开动了，在几秒后拐了几道弯便消失在薄雾收敛后的破云阳光里。此时此刻，我内心空泛了许多，因为，就是这一瞬间回头一瞥的感觉，就像冬日后的枯冷荒野，让我内心无法安宁和平静。一路上，我心里打翻了五味瓶。

我没有任何回答，也无意去欣赏这平原小城的新姿和对面山中的落日余晖，一种难以抑制的感情驱使我茫然寻求这暂时灵魂痛处的安慰。无奈地，只好默默地望着这窗外的风吹草动，一簇簇整洁的小麦，唯有此间柔情似水。

漫长的冬天终于过去了，和煦的春风轻轻地吹绿着黄叶，偶尔深秋时没有吹落的树叶儿一个劲儿地从树梢飞向地面，地头的草已不再是那么的沉闷枯涩，春天给人的感觉是美丽的。

经过半天的行程，晚上八点多钟，我终于吃力地提着行李赶到宿舍，其他的舍友还没有来，扔下行李感到肚子咕咕叫，手上也没有一点儿力气了，于是到外面随便吃了点东西，带着浑身的不舒服又回到宿舍，而后开始收拾床铺，没等枕头放到地方身子已栽在了床上。恍恍惚惚中，我又想起了临行前母亲回头一瞥。蓦地，我顿时清醒了许多。揉了揉眼，我起了床，站在窗边，望着天上顽皮的“眼睛”一闪一闪地眨着，仿佛逗我进入一种特别的思念里。猛地，我意识到该给家里打一个电话报一个平安了。我走到电话旁拿起话筒，手指动了动却没有按一个号。放下话筒，我靠在窗前沉默了许久，觉得还是给家里写封信，出门好多次每次有事都是打电话，这回还是写封信的好，是的，确实也该写封信了，不为别的，只为母亲无私的爱，为了我自己的良心。

铺开纸，又该写些什么呢？有很多话要说，却一时连一个字都写不出，我逐渐进入了沉思冥想……啊！母爱，如果你是一面旗帜，我便是属于你的一根丝线，用我的青春为你绣出一颗闪闪的星星；如果你是一座楼，我是你的一片瓦、一块砖、一粒石子，用我细微渺小的身体，筑起你的巍峨伟岸；如果你是一座花园，我便是属于你的一株小草、一朵小花、一片绿叶，我甘愿默默耗尽心血，吐出缕缕芬芳。

记得我第一次出门，那时刚上高一，暑假时说服母亲去泰山体验生活。父亲询问清楚缘由后，沉思半天就答应了，而母亲一直放心不下，坚决反对我出去，一个十七八的学生出去能干什么，好话歹话说了一大套而我又铁了心，没办法，最后经父亲的调停，母亲也就答应了。很清楚记得当时母亲送我上火车站时也是这样的神情，那次却明显地记得母亲掉下了眼泪。第二次出远门是在高二，当时我大伯家的老二在西宁搞建筑，让我放假去他那儿帮帮忙顺便也锻炼一下自己，而二哥想趁此机会回家帮助干点农活。这次，母亲也不答应，但稍后想想有自己的人照顾着也就答应了，然而临走时那一刻，母亲眼睛通红着，一看便知那蕴藏在心中的留恋。第三次、第四次也都如此。每次我心中都会空虚许久。但是唯有这一次让我终生难忘，因为我的的确确已经长大了，成熟了，也懂得了这份深邃的母爱。母爱的重量是多少？我无法回答。我知道，母爱有时并不沉重，就像空气，无处不在，无时不在。母爱有时一两便可拨千斤，就像顶梁柱，撑起家，顶起天，立住地！母爱深沉而坚强，柔软而有力。当你在襁褓中哭泣时，母爱是温馨的怀抱；当你牙牙学语时，母爱是耐心的教导；当你熬夜备考时，母爱是暖暖的热茶；当你远行时，母爱是声声的呜咽；当你取得成果时，母爱是激动的泪花；当你病卧在床时，母爱是布满血丝的双眼；当你沾染恶习时，母爱是苦口婆心、耳提面命的劝勉；当你如履薄冰而执迷不悟时，母爱是撒在你伤口上疼在她心窝里的那把盐。

信还没有写好，我似乎又望见母亲最爱伤心的眼睛里漾起了涟漪，忧虑的泪水，像儿时家乡农膜上攒动的水珠，向四面的绿叶稠密地滚动着。我也似乎听到母亲千里遥远的叮咛和呼唤，望眼欲穿，撕心裂肺。

在童年，母亲没有给我许多的玩具和娱乐器械，却给了我数不清的关爱和教诲，给了我长大后自食其力的能力和做人的教益。对我来说，这就够了，自己种树结的果子，那滋味才分外的甜。母亲的教诲，让我知道人活着是件不容易的事，在生活的困顿中偶尔发现心灵的深处还藏有一点可以生存的空间，不至于让我迷失生命的方向，这一切，我都要感谢母亲。或许可以这样说，母爱有多深，脚下的路就有多长，这路从一开始就铺在了我们子女内心的最温暖处了。当我们能够感恩时，母亲已经牙齿脱落、白发弯腰，她嘴里还说不需要我们陪伴，在她的心里总是记着你的生日和名字，岁月的年轮沧桑地刻在她忧愁辛劳的脸上。

给母亲的信终于写完了，尽管冬去春来，任我搜肠刮肚，挖空心思，却没有一个理想的结局。无论如何，母亲对我一直不懈的关爱和教诲就像地面上刚刚长出来的麦苗那么碧绿鲜嫩，勃勃而有生机。

春天来了，可想起远去的冬天我感到了充实饱满。那就是：因为有了母亲，在漫长人生艰难路程的奋斗中，再难再苦我也不觉得累。假若你是一只航船，母亲就是温暖的港湾；假若你是一只风筝，母亲就是轻巧的线轴。母爱是凝望，在我童年时期，凝望我的成长；在我求学时期，凝望我夜晚放学回家。母爱是凝望，是一种无声的注视。它无法用语言形容，却能够用行动表达，用心灵感受。母爱是凝望，母亲用她无私的爱，激励了我沉睡的抱负与意志，她的凝望，是我勇敢遨游的翅膀。

栖居人心的红薯

黄灿灿的烤红薯溢出久违的甜甜馨香，把他深埋在骨头里的乡愁霎时唤醒，荡漾着古老原始的野性。烤红薯的滋味，沁入心脾，安暖在漂泊流浪的心房。想起烤红薯的味道，还有家乡的美丽，脸庞总是会悄悄滑过一滴滴晶莹。

离开校园后，他在彭城这座风风火火五彩缤纷的城市栖息了五个年头。五个年头算不得诗意的栖居，但活得舒适、安逸，虽没有大红大紫，但也没有大起大落。几年来，他恪守生活的秩序，上班，读书，写作，始终以一个农民儿子的辛勤和真诚面对生活的种种挑战。习惯了挑战也就习惯了生活。在每一个平静的日子里，艰辛地收割属于自己的庄稼。

弟弟来彭城上学，在离家的前夜，母亲硬在他的行李包里塞了几块红薯，他完全理解母亲的良苦用心。弟弟背着几块红薯穿过闹市，敲开他的家门，并把带着几星泥土的红薯，摆放在他洁净的厨房里。那一刻，他愣住了，一声不响地坐着，长久地凝视着几块红薯，不知道几块红薯为什么能够引起他的凝视。夜深了，他端详着用猪粪养大的红薯，犹如注视他满面尘灰困苦一生的母亲，心中多年来矜持的感情化作一行行清泪，还有，多年来无病呻吟装模作样的文字一下子也被激活了。每到春播时节，田野里，用锄刨刨，经犁翻翻，封出一条条笔直的垄来，乡亲们便把那红薯苗剪叶后扦插在土里，浇一点定根水。几天后再去看，嫩绿的幼苗在风中嬉戏着，那蔓儿像碧绿的蛇仙向垄两边紧爬。两垄间的蔓儿接上头就会影响根块生长，就要将蔓挑起来，翻过去，再挑起后翻过来。如此反复折腾着，红薯不仅没有枯槁殒命，反而愈加蓊郁繁茂。远远望去，原本荒芜的土地，却郁郁葱葱青青翠翠。走近细看，绛紫的藤茎，碧绿的叶片，浅红的叶脉，就像人的脉搏一样，流淌着鲜活的血液，将阳光的叮咛和雨露的滋润输送给根基。种植红薯的季节，也是春天多梦的季节，乡亲们在四月的细风碎雨中，梦想着未来的收获。树的叶儿依旧很小很嫩，到处滴翠的绿，把春天装饰得非常新生。而这时的春阳似乎是含羞的，身上有一种轻轻的、淡淡的、柔和的光线普照，给人一种微软的感觉。落在地上的人的影子也是轻浅的，远处的野桃花淡雅地开着，炫目的粉红色在风雨里荡漾，时隐时现，春的乡季，秀美而简约。红薯的记忆是一幅夏天成长的胜景。大地到处绿色满目，炙热的阳光不遗余力地进行着光合作用，在一片生长拔节中万物呈现出生命的旺季。红薯苗努力成长着，一天一个景象。从四叶长成六叶，从六叶长成八叶……不几天，红薯地里的黄土，已被新绿的叶儿密密实实覆盖着。到了八九月份的秋收季节，那浓密的红薯藤下面的土里，便长出了硕大的果实。有的红薯个头大得把土面都撑裂了。这便是他童年的红薯滋味，充实且饱满。在时间的磨炼下，日久天长，于红薯中所沁透的些许泥土气息，也随着体内消化慢慢融入人们的灵魂和血液深处，以至于多年以后，面对世俗社会和纷繁人事时，人们身上仍旧无不透着些许那红薯的泥土气息……

任何人都无法固守的人生，是一个变幻莫测的数字，人们在某个不经意的瞬间，便置身重重陷阱，在那一刻，人们怀疑了人生。可是，这几块红薯，使他在纯朴中感觉到真实与厚爱。多年来，内心深处，他保留着对故乡的一份挚爱，于每个深夜，在梦中聆听鸟鸣蝉吟，聆听亲切的乡音，常常想到父母的苦难生活，一种叫作泪水的液体就在他眼眶打转。每个倦鸟知返的薄暮，就置换为父亲的一声声咳嗽或是母亲的一声声叮咛，更或是乡亲们的一声声问候。久违了，在这个夜晚，他只能对几块红薯这么黯淡地说。总是相信，只要时时记住了回家的方向，便能找到故乡，找到回家的路，但是他大错特错了，他总是漠视几块红薯的成长历程，总是在清晰的回忆中把故乡的路恍惚着，那些呀，都是喂养他生命的营养。

此时此刻，在厨房里，与从闹市经过的几块红薯默默对视，才如梦初醒，这简单而朴实的红薯，为什么它们从故乡静静出发，穿过嘈杂的闹市，无声无息地走进他的家。它们是否看清了城市的灯红酒绿，听清了城市人声鼎沸的闹嚷，它们应该还保持着父老乡亲艰苦劳作的痕迹和故乡的原汁原味原生态，它们是人世间最崇高的精魂。

他是否理解了几块红薯？是否理解了全部乡情？那红薯就像几双注视的眼睛，与他没有丝毫的含混，与之久久对视，他忍不住泪流满面。在爱大面积沦陷的今天，有谁还会为红薯流泪？又有谁还会用红薯来喂养自己缺钙的灵魂？红薯在他居住的这座城市只需五毛钱一斤，平平淡淡毫不起眼，但放在厨房的几块丑陋的红薯，要远远胜过城市的山珍海味炊金馔玉。

在这个城市，他很难搜索到一丝和煦的温情。在今天越来越冷淡刻薄的人心中，几块红薯，还能打动多少固若金汤的心？在爱情也变得古典的喧闹城市，从遥迢的家乡走出来的几块红薯，是母亲的全部心血和汗水，在他缺钙的时刻，缓缓渗进了灵魂的深处，让他在人情冷漠的街道感悟到母爱，使他在熙来攘往络绎不绝中，深深回忆且牢牢铭记父母面朝黄土背朝天的艰辛，以及为了他而辍学的小妹——他们在遥远的乡下日出而作日落而息，打磨生命。

他永远知道，这世界上除了红薯能哺育一种精神外，还有默默的乡情和母亲的奶水。他们自然可以不介意这些，在食品丰裕的今天，他们尤为在意的是宝马、互联网，甚或是行为艺术。这也许是命，也许是运，但他仍然要像挖红薯一样把它从记忆深处开掘出来，那可是他生命里恋恋不舍、不能忽略的一种乡土情愫啊！

天然玉成

家，对于每个人而言，都是一个融洽的字眼。而自从有了“家”这个词，也就有了相应的漂泊，漂泊的尽头就是找到自己心灵的乐园——回家。我住的地方与我上班的地方相距约有八里路程。它们分别处于郊区与城区的位置上。我从几年前就一直漂泊在城市与城市边缘，日复一日年复一年地披星戴月、起早贪黑。

每当我从这个多姿多彩的小城驱车回到八里外的住处的时候，尤其是在夜晚，看那万家灯火像头上的星星零零碎碎地明灭，我便倍感生活的温馨。但我又非常清楚，这么多的灯光却没有一盏是属于我的。我很想拿一个遥控器，立即打开我自己的灯。在那一刻，灯，成了一个家的象征。家，才是生活。所谓快乐的单身汉，因了岁月在那一瞬间顿失自由而索然无味，就像一枚风干了的青杏，甚至有种置身于荒野的凄迷。满目繁盛，哪儿才是属于自己的家？我只求千万别让我在那一刻听到“我想有个家”的歌声。但我还是从一个朋友那里听到了传来的歌声。那是一个除夕之夜，当友人急遽赶到那个城市的时候，已赶不回乡下的老家与亲人团聚，他便坐上了这个城市全年的末班车去寻找旅馆。街道两旁的人们开始燃放烟花，俨然一派锦绣，耀眼的礼花在空中闪烁，好似仙女下凡，翩翩起舞，臂挎花篮，采摘鲜花，怀抱琵琶，轻拨银弦，鞭炮声打破了夜的宁静，把天空衬得美丽无比。坐在他侧面的一位女孩嘶哑着嗓子对司机说，放一支歌听吧。司机便按了按键，不想却是那“我想有个家”。女孩忙喊关了它关了它，但司机好像充耳不闻，歌声如一支悲痛的哀乐，在暖暖的除夕夜和空空的车厢里久久回旋，寒风般刀割着旅人的心。家，就是小时候我们兄弟姐妹几个打架哭成了一片，打成了一团。有时候我们会依偎在一起，像小猫小狗似的紧挨着，有时候我们会打架打得短兵相接，以致不相往来。可是打着闹着，玩着长着，转眼都各奔前程了，然后就是盼着相逢团聚，盼着逢年过节。

如今，我像一只大风筝，不论飘到哪里，家园就像一根拉不断的线，末端总紧紧系着我的心。家是归宿的港湾，家是游子的车票。人啊，不能没有家。家，无须靡丽，只要温煦，一盏灯、一间房、一张床，灯能给人光明，带来温暖，房能挡雨避风，床能使疲惫的身躯得到休息。家是什么？家就像一轮太阳，家人欢畅的笑容，合成一缕和煦的阳光。

原本我们都是有家的。只是一代一代慢慢地离开父母又去营造自己的家。每当我想起父母双亲，我便想起那曾经踏实却不得不渐渐虚大的家和那依然虚大却又不得不渐渐踏实的家。回家的梦像鞭子一样地鞭笞着成家的感触。这东西像一个不速之客轻轻地朝我走来，而我仍然纵声歌唱“早着呢早着呢”的青春之歌。直到后来我终于不得不重新考虑和调整自己的爱情观乃至整个人生观，我不得不承认自己终归也算半个胆小鬼。这是一个重生与死亡共存的历程。原本早在我们诞生的那一日起，便预示着我们将长期地活着，同时也标志着我们又已经踏上了走向死亡的归途。我们为死亡而活着。我们所拥有的一切都在这生死之间。爱情或婚姻或家庭便在这条人生生死线的黄金分割点上。它构成了人生的幸福支点。我们由此开始从女孩走向女人，从男孩走向男人，从浪漫走向现实。而我们却总想拼命赓续一些浪漫，却又在不经意间忍俊不禁地完成了过渡，而且完成得相当精彩，似潜水艇一般不留一丝踪迹。又像在水里游着游着的人突然喊着喊着挣扎了一会儿便咕咚咕咚地沉了下去，什么也没有了。

这一过程便凝聚于——家。家才使我们成了人。家是漂泊的归所，生命的驿站；家是温暖的所在，亲情的纽带；家是力量的源泉，心灵的港湾。无论你身在何方，心永远朝着家的方向，那里有给予你生命的父母，有相濡以沫的爱人，有陪你一路走来的兄弟姐妹，有活泼可爱的孩子，家是人心里永远最甜蜜、最柔软的地方。

无论是谁，总要走上一条回家的路，不管是低矮草房，还是洋房别墅，那总是自己最美的风景。奔忙了一天走在鼎沸的人群中，家是我们疲惫时的伊甸园，是心灵的栖息地。每当我们感到最幸福的时候，最先经常想到家，那是我们承载欢乐的天空；我们伤心失望的时候，仍然想到的便是家，那是我们心灵得到安慰的地方。

家，就是饱经风霜之后，让心灵停靠的港湾，让千疮百痍的心灵得到复原，让疲乏的身躯得到疗养。有一个家是多么的紧要，在你困顿的时候可以给你最真的帮助，让人觉得有一种依赖，让我们觉得即使前路漫长荆棘丛生，但仍有继续前行的动力。唯有家是心中的一片绿洲，这里，没有燕舞莺啼的妖娆，没有酒绿灯红的浮躁，只有安宁，只有温情，只有最真的陪伴。家是人们最牵挂的地方，家是爱心的归宿，家是魂牵梦萦的爱巢！历经风雨，穿过四季，穿过繁华，踏过落寞，无论我的双脚踏在何处，心里总能听到家的声声呼喊，家是一生憧憬的地方！

从此对家的渴盼便与日俱增。我需要一个新的救生圈，才能徘徊于拥挤不堪的茫茫人海。也就曾经有了一个梦：有袅袅的飞雪，却没有风，雪花静静地落，落满了大地，地白天清，世界婴儿般地沉沉睡去了。一间小屋浅浅地卧于雪野，屋子里暖意融融。我与伊人坐拥炉火，怀揣爱情相守寒夜相对无言。尽管是一场安徒生似的童话之梦，但由此我更坚信，已有一户人家在我的灵魂深处深深扎根。生命，是一个从荒芜萧疏到芳草萋萋的过程。在这个过程里，我们最不应该疏忽的，是家。家，永远在我的意识里，在我的记忆里，在梦去醒来的眸子里，清晰如昨，无可比拟。我常常在思考“家”究竟是什么？有人说：家是酝酿爱与幸福的酒坊，是盛满温馨和感动等待品味的酒杯，是彼此相守默默注视的目光，是在疲惫时回到家后爱人真情的拥抱……还有人说：家是大雪天里的一杯热热的醇酒，家是风狂雨骤中的一间闲适的小屋，家是一次次失败后的热情鼓励……

那便是我的家。于是，我不懂孤独落寞。家，只是一个字，却是在经历了迷迷糊糊凌乱不堪的世间事、世间情、世间人纠葛喧嚷之后，一个最温暖的去处。家里家外，爱人、亲人、朋友，爱情、亲情、友情，每天围绕着家伸缩、展开，或浓或淡，或远或近，或真或假，或离或散的情感，酸甜苦辣在家的左右诠释、上演。家，很简洁，内容，却丰饶。其实，家就是酸甜苦辣咸和锅碗瓢盆油盐酱醋茶相融合的一种熬炼陶冶，家是一本拗口难念的经。家兴许就是一种祈望，是每天下班后放弃一切急火火赶回去的地方，有时候，无论你走多远、在外过多么惬意的生活，你都会惦念着它，即使远在天边你也会想到立刻回去的地方。这就是我们思量着的家。

游子思着家人，浪子恋着故乡。其实，我最渴盼有个美满和睦的家，只不过是蜿蜒起伏命途多舛让我无法细致地去琢磨家的意义。生命中一个个曾经逗留过的驿站，此刻竟令我深深地腻烦，我不想做游子，也不想做浪子，更不想浪游在长长的古栈道，只身面对风雨的凄怆，听任岁月的雕镂。我想有个家，一个能容纳我铩羽而归、挫折有息的地方，一个能容许我恣肆哭笑、唉声叹气的地方，一个能让我滞留亲情、倾尽血汗的地方。

写 荷

因一湾碧水，我便开始写荷。

在水之湄，荷亭亭如盖。一叶碧绿平静地铺开，从水面缓缓地升起，水在荷叶的上面，亦在荷叶的下面，荷涌动，水便涌动。自池边往河心漫去。在眨眼之间，那葱翠的圆叶便被谁放大了，又被谁复印了无数张。把湖面铺得结结实实，密密麻麻，层层远去延绵推涌。

于是想起伞，对天撑着，一束束的阳光收集在伞下，没有风，没有雨，荷便显得格外幽远、明丽。目光踏着一片荷叶，一寸寸地远去，小小荷塘，竟无边地开阔。

荷是水中的君子，出污泥而一尘不染。画荷是一种意境；唱荷也是一种意境；写荷仍是一种意境。平静的池面，荷叶慢慢升起像一只张开翅膀的水鸟，又像一只小小的船，横于水面。阳光只是一片金黄色的落叶，与荷轻轻地摩擦，继而又被一阵风吹走，消失在茫茫的黑夜之中。这不大的荷群，倒有了些许豁达的系念，粉色的荷伴随着宽厚的叶，悄悄地立在池中。开得煞红，红得煞美，美得却是宁静、从容；偌大的荷潭，无尽的绿叶，把阳光淅淅沥沥地阻隔在了天上，是不是还有几只青蛙潜游在这扑朔迷离的水中，泛起的涟漪波澜轻轻地碰撞着叶，搅扰着花；那色彩便活生生了，会摇动可却无风，欲静未静，那水中的娇小又再一次地攒动。要说荷全开那并不尽然，有的打着尖尖的骨朵，半绽将开地结在孱弱和坚实的翠枝上。

雨中看荷，像是把自己平放在水上，细雨亲吻着嫩绿的荷叶，一种迷人的音乐把你融入荷叶之内，你摇动着，荷亦摇动着，便会有一种韵味，轻轻地咬你，细口细口地啄你。雨水积在荷心，又一叶一叶地倒入水中，宁静的荷捕捉着一种清新的动感，一滴晶莹的水珠，悬在荷心，挂在你的眼角。雨过以后，一弯彩虹横于荷塘，那聚在荷心的水滴，亮闪闪地滚动着、颤抖着，像是从荷叶上亮起的一盏小小油灯。每一张荷叶都捧着一团雨水，浑圆如球，肥硕若鸡蛋般大小，静静地躺在叶的中心，软软地晶莹着，远远近近地闪烁着，像荷叶的眼睛，活跃着这片辽阔的绿。

夏日的荷变得无边的茂密，整个荷塘就像一块绿色的陆地，一层层地远去，把一个一个荷池连成一个整体，偶尔有一枝红红的荷花，倏忽跃出水面，大模大样地把花瓣放开，露出黄黄的花蕊，含苞欲放的荷躲在叶下，很不容易被人看到，像是怕羞，再往上长，一直高进荷叶，花蕾慢慢地养大，像要胀开似的。有一线蜻蜓，一直飞进来，落在花蕾上，停住后一动不动。这些花骨朵浅浅地露出一点腮红，那几只玩耍的蝴蝶飞来，落在这朵上，又飞去那朵上窃窃地耳语。也不知她们都说了些什么？她们的脸一下子红了起来。那些紧紧团着心思的尖尖角儿怎么也一声不吱地舒展了？那娇羞合拢的花骨朵儿怎么就再也合不拢了？

一朵怒放的荷，在荷叶的蜂拥下百媚千娇，那种媚，带着绝尘的圣洁，把你的思绪就凝滞在那一瓣花叶上；那种娇，仿佛一弹指就会消融无踪。夏日的荷由浅入深，像是一种境界，放眼望去，竟有一种无限的旷远。荷柄参差错落而绰约多姿，嫩绿色的，身上鼓满了缜密的微黄的小刺，颀长的身姿略显纤弱，但是它们撑持起了这无垠的荷叶。这一大片荷叶都是窝窝的样子，汪汪地绿着；那由暗绿与碧绿色景泰蓝精制的盘、碟、碗、钵，杂沓无序地摆放着，总也数不清。一阵微风轻拂而过，荷在水岸边缓缓舞蹈，纤纤的茎秆，支撑了多少个世纪纯净的傲骨，飘动的身躯，摇曳着心灵之约的圣洁，四五瓣花香，七八滴雨声，漫溢着平仄的清韵，仿若梦中一袭白衣女子，辉映着滢滢光洁，在雨中盛开千年的心事。

夜幕降临，清新的荷塘便掠起一绺微风，轻轻地袭来，有一种沁凉，沿着荷叶一圈圈地荡开，月光很轻，从荷上移动。月下的荷塘，萌生一种使人茅塞顿开的澄明，一朵莲花，仿佛开在梦里。一叶一叶的花瓣，挤开浓浓的黑夜，仿佛从污泥里抽出。配上蛙鼓，荷塘便喧闹起来，探荷的人仿佛一片荷叶轻飘飘地浮在水上，借着月色，荷叶依然清脆、碧透。像水一样青嫩的荷绿仿佛一池易碎的翡翠，没有月光的晚上有一缕清香自荷中掠起，沾在袖上，掸也掸不去。荷在宁静的夜色中，浓浓地抒情，于恬静的田园岁月是一个精致的点缀。天亮了，荷也一一地亮起来。

莲子熟时，一条窄窄的小船划破荷塘，向深处驶去，采莲女藕节一样的手像一尾鱼，在碧绿的荷叶中游动着，蓝的天、碧的水、绿的叶、红的花、白的手，无一不成为夏日荷塘的主题，夏日便丰富在这五彩的颜色里，便有一种斑斓，借荷为一种寄托，寓荷为一种归宿。

于是伏案写荷，纸上的荷渐渐地醒了过来。我也逐渐在写荷的意境中复苏，将自己化为了荷塘中的一柄，便又轻轻地摇曳。

心心念念的牵挂

亲爱的外婆，远在邈远天国的您，可曾听清我遥迢的呼喊。冷漠无情的汤汤岁月，缓缓带走了您对我们的爱。每每想起您，我的心就会翻越伤心灼痛的峰峦。当我再次擦拭您的脸颊时，那已化为对追忆的一种释放，相片中的您已成为我久远的影像。

我屡屡仰视天空，渴望知道天堂与尘世的间隔到底有多远。凝望朗月烁星，我清楚，那里有一双和善的眼睛在审视着我，飞越漫长的距离。时光徐徐染白了外婆的头发，在眼角、额头镌刻出浓浓淡淡的皱纹。您知道吗，外婆，我一直很想画一幅素描献给您，想用我的笔勾勒描画出您的言谈举止，想用我的色彩解说着您通明透亮的爱，想用我的线条涂抹您暖人心脾的背影，想用这张纸将我的千语万言永久珍藏。

但是当我轻轻取出您的照片，我却迟迟疑疑落不下笔。此时，手中的笔重似千斤，我遽然发觉我向来没有细致入微地详察过您的脸庞，向来没有细致入微地凝视过您的背影。泪花满眶的我竟然不知道从何画起！

哦，这是怎样的一张脸？在我的殷殷印象中，外婆总是对我微笑着，而那厚重的笑里是浓得化不开的温暖。但我今天看到的是一张满是寂寞的脸，每一根银发都带着一丝忧悒的神色飘忽着。外婆就是用它们来纺织我儿时的天空吗？我最熟稔、最挚爱的外婆，我今天才明白我从来就没有理解过她，我只知道如何吮吸她的爱，我竟连她哪怕一点点寂寞都丝毫没有觉察到！

为什么您的前额皱纹这样深切？是时间的烙印吗？是光阴的齿痕吗？是孤寂的泯灭吗？我懊悔我的来去匆匆，或偶一回眸或淡然一瞥。我捕捉不到存留着衰老痕迹的元凶巨恶，我“理所当然”地让您分担我的烦恼，但是我没有想到岁月在您脸上割着一条条的伤口。我看不出您在这深刻的凹陷里储藏了多少酸楚和疲惫，而我却蒙昧无知地去索求您的笑脸！外婆那枯枝一样的手，因为经常做家务，凸起了一层厚厚的茧。粗拙毛糙的手掌总是握着一根拐杖。啊，外婆，您的手看起来是那样的迟钝憔悴，那样的瘦削干瘪，但是您的心永远不会因时间的洗濯而变老。剪短的头发就像覆了厚厚的一层白霜，一双大眼睛已经深沉地塌陷了下去，眼眶虽深，可眼珠黑得像两口小井，幽幽地透着黑光，嘴里仅剩的几颗牙齿也几乎不见了。一双沟沟壑壑的手爬满了一条条蚯蚓似的血管，血管突起，指甲微黄，满是褶皱，满是裂口，像老树皮，并不光滑，略显粗糙，但握着这双手心却很踏实。就是这样一双手，让人踏实依靠的手，历经人间疾苦，饱受风霜侵蚀。

您那孱弱枯瘦的脸，那没有张力的皮肤，是永无休止的辛勤付出后遗落的支离破碎吗？您脸上那纵横交错扑朔迷离的纹，是您隐蔽的年迈吗？我恍然想起您撑着一把雨伞在坑坑洼洼的小路上蹒跚行走的情景，沾满黄泥的脚在风中急遽地前行，风尘仆仆却又精神矍铄，家门口那条黄泥路很长，您就这样一路走来，然后用您节衣缩食省下来的钱买零食给我吃，我只要一去您家，您每次都给我零花钱。我说外婆您不买药吗？您说您的病已经好了……我骤然感觉您的生活就是在一条黄土漫天的泥巴路上身影摇晃，踽踽独行，一直都是一个人苦撑着，却从来没有向任何人伸过手……

此刻，我手里的铅笔已跌落在地上，心里回旋着愧疚的袅袅余音。

当我拾起失落的心去注视您的眼睛时，我的心又一次跌落了。因为在我的回顾里搜索不到您的眼睛，您的眼睛是那样的模糊，乃至于我从来没有留神过，那原本不是一双澄澈剔透的双眸吗？大概眼睑早已掩住了那闪亮的光芒。当我还是个孩子的时候，您常常久久地望着我，而我为什么就没有仔细地望望您的眼睛，望望里面有什么，是水汪汪地倒映着我天真无邪的笑意吗？直到今天，我再也无法看见您的双眸，您将您的光彩传给了我，而您那像塘水一样幽邃的双眸却积满尘埃！

您总是喜欢絮叨，过马路要小心，上学要不要带个苹果，被子一定要盖着肚子，出门要不要多穿些衣服……您嘴角时时挂着的，仍然满是牵挂和系念。

外婆已经过世十几年了，但是滞留在我耳畔的絮聒，在岁月的长河里，愈发地清澈明晰起来。她不关心我们了，她真的不再关心我们了，只是把我们留在了这一抹淡淡的斜阳里，在这凶横莽撞的俗世里，各自浮沉挣扎。这纷繁的人世，猝然间鸦雀无声万籁俱静下来。

在照片中，您饱经风霜的脸，眺望着远方，沉着而坚忍，但却充满着孤独。您是在期待，是在祈望，还是在祷告？深邃的目光里夹杂着融融的暖流，就像冬日里的阳光，寂寞又温存。您将爱点燃，用您的精力和躯体作为燃料，您每到一处，都让人感到温煦，用那熊熊的火焰映照着儿孙远去的路，留给自己的却是那随风飞逝的余烬。羸弱的身子，微弯的背，一头银白的发丝，烘托着一张满是核桃纹的脸。看起来，就像一棵快要干枯的老树——须臾之间，我的心酸楚起来了。外婆真的老了。一个白发婆娑的老人，受尽了一生的苦难，静静地看着夕阳……

我捡起画笔，却发现画纸已被打湿了，铅笔再也无法在上面留下印记了。外婆，您为什么不让我留下您的笑脸，您的背影，怕我伤心难过？不，您错了。您的笑脸，您的背影，是您的儿孙一生的财富，一生的眷念。我要小心翼翼地珍藏这张纸，我知道，这是一张无法完成的素描，因为在我手里，仅仅只有这支笔，可惜太轻飘……

外婆有一颗慈善的心，这颗慈善的心，不是旁观者的怜悯恻隐的嗟叹呻吟，而是用力所能及的行动去援助别人，甚或是一点点微不足道的关爱和帮助。外婆有点昏花的眼睛，流露出的是仁慈善良的大爱，忘我无私而宽厚包容。外婆有一颗宽容的心，这种宽容，是委屈自己牺牲自己去满足别人，襄助别人。外婆笑呵呵的脸上，从不会计较自己的得失，只要是别人开心的、需要的。外婆像一泓深深的潭水，无论家有多少纠葛，她总是以容纳百川的胸怀，委曲求全。那宽宏的气量，那包含的品格，让家息事宁人、和睦泰然。外婆的嘴里充满了温和、仁慈与善良，也蕴蓄了许多生活的哲理和经验。细细品味她说过的很多话语，都是她一辈子经历实践得出的真理。她让我感受到温存、博大和智慧，我对外婆的崇敬和外婆给我的温情关怀，那是我在父母那里都不曾温暖地感知过的呀！

外婆的这一生是伟大的，她用一生的时间抒写了一个典型农村妇女具有的勤劳、质朴、善良。外婆，不管多晚，不管多早，只要我们要来，只要我们要走，您永远那样起早贪黑地忙碌着。给我们准备礼物，给我们准备饭菜，给我们收拾行囊……印象中，您不愿发脾气，也很少唠叨，一个人默默承受着这个世界给您的一切，好的，坏的。您真的走了，走得是那么快，那么突然，我还没来得及履行自己的诺言——好好孝顺您，您就走了。我好想好想握着您的手，握紧那疼爱我的手，不想让您离开我们。但是没有，我还是没能握紧您，您还是走了，走到了那个安静的世界——美丽的天堂。

圆月不缺

今晚，月亮又圆了。月朗风清，银辉融融。晚饭后，煮一壶清香茗茶，寻一处幽静老树，与月影秋风嬉戏追逐，让思绪在星空下徜徉。红尘如故，伊人犹在。然而时光渐凉，岁月渐老，记忆渐远，只有这皎洁无瑕的皓月依然风姿绰约妩媚动人。

此时，天涯海角，世人共观同一轮明月，共守着同一片星空，不同的只是那赏月的人，品月的心，望月的眸！月圆人团圆，月饼可就成了象征。小小的月饼蕴藉着万千情愫，诸多滋味。

小时候，每逢中秋，母亲就兴高采烈地发面忙着蒸月饼。一般做咸的、甜的、椒盐的三种。咸的用葱花油盐做馅，甜的用白糖和芝麻做馅，椒盐的则是用糖、盐、芝麻做馅的。我家有两个木刻的月饼模具，一个是圆的，刻有桂花树下玉兔捣药的图案，另一个则是鱼形的，大致是寓意年年有“余”吧。我们帮母亲揉面团，填馅。母亲心灵手巧，三下两下就把面团捏成小白兔，再用红豆嵌成白兔的眼睛，栩栩如生，活灵活现。最后做一只大月饼，足有10寸蛋糕大小，用椒盐馅的，大月饼的表面，母亲用被称为八角的一种香料，在白色的面饼上印着朵朵花型，恰似天上飘舞的雪花，母亲称它为“雪月饼”。

当月饼蒸熟时，香气弥溢整个房间，飘到院子里。我们姊妹几人帮母亲整理月饼，吸溜着鼻子，馋馋的口水都快流出来了："好香，呵！好香，呵！"

"八月十五月儿圆，中秋月饼香又甜。"在夜晚，全家人围坐在一起边吃月饼，边赏月，我喜欢吃印有桂花树和月兔的月饼，圆圆的甜甜的，不仅是它又甜又香，还有那嫦娥奔月的美丽神话多么让人神往。

月到正当空时，父亲会面朝东南，默默地举起酒杯，泪如泉涌，隔海祝酒，那是海峡彼岸的表姑一家。父亲把对表姑一家的思念、牵挂藏在心底，只有中秋节，一杯清酒，寄托对远离家乡亲人的惦记，还有对团聚的渴盼。父亲常常是"把酒不能饮，苦泪滴酒觞"，这当儿，母亲总是柔声柔气地安慰：他们会回来的。

母亲会把"雪月饼"切成小块，分给大家吃，迫不及待地，我们姊妹几个快速跑到院子里，在天上满月的银光里，大唱"月姥娘、八丈高、骑白马、挎大刀"去了。我喜爱中秋节，喜爱看中秋节的月亮，喜爱中秋节的月饼，更醉心于家人团圆的时光。

1998年的中秋节，出生于台湾地区的表哥以美国微软公司在华东的首席代表身份，踏上祖国土地时，殷切的寻根之情，使我们两家很快破镜重圆。表哥深情地向我父亲举起酒杯时，我们已热泪盈眶，几十年来，只能隔海祝酒，而今终于举杯共饮团圆酒了。愿海峡两岸的每个家庭，都能早日同桌共饮团圆酒，千里共婵娟。我喜欢中秋节，这最富亲情、最富诗意的节日。人间团圆、天上月圆，人间天上同喜同贺。我喜欢吃月饼，喜欢这又香又甜的真切亲情。

今天，伴随食品的日新月异，我依然对月饼痴情不改，中秋将临，我就会去逛商场，观赏年年翻新的月饼花样。仅是月饼馅的种类就不胜枚举，有椰蓉、豆沙、白果、五仁、莲蓉、火腿，还有水果、肉松、南瓜，最近又出现冰激凌月饼等，越来越精美的包装，令你无法想象，月饼仅仅只是时令食品。岁月倥偬，在熙熙攘攘的城市里，悟世事变迁，观车水马龙。虽然城市庞大，但属于自己的，放置心灵的那一块方寸之地，却难以探寻。于是，我常常感慨唏嘘，在这座大都市里，我思乡的心神何以安静地栖身?!

中秋读月，总会读出一缕缕的牵挂，一章章的相思。“海上生明月，天涯共此时”“几家秋香夜，何处落红声；但得长相看，明月最有情”。唐诗宋词的缱绻缠绵，诠释着一个个神奇的月亮传说，月圆花好，这属于每个中国人的心结，在皎洁明月的遐想里，早就赋予了它美好的意境。因为人们赏月往往是寄予着一种愿望，一份情思；因为赏月，也使得人们十分容易就可以得到一个寓意十分满盈的谜底，会让天上之月给人以亲近人间真实的感触。

中秋明月，承载着中华民族悠远历史和厚重文化，洇浸着几许相思，几许离愁，也岁岁如是，年年依旧悬在空中。人们越来越重视这个传统节日独具的文化氛围了，月饼这种美食，金黄饱满、皮薄馅靓、口感丰厚。

中秋夜，圆月朗照，全家人终于能够团圆一起，说说笑笑欢欢乐乐，一起喜悦地述说各自事业工作以及对未来的打算，一起谈论着儿时记忆。圆月给了我们抒发的时辰，给了我们重逢的契机。圆月缓缓地升到我们的头顶，圣洁的月华洒遍了我们全身，洗尽了我们的烦扰，使我们忘却所有忧愁。全家人只是为团圆而幸福。就是这么温馨快乐，这么简单纯粹。

人们迎接中秋，想的是月明如镜，天清如水；想的是国泰民安，举家团圆。心中渴念的是片片纯真、丝丝亲情、点点至爱。

归来兮，那中秋皓月的清辉；

归来兮，那口齿留香的月饼；

归来兮，那至真至纯浓浓的亲情！

第二辑
村语乡言

创意生活

诗意生活，是物质的，亦是精神的。人们常常说“不如意事常八九”，何来诗意？那么，就让我们把生活当作诗歌来欣赏。如果用心阅读，就会从那些柴米油盐中读出生命的哲学；生活就是一首诗，如果用心去品尝，就会从那些甜酸苦辣中品味出生活的真谛；生活就是一首诗，如果我们用心去创造，就会让那些一天一天的平凡，变成一句一句的箴言，一段一段的警句，一首一首闪亮的诗篇。

荷尔德林曾经言之凿凿：人类诗意地生活在这个大地上。但是，我当初并没读懂它。人世间的烦恼和痛苦，远不止快乐和幸福，奢谈什么“诗意地生活”？后来，我看到一篇文章，是写雕塑家吴为山先生的。吴为山先生有一件作品，名为《春风》。吴为山这样解释作品创意的源头：当我在家里生病的时候，女儿从幼儿园回来，小裙子飘起来，小脚丫跷起来，可爱之极……这便是生活的诗意了。我们总是喜欢谈论“精神境界”，它可以把生活诗意化，就是一个崇高的精神境界。在日常琐事中，物质只是最基本的因素，精神状态才是决定我们生活质量的根本。正如一句名言：“不汲汲于富贵，不戚戚于贫贱。”这就是境界。

人都有老苦，都有烦愁，但有些人却懂得淡化的智慧，发掘诗意。当我还是个孩子的时候，我母亲做得一手好饭菜，在我们村子是很有些名气的。虽然它也是粗糙的食物，也有南瓜、大白菜和小萝卜，但母亲做的和别人家做的就是不一样。饭菜的颜色、香气、味道自不必说，单是碗筷，往桌上摆放，就很有美感。那些有点缺损的碗，母亲是从来不会让它们上饭桌的。一把参差不齐的筷子，总会搭配得每一双都一样长。当我们吃饭的时候，也是在享受美丽。

我还记得那个拾垃圾的老人。他经常来我们这边，时间一长，也就熟悉了。有一天，路过他家，老人让我进去看看。他把墙上的小窗帘拉开，窗帘下面的小木架里摆满各种各样的香水瓶，足有一百多个，华美靓丽，这些瓶子都是老人的收藏。

我读懂了荷尔德林的那首诗，从母亲的饭菜中，从拾垃圾的老人琳琅满目的香水瓶中。人生的路程遥远，人们总是匆匆忙忙。走过了流年似水，走过了沧桑岁月；经历了四季风雨的洗礼，历经情感的聚散悲欢；多少感慨与失落，又几多起伏跌宕？拼搏、追寻、梦想、渴望，忙忙碌碌一辈子，到头来却发现无论得到了什么，最终，都逃不过零落成泥碾作尘！而其中自己心灵所忍受的、所负荷的都是灵魂泣血的呜咽与歌唱。

把生活当作诗来读，可以使清贫变得富有，把辛劳当作享受。刘禹锡身居陋室可谓清贫，他却能从清贫中寻找精神上的繁荣。没有花天酒地，我可以调调素琴，阅阅金经。不能成为酒囊饭袋，而是变成“子云”“诸葛”式的角色。有何不可呢？没有了迎来送往车水马龙，却恰恰省却了案牍的劳形，丝竹的噪声。有了闲暇，可以和那些大雅鸿儒俯仰天地谈今论古，岂不快哉？陶渊明“环堵萧然，不蔽风日。短褐穿结，箪瓢屡空”，堪为清贫之极。“晨兴理荒秽，戴月荷锄归”，可谓辛劳之极。但他却能将这辛劳贫困酿造诗意，为后世留下了“采菊东篱下，悠然见南山”这样脍炙人口的诗句。人们只看见了自得悠然，却读不出茹苦含辛。就是诗人在贫困的艰辛中享受着生活的乐趣，传达给我们的自然没有丝毫的沮丧与萎靡。这就是诗意的生活，就是精神的财富。因此，我们生活的内容可能不会有任何变化，但我们的心态可以改变生活本身的质量。

诗意是一个概念。在物质社会，精神衰败，唯物至上，诗意的生活变成了理想的极限，似乎可望而不可即。哲人说得好，在物质丰裕的年代，不要失去自己的精神，在现代社会的急速变化中，我们更应该追求平凡生活中的美好，并尽力寻找诗意。诗意其实就是一种乐观的积极心态、悠然恬淡的情怀，一颗不以物喜、不以己悲、荣辱不惊、泰然处之的平淡心平常心，一种感恩、释怀、豁达、从容、淡定的生活态度。

停一停匆匆的脚步，放一放无尽的工作。找个角落读一本书、听一首歌，留在某处吹吹风，随意地躺着，晒晒太阳；静一静心境，拂一拂乱发，看日升月落，寻炊烟袅袅；或者牵着孩子的手，一起放飞风筝，与心爱的人再经一程清风明月，走一段杨柳岸边。也可以只逛逛杂货铺、小吃摊、菜市场，融入熟悉的味道与缓慢的节奏；可以闻一缕花香，品一杯清茶；也可以共一山树木同坐，与一池清水对望，把内心的杂念悉数排除。世相千变万化，放下一切执着，诗意会无处不在，乐趣也无处不在。诗意地生活，只是一种精神状态；诗意地生活，是宁静，是淡泊，是一个人原生的生活态度；诗意地生活，是一种超然，是看尽人世沧桑后灵魂的升华。生活最初仅是一杯淡淡的水酒，我们用一生的时间细细地酿造，岁月愈久，酒愈醇香。在生命的尽头，将这陈年佳酿一饮而尽，不亦快哉！

江边的麦子

生命，就像寓言一样，价值不在于年龄的长短，而在于深邃的内容。当乌云消失时，没有纤毫的阴影；船缓缓过去了，水面上了无痕迹。浅淡地微笑，便安享着温馨。

不知什么时候形成的习惯。我对江水，对那隐隐匿匿又亮亮闪闪的水光，那舒卷自如而又落落寂寂的涛声，有一种难以形容的投合。江水一泻千里，就像一条巨龙，披着金鳞，涛声响遏行云。一朵朵浪花像一个个顽皮淘气的小孩，在江中奔涌、翻滚、升腾。

长江也会唱歌，听听那旷达奔放的歌声，你一定会感到有趣极了。那歌声时而高，时而低，时而急，时而缓，还时不时地裹杂着浪涛，拍打着堤岸，这歌声多么美妙动听！江面很宽，对岸显得朦胧混沌。在接下来的日子里，我一直难以抗拒地咀嚼着我当时那种殊异的心情。那是一种仿若拂晓时分走在夜路上同暗色中的世界作心灵对话的心绪。此时，麦子就溶溶漾漾地切入我的眼帘！从孩提时代起，我就喜欢麦子那种淡淡的清香，就像刚出笼的馒头一样，让人放飞想象，让人沉浸陶醉。

这是一丛飘逸着灵魂恣肆放纵气息的麦子。茎秆尤为刚直齐整，罕见的粗壮，叶片绿得发黑，一穗穗争着仰面向上，承露迎风的麦穗，麦芒是色泽略淡一律的锋利，为麦芒亲护的浆粒儿饱凸得神气活现……这就挺挺拔拔地傲立于江畔，那里卵石满布，杂草迭起。江汛是大团大团的浑黄色块，仿佛就是要格外地张扬自己的彪悍，那麦色高度地沉凝，沉凝的细节局部，又是十二万分蓬勃抖擞的矫捷灵动，恰似一方妙趣横生的墨绿玉雕！那天天气很好，但江边总不时有风。望着那随风轻摆、活泼呼吸天地，在恐怖的江汛到来前攒足力气激越自己完成自己的麦子，我禁不住认定：一个踏踏实实、充满豁达灵性和宽广心气的人也不过如此。是的，麦子！说到底，几粒随波漂流的种子，几缕笃信命运会导引它们回归土地的乡魂，就这样在荒芜疏落的江岸上萌出根来、抽出叶来，风吹雨打，终于抽穗灌浆，长成祖先凝望的实在和自己收获的消息，其间该经历几多沉郁，几多劫难，几多隐忍，几多奋起？许多时候，人怕难得如此泼辣！生活其实就是一种选择。我感觉自己像一棵麦子开始焕发起来，每一个毛孔都生出了根须，绿色的血液向上升腾。你瞧，一粒麦子，轻而小，微不足道。无论它播于荒野，或是山涧、田野，抑或是路边，然而，肥沃也好，贫瘠也好，都能平静淡然地生长，努力地从土壤里汲取水分，蕴蓄着能量，膨胀，再膨胀，这中间的阵痛，千千万万次，最终发芽，出土，吞吐着大自然的清爽空气，日益成熟，给农人新的期许！而那些不能破茧成蝶凤凰涅槃的麦子，却超逸洒脱地与泥土做伴，腐朽溃烂，心甘情愿地给其他的麦子做肥料，贡献短暂的一生！

我曾仔细看过，那种子坚实得有点瘦削孱弱，放在口里是一种清脆圆润，让人唏嘘麦子生命力的顽强，即使是寒冷萧瑟的季节，竟也能出人意料地从干坼的土里探出头来。先是零零落落的绿，在秋后的原野可以发现生命的原始颜色，堪称奇迹；接着伸展开细嫩的叶，竟也萋萋地生长起来。那份蓬勃，没有人犹疑这样生长下去，很快期冀中的幸福就会靠拢。但是，你听，凛冽的风已裹着皑皑的雪花呼啸而来，那些北方冬季的宠儿，挥洒自如地更改着北国的容颜，成为麦子越冬的厚厚被褥。在梦幻般的阳光下，那些淳朴的农人就稳稳站在麦田旁边，喜眉笑眼地呵搓着双手，站成了一帧俏丽的风景画，他们的苦衷定然如雪花般纯净。

麦子就像人一样，不经历风雨的磨难，怎么能炼出刚毅的内心和面对困难的胆量。在每一道坎坷的背后都隐藏着一道绚丽的彩虹。只有勇于面对并克服困难才能收获最高尚的品质和人格。假如，从一开始就放弃了，去享用天堂般的生活，那将只会是日暮途穷。假如接受不了现实的检验，那也只是碌碌无为虚度年华罢了。不经受考验，人生随时都会倾圮，好似不耐火烧的白纸，荡然无存。好似森林的海洋，损毁于渺渺的火光。在艰难的岁月里，你是否配置好了信念的雨伞，面对这一切的不顺心，你是否已经找到方法，并充满自信，甚至左右你的情绪，不要让困难打败你！

常常想到一些莫名郁闷的夜晚，灯在一片透彻的黑暗里既邈远又轩昂。屋顶上，沙沙的风一阵接一阵，甚或隆隆轰轰，走动得气喘如牛的军团似的，许多以前未曾留神的小昆虫、小动物鸣叫不已……像小麦一样思考生命是一件很沉重的事情。面对生命，面对它必得担当的许多爱与恨、生与死、血与火的境界，一个正走在中午阳光下即刻能够听见自己呼吸和心跳声的人，还有什么要说的呢？犁铧在起起伏伏的泥浪里自然应当表现犀利和坚毅！努力伸向大地怀抱的根自然不该逍遥飘浮若云絮或风声。一个种系，有一个种系不改的惰性，不改的血裔，不改的决绝！很多时候，记得自己叫麦子，能同一棵麦子一般，任命运的水流怎样抛掷也不改至性，也充满朴实的原色和活力，这需要付出多少坚守和独省，需要怎样倔强地抵御流蚀！我突然有些感慨了。在心中已经设想出自己想要的境界，并穿过挫折与困难的通道。麦子就是这样，似战士冲锋战斗，抵抗着心灵的风和雨，将目光放到绚烂的阳光里。

它的生长是漫长而遥远的。想象与麦子的成长拥抱，是在想象一种平静，一种心情；想象与麦子的成长拥抱，是在想象陪伴麦香的汗滴；想象与麦子的成长拥抱，是在想象麦子的沉稳扎实。这是麦子魅力最四射、成长最旺盛、青春最耀眼的时期，那一片片好似慢慢燃烧的麦子，沉甸甸地，壮烈而焦躁地站在麦地里。天是那么湛蓝，地是那么金黄。远处的白云飘飘悠悠的，周围的一切都沉默着，静悄悄的，只有风儿在窃窃私语，只有树叶在交头接耳，只有白云在安闲地飘来飘去，只有天和地、我和大自然和谐地融合在一起。泛着绿，泛着黄，泛着生机与旺盛。麦子一直就是我的神话，一直就是我的寓言，一直就是我的传说。麦子，穿透了数千年囤积的冰雪，我看到它的绿色血液在流动，我看到它的白色骨骼在颤响，这只是在证实，它还有心跳，还有呼吸，还有征服的力量。这是我对于麦子由衷的赞许与称扬！

难以形容的那种亲近，仿若隐约可见的河流，在我情感的脉络里缓缓流淌，积淀出一种清晰的色泽，鲜亮着我内心最为隐秘的部分。这时间，即便有一阵微风吹来，透过风声，我依旧能捕捉到它的韵律，那是我心底的方向。我感应了后来许多时光在这丛麦子绿色景观轻轻拂动下，拙朴却矫健的样子……

麻雀的家园

小时候，最常见的鸟就是麻雀了。椭圆的小身子，尖尖的嘴巴，灰色的羽毛，头上还长着一撮烟色的翎毛，好像顶着一块方头巾。它的背上还有几块深褐色的斑点。有的麻雀脖子上有着一些绿色或深蓝色的绒毛，十分醒目。骨碌着两只透亮灵活圆圆的小眼睛，一双肉色的小爪子，一副挺机敏伶俐的样子。但是人们并不喜爱它。

麻雀成群结队，飞到哪里，哪里就叽叽喳喳，玩耍吵闹个不休。它们成群结队地在天空中飞着，有的在树叶间往返飞着，像是在玩捉迷藏似的；有的像是被磁铁吸住了似的，一个劲地往前飞；还有的像运动员似的，翻了一个大跟头，猛地落在地面上。它们不仅飞的动作优雅，走起路来那乖巧的样子像只欢畅的小精灵。当它在树枝上歇脚的时候，那由三根棕色的毛组成的尾巴总是上下左右不停地摇摆着，那一双小眼睛还不时地东张西望，不知道它在寻找着什么，甚是可爱。如果村里哪家种了高粱，肯定会在绣穗并结籽的高粱地里竖一根旗杆，上面系一块红布，风一吹就呼呼啦啦地飘，以此吓跑偷食的麻雀。幼时的我常常揣摩猜测：麻雀一定是惧怕红色，要不为什么红布一飘，它们就如同惊弓之鸟心有余悸呢？

穗子弯腰的谷地里，主人常会扎上个草人，把两根木棍钉成十字形，外面缚上稻草，上罩一顶破斗笠，一手执一蒲扇，一手牵一红布条即可。一阵风过，破蒲扇“扑踏、扑踏”的，红布条也一飘一摇的。刚开始，麻雀们从上空掠过，硬是不敢着落。也许那独脚草人老是木讷的表情、单一的动作，让聪敏的麻雀们看出了瑕疵和破绽，用不了几日，麻雀们又会毫不顾忌地成群飞到谷地里照吃不误。甚或大饱口福大快朵颐之后，还会有几只胆大的跳到稻草人身上驻足歇息呢。田野中，麻雀们那活泼天真的身影，随处可见，在枝头末梢上跳跃，忽儿成群地飞过天空，留下喋喋不休、清脆有力的美妙歌声。麻雀是每时每刻都那么欢快的小鸟。其实，这些小家伙的叫声，一点都不好听，“叽叽喳喳叽叽喳喳”，像是唠家常的大妈，中间夹杂着抱怨、夹杂着嗔怒，但却从来没有愤懑、没有哀伤，倒是有着最细小的幸福。麻雀不是为唱歌而生，天生不具有好嗓子，不可能成为名满天下的歌手，但这并不妨碍麻雀的歌唱。麻雀的唱词短促，音色平淡，节奏琐碎。

让我们仔细欣赏麻雀那诙谐的装扮吧！它头上戴着一顶土灰色的帽子，圆溜溜的小眼睛总是纳闷好奇地瞅着四方；那有光泽的小肚皮上覆盖着一层软软的灰白色的绒毛。还有它那迷彩服的羽毛也与众不同别出心裁。这是一个活泼可爱的小麻雀，就像一个十分机灵十分聪明的淘气小男孩，非常惹人喜欢。每天早晨，我总能看见一群小麻雀在不远处的老柳树上大呼小叫地侃侃而谈，或者在树枝上忽左忽右蹦来蹦去地锻炼身体，或者交头接耳窃窃私语。若有情况，一群麻雀就忽地一下惶恐地飞起，在天空中回旋，等了好久，断定并没有什么风险时，才谨小慎微地回到柳树上，又开始忙碌喧哗起来了。赶上麦收季节，麻雀们会三五成群地飞到麦地里觅食。恰在此时，肯定会有人有意无意地掷块石子，于是它们只好“哄”的一声远走高飞了。白天对于这样的袭击，麻雀都司空见惯置若罔闻了，因为那时麻雀在人们的眼里是不受欢迎的，况且那年月粮食匮乏。很多人厌烦冬天，他们龟缩瑟抖在室内，很多鸟也不喜爱寒冬，它们选择长途翱翔去遥迢的南方。但是麻雀，专心致志屏气凝神地守着家园。在我看来，麻雀是喜欢冬天的，虽然食物有些贫乏，但缺少了众多的竞争者，麻雀反而活得更加津润，这或许正是麻雀的高妙之处。冬天下雪时，麻雀也并不衰颓，它们像灰色的石子一样溅落到皑皑的雪地上，接着用尖嘴刨开积雪，仍然可以找到果腹充饥的食物。麻雀视力极好，可以看得见很细微的草籽，麻雀不挑食，只要能吃的，不管味道美不美，都不假思索地吃下去。在这种情况下，麻雀当中出不了响当当的美食家，但也绝不会有活不下去的顾虑。

麻雀落到地上，左瞅瞅，右瞄瞄，大抵在寻觅食品吧！我撒在地上一些米。开始，它们东瞧瞧、西望望，看见四周没人，就吃上几口，如若有一丁点的动静就赶紧飞起来，这样来回往复几十次，方才把米吃完。这时野地里最吵闹的莫过于那些机敏矫捷的小麻雀了。滔滔不绝，在稀稀疏疏的枝头琢磨着心事，成百上千只会倏地从树上飘然而下，洋洋洒洒如无数片落叶。在杂草间蹦蹦跳跳乱啄一阵，见得人来，又呼啦啦一齐飞去。春天的时候，人们开始耕耘，麻雀就跟在铧犁的后面，一跳一跳地搜索去年藏在土里的渺小种子和虫卵，它们浑厚低沉的叫声让人感到久别的盎然春意。暮秋粮食归仓，夕阳镀金的柳树上，一群麻雀仿佛在开大会，你一语我一言，有时候是大家争辩、斗嘴，面红耳赤，谁也说服不了谁。这时候，你踱至树下轻轻扬一扬胳膊，团团簇簇的麻雀腾空而起，似一朵仓促飘起的黑云彩，你的目光会尾随很久，最后你的目光也会落在另一棵老树上。麻雀一旦被逮住，伙伴们便跟踪着守望着，伺机劫持救援。更有另一手伎俩，落难的麻雀佯装死亡，乘人不在意时砰地一下逃掉了。麻雀是衬托在人类生活过程中的活标点：轻轻落在某一个墙头上时，是戛然而止的句号；缓缓落在冬季枯枝上时，是意犹未尽的逗号；求偶的一对儿追逐翻飞累了落在上下枝时，就是回肠荡气的分号；好几只一长溜落在电线上时，便成为引人注目的省略号。

那时老家门口不远处有一池塘，塘边有一处竹园，园里的竹子棵棵竹叶儿绿、竹杆儿青。塘里虽没有荷花飘香，却丛生着葱翠的蒲草和水葫芦。白天那是我的天下：我可以信步去找我家的小鸡仔和老母鸡；也可以进去寻树下零星的蝉蜕，或折几枝蒲草绣出的蒲棒……但是每当夕阳西下，竹林就成了鸟的王国。麻雀们也会从四面八方飞临竹园栖息，嘻嘻哈哈，又唱又跳，每次总吵到很晚。夏日的我坐在门口一边纳凉一边听鸟叫、蝉鸣和蛙声。偶尔闲不住地投块石子进去，竹园里登时鼓乐齐停。但是仅仅一会儿，它们又继续跃跃欲试地开始评说各自一天的故事。

后来，大家的日子富足了，房屋也讲究宽阔起来。渐渐地那处竹园被毫不在乎地划作了宅基地，而后人们就在各自的宅基地上盖起了自家既宽绰又敞亮的大房子。从此竹林消失了，麻雀也迁移了。

再后来，就是忙着上学、忙着长大、忙着成家、忙着过日子……自然就遗忘了那小生灵。直到有一天，我抱着孩子立在大厦的某一窗口，孩子指着远处问我："那是什么？"我才恍然发觉现在还没有被高楼吞噬的老房顶上，蹦着几只小麻雀，可却仅仅只有可怜的几只。钢筋混凝土把我和它们隔成了两个世界，我已听不到它们开心的叫声。从那偶尔扑棱的翅膀中，隐约窥见它们对自己悲剧的不屈和最后的挣扎；它们焦灼惊悸地凝视着机器的巨臂和空中无数生疏的窗口，无依无靠的身影不再跳跃成幼时美妙的童话。我豁然顿悟：麻雀也该有个家。它们不喜欢这狭窄的空间，它们属于自由，属于广袤的天空和田园。造物主在创造生灵的时候，一定是注意搭配和均衡的。羽毛美的鸟一般就配上了比较差的嗓音，而好听的嗓音就配给了羽毛不好看的鸟。麻雀的毛色和嗓音都不好，是造物主不小心亏欠它们了。麻雀满不在乎，蹦蹦跳跳、左顾右盼，一天到晚乐得没心没肺傻里傻气。

天气冷了，树叶泛黄飘荡，有霜冻在午夜悄然降临。直到这时，人们才抬起头来，看到村庄四周的树枝上只剩下麻雀、喜鹊，还有乌鸦。有多少只鸟儿都飞走了，仅有麻雀留下来，伴随着我们度过寒冬，让我们的目光有点着落，让我们的心思有点起伏。在冬天，听着窗外麻雀的鸣叫，蓦然感到酷寒中难得的沉着和融洽。在冬天，看着麻雀跌跌宕宕，心中居然升起一股久违的激动。在冬天，我也愿做一只麻雀，恪守家园，唱着最寻常的幸福。那么，你呢？

嵌在记忆中的路

公交车在拓宽的乡路上奔驰，颇有点逍遥悠闲。我望着车窗外熟稔的风景，感觉分外亲切。宽阔的乡路上熙熙攘攘，井然有序。乡亲们开着小轿车、电动三轮车，还有拉货的汽车，在乡路上来来往往，脸上洋溢着怡悦的笑意。

家乡的路像一根欢喜雀跃、活蹦乱跳的琴弦，铮铮鸣响着，弹奏着我童年无牵无挂、无忧无虑的朗朗笑声。村前这条小路，年岁大了，论辈分，起码是祖母级别了，仍称作小路。小路一肩扛着乡里人的梦呓，一肩扛着乡里人的劳碌，日复一日，倾诉着这里的传说，这里的乡情。小路慈善，有空地就适当宽阔一点，没空地就侧着身子仄一些。小路也矜持腼腆，鸡舍，让；猪圈，让；牛栏，让；一堆乱砖碎瓦一棵歪脖子槐树都让，像蔼然可亲的老奶奶。

车，一路狂奔，乡间的路，简单纯朴而崎岖颠簸，隐而复见，断而再连。平坦的被称为公路，乡路要连绵、蜿蜒，才显得亲切。那想偷睡的眼，闻见了泥土的芳香与青草的气息，又轻轻地睁开了。眼前，烂漫的秋色宜人，旁立的两行白杨，忘却了杨絮纷飘的腻烦，肃穆地挺立在路两边，目睹着无数思乡回家的人。院墙上的丝瓜已然老了，有几个干瘪着胸，佝偻着背，耷拉在墙头，意态悠闲地接受风吹雨淋，姿势很淡定。注定不是别人的菜，来做一道风景，也是它的使命。墙脚下，不会攀藤的南瓜，就势匍匐蔓延着，心安理得地仰视着丝瓜，却又被路边的小草仰视着。乡路，令人留恋，这头连着向往，那头连着乡亲。路，要走走歇歇，才能看到异样的风景，错过了再回首，转瞬就是几个春秋。

小路一言不语，但哪件事不谙熟于心？在烈日炎炎的日子里，太阳如此毒狠，烤得人喘不过气，似乎一点星火就会引起爆炸似的。路被晒得龟裂出了细缝，行人车辆刚刚经过，就飘浮起一团一团的烟尘。若有疾驰的车辆，一路上尘土飞扬，遮天迷地，后面的行人很难睁开眼睛，连鼻子也无法正常呼吸，最后脏兮兮落一个蓬头垢面。如果遇到雨雪天气，便是坑坑洼洼，泥泞不堪，稍有不慎，便会重重摔倒，严严实实地裹上一层厚厚泥衣。

这是一条回翔着叽叽喳喳盘旋的鸟影的路，一条散发着泥土青草滋味的路，一条满布着车辙、人的足迹和牛羊蹄印的路。这条小路，长长的，细细的，弯弯的。它一头连着路尽头的田野，一头连着农家的院落，就像一条晃晃悠悠颤颤巍巍的扁担，欢欣地担起了农家的岁月。

这条路最初崎岖不平，“走的人多了，也便成了路”，被人们的脚印反复碾过后，坦荡平展了许多。况且，总有一些不安分的脚落在别人的脚印之外，踏到了不属于路的领地，路得以越走越广。走宽了的路，看上去似乎还是薄薄的，默默的。

当我还是个孩子的时候，我不知道我在路上光着脚跑了多少次，与路肌肤相亲，碰摸它凉凉的脉搏。小路，谙熟得仿若母亲眼角的细纹，我可以随意地领悟出其中的哀喜。小路上有多少起伏沟坎，路旁的小树野草，甚或一颗小石子，我都那样亲近。反反复复，往往来来，起点终点，有什么会像走一条路这样频频繁复？或许只有日子，时光荏苒，年复一年，日复一日。漫长的路，就像漫长的岁月。乡路呵，心灵深处的负荷，是父母那摇晃的巴望，是游子那思念的眼睛，在风的抽抽噎噎中泪眼蒙眬。老成的我，在路跟前，感觉自己总是有着一颗赤裸裸的童心。

如今，这条小路已经加宽拉直、铺水泥了，硬实平坦，再也不怕雨天泥泞了。路边地头的荆棘也荡然无存、无踪无影了，就像一个落魄的中年男子，一夜之间顿悟，把胡须剃得一干二净，给人一副崭新的精神焕发的气象。再也不是险象环生，石子参差凌乱，残枝风雨飘摇的小路了。沿路分布的土地上腐枝烂叶早就清除，原来藏在灌木刺后面的诡秘草丛如今也被挖出一道道轮廓清晰的埂子，滴灌的粪水早已散尽异味，一枚枚嫩嫩的绿芽刚刚吐萌，一览无余，好像静寂的土地下滋长着的生机正跃跃欲试。再也不是湿滑难行、泥泞纷扰的小路了。路中间相嵌相连星星点点的水洼倏然蒸发，就像涂抹了神奇药水的伤口一样，创面光滑如初；如同局终的棋盘，摆布的棋子席卷一空；还像都市里高级写字楼内的过道，光洁明净，了无杂色。

但还是没有名字，仍然唤为小路，当然，小康了也不会减了乡里人的操心。勤奋和节俭，已是这里的秉性，无论是七八十岁的老人，还是沟壑、残垣。这条乡间小路已经被无数孩子走过，并不像发达城市高速公路那样宽广，也不像在熙来攘往之下那样烟尘弥漫的大马路。很明显，它是纯净而又素朴的。在浮躁的现代都市生活中，我们对各种眼花缭乱的商品和人工智能产品已经习以为常，然而我们也常常埋怨生活的不幸福，埋怨自己的生活不够丰富多彩，埋怨我们的腰包不能一直鼓鼓的。然而，此时此刻，你不妨停下自己喋喋不休的抱怨，想想这条乡间小路，想想沿途的风景，想想你现在拥有的幸福生活，想想农民在这里流汗又微笑的生活，你会觉得自己的生活是幸福的，是甜美的。

家乡的每一个人，都在路上留下酸甜苦辣的故事；每一行足迹，都在路上烙下深深的伤痕；每一株小草，都在路上独自尝尽人世间的历历悲戚；每一寸泥土，都在路上沉静地咽下行人的点点血泪。啊，家乡的路，遥遥迢迢无尽头，蜿蜿蜒蜒寻归处……家乡的路不仅没有萧疏、苍老、孤寂，而是更富有、更美丽；它的神态不仅没有被时光摧残得污浊迟钝，而是更焕发、更抖擞；它的皮肤不仅没有被岁月煎熬得黑瘦憔悴，而是更丰满、更强健；它的脊背不仅没有被风雨践踏得弯曲如弓，而是更平坦、更笔直。

漂泊的老人牵挂着落叶要归根，不愿做漂流的游萍，心中的念想啊——早早回家。故乡是心中的一根尖尖的刺，越想越疼，想着疼着。多年未回，路早已不是当年容颜，老人们随着感觉寻找时过境迁、物是人非的故乡，找回童年的玩伴，竟纵声大笑，孩童般释然开怀。

问茶听壶

街灯依然如故，灯月交相辉映，给静谧夜色平添了几分幽寂。清夜独享，在茶香的氤氲里默默释放自己，将魂灵融进茶汤，让清澈的苦涩滋味淡化满心烦琐的情愫。在茶中咀嚼人生，放下早该放下的，捡起应当捡起的。

一壶一乾坤，一沙一世界。我们再来一起听壶，听听音乐里，茶与壶，壶与人间那份愈久愈浓的味道与情感。“壶”这个字，原来能够用“听”字来描摹。每一把壶都有它奇异的语言和韵味，可以变成动人的音符。鸡头壶一身洁白明净，淡雅素朴得似天上的一团云朵。

“壶”竟然可以用耳“听”，那不是很奇妙诡异吗？自然，能够用耳听的壶，不会是酒壶、水壶，也不会是喷壶，它却是茶壶，是用七个音符玄妙地排列组合着，以古筝的清丽、高胡的纤细、二胡的婉约、低音笛的深沉，缓缓摆出的一只只润雅、精细、浑厚的茶壶，确凿地说，是音乐，让自己的心底油然而生一缕草木润泽的闲情逸致。

我不懂音乐，但在烦冗的生活、喧嚷的都市中，听惯了街头巷尾不厌其烦地闹闹嚷嚷的流行歌曲，忽然间，有一天听到了一曲淡雅清新、幽幽远远的曲调，便被它紧紧地抓住，欲罢不能却之不恭了，于是就买了这样一盘名为“听壶”的磁带，望文生义，就是用音乐来陈述一只只壶了。

我不懂茶，饮茶是一件十分优雅的事情，它已然成为一种文化。茶是一种默契，一种情调，一种落寞，一种忧伤，或者说是回忆的珍藏。手捧一杯清茶，闻香品味，茶香袅袅，清风徐徐，或亲朋小聚，或抚琴赋诗，其悠悠茶韵，于会心处，沉默寡言。当然，在现代的意识里，那是古代文人雅士的事情，但是，也许这才是现代人想要找回的久别了的东西，所以才更珍视，才更讲究情趣吧，而音乐是增添这种情趣不可或缺的工具，悠远清新的音符，将茶中难以言喻的深味细腻地表现出来，让茶味更沉更香，愈深愈远，清风明月、云雾山川，或爱人情侣或故友知交，无一不在乐中，也无一不在茶中。而茶，就像心灵的瑜伽，带我离开浮华之城，去那清爽的桃源。

我不懂壶，但却听说过这样一句话：“茶助壶雅，壶因茶贵。”可想而知壶在饮茶中的功用了。壶艺据说是茶艺中十分重要的一环，古今中外，各方制壶艺人，以其精巧的技艺与独出机杼的新意，成就了许多壶艺杰作，有的更是糅合了文学、绘画、书法、篆刻等艺术，表现出一种独特的民族风格。而一把壶，可以由于个人的长期把玩、使用，自然散发出一股典雅大方的特质，为品茗增添一份领新标异的情趣。在音乐里，听着壶里的声音，应该别有一番韵致吧。

磁炉上，煮一壶开水，极小的气泡在水底细细漾起时，取出一撮茶轻轻放进去。茶叶，在水中起起落落沉沉浮浮，渐渐地，听到了茶在壶中翻滚的声音，耐着性子等待几分钟，便会听到隐隐约约的茶声，淡淡的茶香从壶中飘出来。屏息静听，好像能听到雨滴从树枝溅落的声音，听到山坡上轻拂的微风，听到林间清脆的鸟鸣，以及缕缕只可意会不可言传的声音。壶中水已煮至半开状态，像簌簌的松涛鸣，初开的鱼眼泡响，像金铁鸣，铮铮琮琮，又像暮秋田野的风，忽远忽近，忽细忽响。听着，听着，只觉得，听到茶水、茶叶、茶花就在这一瞬间奏乐，像阳光在空气中炸裂一样，像春风吹过绿苗一样，像流星扯破夜空一样……自己也成了这些声音中的一部分，听到心灵开花的声音，突然让嘈杂的世界退得很远。

当茶在杯中的时候，可以发出响声，尽管细微，却能轻轻听到；当然，沸水冲茶的声音很容易听到；而干燥蜷曲的茶叶，浸泡在一杯水里，张开、上升和翻滚，就像在一个幸福的国度里欢畅地跳舞一样，这样的情景，既有形又有声，还能听不到吗？当端起杯子，一口又一口地呷着茶，茶水、杯子与唇齿，来回接触和轻碰，混杂的声音，伴着茶的清香，津津有味，岂止只是口感。听，二胡如一阵清风般将江南小调优优雅雅地徐徐拉出，那淡淡的微风袅袅地勾勒出重重叠叠山峰般的翠色，以及如云般飘逸轻柔的气度，轻风徐起，白云曼妙地幻化着各种舞姿，举目四望，远山的影子与白云珠联璧合，动如风，静如水。这细腻柔情、舒缓流畅的旋律将“白如玉，明如镜，薄如纸，声如磬”的薄胎粉彩壶刻画得活灵活现，真真是“隔淡雾看青山”，雾也朦胧山也朦胧了。想着那茶树在云遮雾罩的山间是如何蓊蓊郁郁地生长？想着那采茶女是怎样挥舞纤手，与茶共剪一张又一张的合影？想着那采下的茶叶是如何被揉搓翻炒，妩媚娇羞地蜷伏着抱成团儿？

再听，广袤的夜空，繁星明明灭灭仿佛神秘的童话，那是排箫飘逸舒缓的音色变幻的梦呓，交叉着钢琴明朗的音色照出的粒粒星光，星光下秋意阑珊，月光如水，蟋蟀轻鸣，音符悠悠而起，长髯秃顶、额头凸显的老翁，双臂围交着枕肩睡意正浓，“月影斜窗前，老叟笑中眠，超脱世俗扰，甜梦何悠然”。在浅浅的茶香中，在缭绕的茶雾中，想浓浓淡淡的心事，品清清浅浅的苦涩……轻轻摇动手中的茶杯，看淡绿色的茶叶忽上忽下，或片或针，簇拥着，散散聚聚，浮浮沉沉，苦涩的芳香慢慢地涌现你的身影，茶在瓯里缈缈散去，你的芬芳永远留我心中。

茶，是一种文化液体渗透到中国人的骨髓里，它去污腻而清澈，去含混而提神，去浮躁而达观。听茶，这是一种享受，体味快乐，体味安静，体味人生；听茶是一种精神状态，净化灵魂，放松心情，放下怨恨；听茶是一种启迪、一种境界、一种无可比拟的快乐和幸福。星移斗转，流水从高山奔下，鸟儿叽叽喳喳，洗尽铅华的大自然的声音如一股山野的风，吹得树叶沙沙作响，“仿得东陵式，盛来雪乳香”，用隔年纯洁明净的雪水细细烹出的名茶，自然是茶香四溢，让人齿颊生香了；而“苍竹滴翠”的清雅恬静的冷色调，悄悄拂过炽热的酷暑，扫去凡间几许尘埃与喧嚣。那颗浮躁的心沉了下去，恼火的事平息了，胸中堆聚的块垒无声无息地消解了，心情也进入了秋的晴空，在雨后初晴里感受到了大地的宁静。你的内心也变软变淡了。

音乐重启，箫和古琴潺潺远远悠悠扬扬地伴着滔滔流水，古朴的埙带着泥陶的土香演奏出“古树拙风”的魅力，让人情不自禁地想到千年的古树和漂泊在千年时光中夙昔情怀。

早就听说过“工夫茶”的名声，却不知道其具体细节，而今听壶，才知道泡工夫茶要用一种别出心裁、造型优雅的被称为“孟臣”的紫砂小壶，乐声如潮汐低语，把人带进潮、汕一带的风情里，淡雅轻柔的韵律将孟臣壶的玲珑、精致娓娓道来，将工夫茶的浓而不烈的幽香描摹得缠绵细腻，使听者陶陶然陷在壶韵里，陷在茶韵里，更陷在情的意韵里，乐此不疲了。随着弥漫的茶烟，缓缓地从聆听茶语到嗅闻茶香，水声的流转变换，茶叶的曼妙身姿，茶烟的翩翩悠扬，茶汤的涓涓细流，磅礴漫转如泣如歌，香韵烟姿似在眼前，实在心底。谛听茶的柔和莺语，就听到了茶香与心灵的珠玉之合！

听壶，也是倾听内心的声音。听壶，是一种独处，远离庸俗，远离喧哗，远离尘埃。每一把壶都有它独到的语言和风味，每一把壶都是一首感人的旋律，或淡雅得像夜空里的点点繁星，或深沉得像天上的一抹云彩，或安详得像田园小诗如古树临风，或像摇椅上的老翁睡意蒙眬。一壶一乾坤，何不让我们于嚷闹的街道，纷繁的都市里暂觅一个静谧的地方，抽出一些孤寂的时间，静静地听着茶壶里的音乐，闻着音乐里的茶香呢？听完听不完都不重要，懂不懂壶懂不懂茶都没有关系，关键的是此刻心灵得到了自然的洗涤与安宁，此刻你挣脱了世俗的烦恼与纷扰，日月如梭，陀螺一样地载着我们走向人生的止境，而能够时时享有如斯的优哉游哉，舒缓一下困顿的身心，再累再苦的生活，不都只是蓦然回首时那一杯袅袅飘香的清茶，那一曲悠扬灵动的音乐吗？

静听一曲纯音，淡品一杯清茶，在寂静的光阴中放下自己。最美丽的生活，恰是那种回眸经年付诸一笑的淡泊。在沧海人世里，每个人都像茶叶一样，都要经历从出生到死亡、从荣耀到清淡的过程。茶如人生，人生如茶。一个会喝茶的人，一定是能够品味人生的人。

咸与淡

有苦有甜，有淡有咸，是人生，更是生活。有人说，人生的色彩，在于赤橙黄绿青蓝紫，色彩缤纷。有人说，生活的滋味，在于酸甜苦辣咸淡涩，诸味杂陈。人生若梦，梦成泡影，方知虚实。岁月如水，水里蹚过，方知深浅。

开门七件事里，有了米，有了油，有了柴，可以填饱肚子了，人们当然会注意到味道。对味觉的渴望是一种内在的需求，从嘴唇到舌头，到一个舒畅的美食梦想。

在饮食与烹饪的过程中，咸与淡，始终是一对微妙而尖锐的矛盾。盐放多了，还是放少了，咸与淡，曾在人类家庭生活中挑起了多少微型的争执啊！公要馄饨婆要面，小叔要咸，小姑要淡。每个人都有自己独特的品味，古往今来，又有哪位高明的大师能使所有人心满意足呢？况且，即使菜肴咸淡适宜，食客的心境也有着喜怒哀乐之别。

对于咸淡，陆文夫小说《美食家》中的主人公朱自冶颇有一番高论：开头的菜要咸，接下去的菜便须渐次淡下去，最后一道汤，都可以不放盐了。朱自冶的咸淡理论契合着中华民族中正平和的传统，也对家庭生活、人生历程有着一番无心插柳的暗示。正如少年人壮怀激烈、热血沸腾；中年人态度温和、忍辱负重；老年人则心情淡然、历尽红尘。又如初婚时热火朝天、如胶似漆；数年后厚薄自知、味如鸡肋；再往后便是，坚持终席者恬静如伙伴，中途退席者冷漠若陌路了。

然而，在这个商业化的社会中，少年的激烈已被市场打了很大的折扣，中年的平庸更被生活增添了沉重的负担，那纯粹个性化的咸淡是顾不上了，只要吃饱就行；只有老年的淡然还能延续，咸淡对于他们已不紧要，野鹤闲云或含饴弄孙就是他们最大的慰藉。只是，采菊东篱之前，也需要准备那三斗五斗果腹的米，以免到时候愁苦，彷徨到底折不折腰。由此及彼，不管你是生还是死，有人在你身边团团转着，起码说明：社会和平安定，你的家庭不缺衣少食，不因你的落生而犯愁，家人无须背负着你的小生命漂泊不定、东奔西躲。再者你为这个世界留下了、付出了足够多的东西，当你离开时，你拥有足够的资本和底气平静地微笑，社会和他人会因为你的离去而感到巨大的损失，因此悲伤、惋惜，真诚地发出悲恸的哭泣。苏东坡作古后，他为官过的杭州、湖州百姓，相哭于市，哀痛欲绝；鲁迅逝世后，上海万人空巷，甚至那些没有读过他作品的无家可归的人，都挥泪告别，争相抬棺送他上路。

时下，许多食物，比如机器水饺，都是由大多数人的口味来制作的，所谓的不咸不淡，脍炙人口，喜闻乐见。即使这种味道不代表大多数人的口味，人们也会被“大多数人”的名义所迷惘，为之勉强，为之认同，终归平静而被动地接受。

不能自己调味是令人遗憾的，因为在五味中，酸意味着暧昧，糖代表着满足，苦带来了无奈，辣来自痛苦，而盐则承载着力量，蕴蓄着个性与精神的饱满。知山高而不畏路远，品茶香而不忘酒烈。咸与淡是生命中至关重要的味道，学会体悟生活的味道，虽然含在你齿间，却也留存你心中，学会欣赏生活错落斑驳的美、最真挚的美。

人格与精神的力量，是由自己来调节的。比之不尴不尬、不咸不淡的人生，我宁愿要符合自己灵魂追求的历程，即使在挫折与坎坷里尝到苦咸。只要是自己的梦呓，就是苦咸了，又奈之若何？总比在错误的服从与犹豫中度过鸡零狗碎的人生，要胜过百倍千倍吧！

咸与淡，一股火的炽烈，一股水的平静；一个是笑谈渴饮匈奴血，一个是披一件蓑衣挡一川烟雨。舌头并非尺子，可以硬生生地分辨咸与淡，生活的道路蜿蜒曲折，不是任何一位行路者可以猜测臆想的。悟透咸与淡，才能更好地应对每一个挑战。其实，咸有咸的美妙，淡有淡的滋味，没有必要舍弃哪一个，只有真正品尝咸淡的人，才能找到自己人生道路的目的地。所有的道路，都要奔走；所有的时间，都要历练。生命因为你而拉长，没有你，也注定会拉长，不管你喜不喜欢。许多人嗜好在文章的结尾说，未来一定是美好的，大多数都说这样的话，是激励鼓舞的意思。我不大认同，谁说未来一定是美丽的，什么是美丽的？如果没有冬天，还有春天的温暖吗？假设世界上没有风浪，还会有“风平浪静”这个词语吗？所以，美丽与糟糕的生活，都是我真实而平凡的生活，我都坦然面对，都安然接受，都释然喜欢。

在咸中品出咸的滋味，于淡里悟出淡的感觉，就少些贪婪羡慕嫉妒，少些怨恨愤世嫉俗，凡事自会多些持之以恒、宽容大度、乐观平和，就不会为贪欲所惑，被金钱奴役，让名利所累，面对逆境则泰然自若，遭遇挫折而毫不气馁。如斯，光阴就不会在阴霾里虚度，一切在于自己掌控操纵。就像那句诗说的：天空留不下我的痕迹，但我已飞过……

心 丝

一

小院中最常见的小生灵，在蔚蓝的苍穹下绚丽多姿、有滋有味地生存着。

在院子里，不经意间你会看到这样的景象：时值隆冬，槐枝已然干枯，蜷缩着，弯曲着，悄悄地伫着。几只毛茸茸的胖麻雀，在树枝上连蹦带跳，蹿跃着，喧嚷着，絮聒着，好像它们有什么心事要倾诉似的。

黧黑的眼眉，乳白的面颊，栗褐的身子，就这样与这树定格在一起，在我的心中融漾。

古水墨画很难找到的意境，一朝闪现，就使人禁不住感应心神的寄寓，心灵的皈依。我从树下慢慢走过，蓦然回首时，树枝上的影子扑棱棱滑落着，又钻进草丛里。只有一幅绘声绘色的水墨画，在我心中静静地摇晃着。

黧黑的眼眉，乳白的面颊，栗褐的身子，此刻，还是在应和着那蜷曲瑟缩的树枝吧？

在响晴的日子里，到了这个时辰，总有十多只麻雀飞落在院子里，聚集在我撒下的米粒周围觅食。它们不能像一个人那样，用两只脚走路，但是它们会把那像铁丝一样的细腿合拢在一起向前跳动，用那乖巧的小嘴啄食地上的米粒。啄了四五次之后，它们便昂起头纹丝不动，用那圆滚滚的小眼睛端详着静谧的四周。有时稍微歪着脑袋，似乎在谛听着什么，甚至一丁点儿细细的声音也不放过。

那黑溜溜的、转个不停的小眼珠，是那样的纯真无邪，这对小眼珠，恰好把它身上的淘气顽皮悉数展现出来了，那眼神让人看了就会产生恻隐之心，那是让人难以推却的眼神。

那令人倾慕的翅膀，是它们强悍的“臂膀”，当它们梳羽展翅飞向蓝天时，它们那对翅膀遒劲有力地扇动着，成了它们在穹宇下唯一的工具。

二

一个活灵活现的线团，站在草坪上。

它舒畅地挺起小小的胸脯，伸展着矮矮的脖子，在这春天的细雨初息里，用好奇和挑剔的眼光得意地扫视着湿淋淋的天地。那眼光，时而溅落在我的身上。

我从它旁边经过，它沉思似的偏着小脑袋，没有任何躲避的念头或迹象。

当它新奇的时候，这个世界就充沛着爱。

啊！那些人在做什么？看看他们手里，天啊！原来是一只幼弱无助的小麻雀，它百般无奈地拍击着小翅膀。瞧瞧它的样子！它嘴角鹅黄，头上长着密密的绒毛，眼睛都还没睁开呢！多么稚气的小麻雀啊！但是如今这两个人却要杀它！小麻雀使尽全力挣脱着，发出沙哑的“叽叽喳喳”的哀鸣。这时的它，是多么痛楚的啊！我三步并作两步急急上前，大声喝道：不要荼毒生灵，赶紧放掉！

这只小麻雀歪歪斜斜地弹跃着，接着一溜烟似的逃走了。生灵，多么美丽纯洁的名字。灵魂，灵性，灵意，散逸着一缕神灵一般的傲岸与自如，无拘无束，恣肆奔走。

春天里，最欢腾的小生灵就是那些小鸟了，屋檐下，它们交头接耳窃窃私语，仿佛是在辩论着哪里的春光最诱人；花枝上，它们驻足曼立，纵情地享用着阳光的哺育；天空中，它们展翅飞舞，画出一条条充溢力度的弧线。

仰望天空，多半时间都能看到一簇簇装饰晴空的飞鸟。一只，一群，一片，脚上鲜明地戴着红色的家鸽标记，翅膀上紧紧拴着尖利的鸽哨，悠然盘桓在天空，一圈一圈，来来回回，循环往复。望着扑朔迷离的它们，这些看似欢畅实则可怜的动物，我情不自禁扪心自问：这是飞鸟吗？

三

瞧，小麻雀们多有趣呀！它们在树枝上跳来奔去，快哉优哉。麻雀的身子长得既窈窕又伶俐，尾巴总是向上高高翘着，上下无休止地摆动。它们的头上是一缕烟雾似的翎毛，就像盖了一小块方形头巾，脖子上围着一圈嫩白色的毛皮，宛若戴着锃亮的银项圈，格外引人注目。黑色的眼睛尽管不大，但似乎显得炯然机警，眼珠子骨碌碌地反复旋转；嘴巴里不时发出“叽叽啾啾”的声音，仿佛对四周的一切都感到分外新颖。

在落日熔金的夕照中，有那黎明的鸟儿来到我沉寂的鸟巢里。

在东方欲晓的熹微中，有那薄暮的鸟儿来到我活泼的鸟巢里。

薄暮与黎明，黎明与薄暮，它们来来去去，反反复复，络绎不绝，川流不息。

它们形不惊人、貌不压人、声不迷人，那幽微的歌声，在寂寥的无尽的时空里显得如此藐小——即便如此，它们还是奋力高歌，吐出一连串匆匆忙忙的音节。没有人听得懂，也没有人去听，它们依旧无忧无虑地啼鸣，孜孜不倦乐在其中。

它们是大自然的使臣，每次听到“叽叽喳喳”的叫声，恰似听见淅沥的雨声一样，心坎的龌龊就被荡涤一新，人也疏朗了许多，狼藉的尘寰刹那间被抛之脑后，魂魄重新回归自然。

我想，它们是渴望蓝天的。它们那短促的音节，应该是这小小的种族对蓝天悠久而深奥的神往。它们无所畏惧那歌声的细微与时空的浩繁。

不再畏怯双翼的无助，只是埋头静心一味地歌着，一次又一次，冲向辽远的地平线。

潜心细听，便能知晓，那是一曲面对生命的礼赞。不管生命转瞬即逝，也要绽放应有的绚丽。不管凋零何时叩门，也要竭力谱写一曲生命的劲歌。

它们，是不可以被人遗忘的。它们，是不应该被人忘却的，同时，它们也不会被人忘记。至少，我不会忘怀。

隐居何处

清晨，天刚蒙蒙亮，黑夜正欲隐匿，拂晓的晨曦轻轻唤醒熟睡的生灵。一朵云悠悠落进我的视线，皎洁明净的一片，让人不由得怀恋静若菩提的韶华，鸟儿逗留在绿叶之间，为曙光携来一首又一首天籁，我似乎躺在云间，在岁月的平仄中，体味着云水禅心的自然。

喧闹的都市，始终在无形之中消磨着我们的心性，曾经有过的兰心蕙质，曾经梦过的简洁清净，都在鳞次栉比的钢筋混凝土的催化下，往事消散如烟。“算人世荣华多几时，何时忘却营营？”鲜衣良马，风烟俱净，隔着的仅仅是一剪光阴。倘使平生沉迷于利禄功名富贵荣华，你就永久看不到大梦初醒时的风光。

常嗜好吟几句清词小令，用那些仄仄平平的长短句把浅浅的文字堆成深深的思念。或是在淅淅的夜雨里支棱着耳朵倾听，这尘世总有一种微妙的声音，能让倦怠的灵魂安静下来。或者，也许唯有在崎岖的山路上，才能远离汽车的鼓噪，将所有忐忑的浮躁徐徐抚平。这也是为什么我总想着出行远走，原来冀望的不过是心灵的恬静。平心静气忘却营营，让沉浸于喧闹的缠绵幻境的心弦，能尽快彻底苏醒。万丈红尘，似缕缕青烟般恍惚迷离。

宁静以致远，淡泊以明志。很久以前我就渴望这样一种灵透超脱的意境，那些返璞归真的隐者们衣袂飘然频频幻映在我的眼前。竹林七贤们融朗月清风于酒杯，五柳先生采菊东篱下逍遥自在地梦见了南山……那种平静、恬淡与禅意，无不令我魂牵梦萦，穿越浩瀚时空，在那想象而又奇妙的世界里神游。

也曾这样遐想：筑四五间茅庐，前为清泉，后为草坪，可闲植梅兰竹菊，可卧赏宋词唐诗；可听身旁鸟鸣虫吟，可观眼前云来云去，可与过路樵夫应答下里巴人，可漫卷诗书吟咏阳春白雪，可寻幽访胜刨根究底，可伴石而眠优哉游哉……倘若果然如此，一生一世足矣！……对一些人来说，我的乌托邦式理想似乎有点稚拙，可它却已近乎顽固地盘踞在我少年的小小梦幻里。每当我正襟危坐冥想苦思时，我就感觉到我的灵魂在飞翔，隐没在我虚构的古典烟雾之中。我似乎看到历朝历代的隐士们宽袖素衣，或青梅煮酒，或弹琴戏鹤，或把酒问月，或吟哦笑傲，神拂禅思，眼含聪慧，阔别鼎沸的滚滚红尘……

我熟悉一位智者，有一天，他向我说了这样一句发人深思的话："人要隐居在自己心里。"黄老之道原本是一种常人不可企及的大境界。清静修志，智慧即生，有一联云：菩提本无树，明镜亦非台。佛性常洁净，何处有尘埃。芸芸众生，物欲横流，多少人苦苦奔波，满脸困乏与惆怅，却常常见兔顾犬，迷失方向，无法找到那座梦中见过的王宫，反而失落自己仅有的行李。他们就似一枚落在激流旋涡里的树叶，只能没完没了地挣扎；他们又似一只重重壁垒包围的困兽，心烦意乱，进退失据。他们不知道理当先像飞鸟一样潜心笃志锤炼翅膀，方能从容自若地飞过低谷与沼泽，抵达想象中的乐土的上空。也许他们也清楚这个道理，但并没有刻意去做，他们为了利禄，为了功名，为转瞬即逝的欢欣，上盘下旋，前瞻后顾，左冲右突，已经力倦神疲。自认为获得了好多，往往静下心来却察觉依旧两手空空如洗。

如今，我们穿越在路上，隐逸在某地，离空气很远，离氧气很近；离尘世很远，离魂魄很近。离火车很远，离牛羊很近；离洗澡很远，离沐浴很近。离江河很远，离溪流很近；离鲜花很远，离青草很近。离饮料很远，离纯净很近；离消费很远，离享福很近。离牙签很远，离食物很近；离佳肴很远，离养分很近。言而总之，离别人的，都很远，离自己的，都很近。

我还熟稔一位曾经闻名遐迩的老诗人，年逾古稀老态龙钟，仍笔耕不息，埋头写他人生中的最后一本书。他没有出席文人们的集会，没有为别人写序，更很少为报纸写一些随俗应景之作。他是否能够说是现代都市里的隐士？红尘泛滥，熟视无睹，市井闹嚷，置若罔闻，在自己的世界里默默蛰伏，倔强地筹划自己的人生道路，仿佛一枚久久珍藏在坚韧外壳下的思维的果核。

一言以蔽之，这是一个容易使人心浮气躁的年代，走在大街上，随处可以看到一张张焦炙而困扰的面容，那么多的百般无奈与茫然苦涩，像暮云春树一样朦胧在他们的眸子里。那么这时为何不学着让自己的心灵去幽居一次呢？即便幻想一次也好，月白风清握在手心，林泉云霞集于心底，那份平宁安详不正是我们频繁探寻过的人生大境界吗？

在僻静的地方，才有一种深邃的生命力在潜滋暗长。那时节的意识是梦境的、隐约的，底层是刻薄的、揶揄的、挑剔的、窘迫的、倾覆的，它最终的一点气力总是要从灵魂的围墙上钻一个洞孔，而后，只让月光一闪一闪地漾进来，闪耀在自己的脸上，以及那对痴迷的眼睛里。

究其原委，倾城倾世的容颜，总是抗不过岁月的冷酷无情，为何如此执迷不醒。花团锦簇，只有青山秀水，才能使你的心灵澄明至纯。金迷纸醉灯红酒绿里，能确凿淡泊矜持走到止境的，那才堪称一种心境，安之若素，气定神闲。

远草遐想

我不仅对草有一种天生的喜爱，还渴望亲近大千世界所有的生命。我期冀探寻一个幽寂的山涧，听“上有黄鹂深树鸣”，看“独怜幽草涧边生”；穿越一条“道狭草木长”的路，让“夕露沾我衣”；或者漫步一条小街，去领略“天街小雨润如酥，草色遥看近却无”的光景。

在城市，草是一种装饰，井然有序层次分明，不像乡村的草，优哉游哉神色自若。风在缓缓梳理，被割草机修剪过的草好似模特的短发，标致大度但有点矜持不安。在小区，在公园，在公众的眼里，它代表着一种美丽，而不是草的本质。但是，每一株草，又都是对乡村的指点，让居住在城市的人们，心中回旋一缕眷念。看着草，友善的乡情和回味霎时变成了青草的味道，沿着草尖的露珠，在嗅觉中晶莹地跌落。

在房子的花园里，有一蓬葳蕤的野草，它生长在南墙的脚下。记忆中存有的，却仅仅只是一蓬涂了油似的浓绿。它的四周，是一盆盆珍奇稀有的花木。四季轮回，总是有絮着艳蕾的循环，总是有怒放着可人色彩的生命涌现。可是，唯独这草，赠予我的，只有黄了又青，青了又黄，把四季的妖娆简约而又明晰地画成了枯枯荣荣。浅淡的色调，一丝丝无法捕捉的绿意，然后，小草从冬日的严寒里，拯救了一点点春色。之后，它们恣肆地长大，一寸接一寸地拔高。直至，绵延到天际的雪悉数被绿意渲染。此时，春天才真切地钻进人的心脾。一株小草，就这样亦耻亦荣，亦伸亦屈，在柔嫩中坚实，风骨如此倔强，耐得住地动山摇和穿心蚀骨的荡涤，那挣脱的硬壳，将坚守一颗纯真的灵魂。

便是这样一蓬草，满目皆是历历可见，却意外地长在了雅致的花园里。它总是卡在南墙的脚下，好像是在悄无声息的瞬间陡然冒出来的，只有在意兴阑珊的疏神间，才会察觉有这么薄薄的一层绿。它们是松软的。风一吹来，就晃悠，就起伏，看似瘦骨嶙峋弱不禁风，实则风也无可奈何。如果仔细扒开一根草，就会看到它的根茎密密地扎根土地，在地下千丝万缕根深蒂固，若非人为的因素，它将沐日月，栉风雨，圆满地度过一季生命。因此这些纤弱的留存，给了俏丽的花朵以烘托，给了一些生命的低吟浅唱，给了蝴蝶瑞彩翩跹的平台……

它一声不吭地站在那里，见证着花团锦簇衣食住行的周而复始，承受着风刀霜剑的冷酷蚕食，任由着无声时光的暗暗飞逝。既没明媚的光彩，也无轻捷的身姿，更没有雍容娴雅的气派。它只是苍天黄土中的一蓬草，一蓬俯拾皆是、平淡无奇的草。

却非萱草，萱草能够乐以忘忧。但是，那好像是上苍特意雕刻精致的花朵，对我来说，除了那一抹绚烂的红之外，只剩下心中飘落了一地的五彩缤纷的落英；也并非沿阶草，它铁骨似的叶片轻轻舒展在空中，偶尔浓绿地在地上平铺直叙着，总有沉静的感触带给世间的人们，可在看似寻常的淳朴中，有的却只是顺阶而行的怯懦；它当然不会是兰草，飘逸地摇摆着娟秀身姿的兰草，只会在幽邃的空谷中顾影自怜。在充沛的画意诗情之外，只有孤独凄凉的淡漠独对着月夜的声声唏嘘。

或许有人认为，草是普通的、藐小的，甚至是毫不起眼的，好像连草自己都发出了“我是一棵无人知道的小草”的嗟叹。究其实，天涯处处有芳草：江河湖畔有它的丽影，坦荡原野有它的俏容，道路两旁有它的美姿，山坡谷地有它的芳踪……草，也许早就清楚自己的细微，所以它们地下的根系相互拥抱、缠绵，它们的茎自拱出地面的那时起就拥拥簇簇团聚在一起，团结一心、众志成城，抱成团、连成片地抵抗着自然界中雷鸣电闪的侵扰、风霜雨雪的践踏。

草，也许早就知晓自己的平凡，因此它们从不与鲜花争俊俏，从不与树木争光彩，寂寂无闻、随俗浮沉地在任何地方生根，一点一点地累积着生命的气力，悄悄地恭候着生命盛放的那一时刻。即便一生都不开花，草也仍以自己生命的基调构成世界美丽必不可少的因子。

草的存在并非像流星那样，当生命中的热能在一瞬间汹涌奔腾，迸射出最为绚丽的光芒，吐尽生命中的那份璀璨之后，依然只有那漆黑的天空，冷冷地俯视着茫茫大地。美丽的东西似乎就像一个匆匆的路人，只有平淡的，才以一种坚毅的执拗，深深嵌进心里。它不会被世俗的纷纭所掩蔽，也不会随着时间的流逝而泯没，只会历久弥新。

历代文人的浓墨重彩里，草始终都是配角，永远无法摆脱卑微的运气。好像只有在白居易的笔下，才翻身做了一回“主人”，可这是什么样的主人呢？一首美轮美奂的草的赞歌，被后人腰斩成两截，即使在小学的课本里，也找不到“远芳侵古道，晴翠接荒城”，五律摇身变成了五绝，成了草的无尽的哀愁。但是无名小草，仍然赓续了一千年，仍然用质朴和刚毅的情愫正视着人生。

有一种烂漫，天然生成在到了极点的平庸里，有一种果敢在脆弱中滋长，将平庸与果敢深深吻合的野草，可否也是如此呢？在它的天地里，看不见莲叶田田、明月松间的美景，也闻不到春江水暖、飞花点翠的气息，只有一颗颗透亮而恬静的心灵化成的串串悠远遐思，任你忖度臆想。

在城市里，当你看到草，人的眼睛都是绿色的了。草在城市是宝贵的，装饰着一些景点，就像在硕大无朋的王冠上镶几颗翡翠。草在乡下是低微的，七月的乡村，目力所及，草笼罩了无际的原野。草是锄头的敌人，农民意志坚定地扛起锄头，干啥去呀？去锄草，农民一生中大部分时光都在锄草，以保护庄稼的名义锄草。农民怨恨至极，莫过于“种豆南山下，草盛豆苗稀”。

草，是乡村的肌肤，现在移植几块到城里，反倒显得弥足珍贵了。不再叫草，而堂而皇之唤作绿地，绿地是颇有吸引力的，每每被开发商巧妙利用，绿地面积大小，成为一个小区的品位与格调。我有几次购房的经历，被看中的不是住房的本身，而是所在小区里的小草和大树。绿意黝黝的油，一块块凝固着，茸乎乎的，齐展展的，看着让人心里舒畅安闲。

小草，人们通常会认为你是弱小的象征。无疑，你很细小，你瘦弱得连一滴小小的露水，也能够压得你低头耷耳。春天的脚步近了，你小心翼翼地顶破土层，无论朔风多少凛冽，你却悄悄地长。绿绿的，青青的，嫩嫩的，洒洒脱脱撒遍原野。十棵、百棵、千棵、万棵，就像天上的星星一样，谁也数不分明。不管是什么土壤，你都慢慢地咀嚼春的清爽，夏的馨香，秋的金黄，冬的纯净。你把矜持和坚忍的根深深地扎进土壤里，向四面八方蔓延，堪称棵棵扎实，根根牢固。“疾风知劲草，春风吹又生。”每一次风的暴虐，你变得愈加刚劲。每一次雨的洗刷，你的绿叶愈加葱翠。一点点积攒蕴蓄着生命的精气神儿，根植着你的信念和渴望，期待着绽放生命的花环。

走进夏天

夏日近了，应和着渐远的夕阳，聆听那淅沥的雨声，哼着快乐的小调，踏着轻盈的脚步，看着绚丽的彩虹。

蝉儿在枝头亮亮唱歌，鱼儿在水里悠悠嬉戏，为了这个夏天的到来，人们的笑语就像滂沱的雨声，酣畅瓢泼哗哗啦啦。

当树上的石榴绽放微笑，蝉沸水似的一声声鸣叫时，夏天，就这样姗姗来迟。夏天就像一个年轻人，他灿烂的笑脸是灼热的阳光，他厚密的头发是葱茏的草木，他暴躁的脾气是忽来速去的骤雨。夏天似乎是一个风风火火的年轻人，春姑娘还正恋恋不舍地与万物挥手告别，夏天便火辣辣急匆匆地赶来了。

从夏天出发，一缕轻风就可以扫除身心囤积的困倦和疲乏，一阵急雨就可以清凉脸颊滚落的汗珠，一脉墨绿就可以拯救和慰藉一个孱弱的灵魂，一阵蛙鼓就可以将静谧的小村庄送进一场甜蜜之旅，夏天的一草一木都绿意盎然，蓊蓊郁郁，苍苍翠翠，一枝一叶都油光闪闪，遒劲有力，生机勃发。

春风吹绿了的时光让位给夏日的火热，万木顿时被催生得浓墨重彩起来。

成熟的小麦，腆着鼓鼓肚皮，肆意地闯进农家人的粮囤；红薯苗憨厚着脸皮，把脖子伸得老长，青翠的秧苗在水田里争先恐后地谋求“拔芽”的发展空间。映入眼里的或青绿，或墨绿，都完全地褪了鹅黄的底子，它是这般的葳蕤和葱茏着，抛弃稚嫩，不再浅薄，把生命的层次浓浓地极尽展现。它悠悠地呼吐出纯纯的气息，充满激情地吸纳着烈烈的阳光，让你在这样绿意的庇护中，尽享清凉，神清气爽。这是灿烂、热烈、奔放的夏天带给我们的见面礼，屏息谛听，满世界都漫溢着一种执着的躁动。

白昼在一点点加长了，而夜晚却越来越短，太阳像那些睡眠不足的老人，还不到五点，就从平原的腹部醒来了，迫不及待地露出了红扑扑的笑脸。它就这样乐呵呵笑着，一直笑到晚上快八点了，一轮淡月在东边半遮半掩地窥视着，等不及了，换班的时间到了，太阳才慢吞吞地、很不情愿地在西天落了下去。昼夜更替，日月经天，这太阳慢慢走得不靠谱了，它想独自大包大揽，这就难免让人感到有点过分了。

其次是树的变化，春季长出的淡绿的叶子，鲜嫩嫩油汪汪的，忽然间就深深的浓浓的，绿得化不开了，风的小手拂拭着，发出哗哗哗的响声，把春天沙沙的细雨变成敲打的急雨了，如磐，如钹，如铙，急切切如万马奔腾，三军涌过，有时也曼妙如远古之琴瑟战国之编钟，变得热烈丰富，激情澎湃，再没有春天的纯粹、浪漫了。而绿荫却膨胀扩展了，使人多了午睡纳凉的好去处，人们一面叱骂着夏阳的残酷和毒辣，一面感念着绿树为他们撑起遮阳的巨伞。他们情绪就是如此矛盾着，忐忑不宁。他们深知，一年四季，没有一个季节能像夏天这样提供给他们这么多的福地，休憩汇聚，歇晌纳凉。夏天的树，尤其繁茂。放眼望去，那一柄柄绿色的华盖，下面是一方方凉爽的空间。缓步上前定睛细瞧，树叶青翠欲滴，层层叠叠的绿叶当中，埋伏着一颗颗嫩绿的小果子。嗬，出人意料，这夏天是如此的深思熟虑，早已为秋天的来临料理好一切了呢！

夏天来得如此之急，以至于人们没过几天便深刻地领略了酷热难耐的含义。在太阳的炙烤下，大街上的柏油路变得软软的，好似踩着橡皮泥；怕热的蜻蜓担心阳光伤了自己的翅膀，只是悄悄地贴着树荫处慢慢滑翔。街边的梧桐树伸肢展臂，给人罩下一丝可怜的阴凉，自己也泛着炫目的绿光；整个城市就像一个硕大的蒸锅，城市里的人们都在蒸锅里哗啦啦地汗流浃背，感觉自己随时就要煮熟了。

夏日的热风似乎更浓了，那日头更成熟了，红红地露着炙人的一层皮，如同一只火球。然而，在人们的心底，可能更像一匹不近人情的火魔。炎热是夏天的主题。在烈日下，人类挥汗如雨，动物们气喘吁吁，天地间犹如无形的桑拿蒸房，热火朝天而又忍无可忍。耐不了太阳的暴晒，杂草叶子都卷成细细的长条了。即便林中的小鸟，也都歇在树上张大嘴巴，懒得飞出去觅食了。热！热！热！人们穿着衣服热，光着膀子热，露背袒胸热，摇着扇子还是热，吹着空调仍然热，热得汗流如注，热得淋漓酣畅。

火炉般的煎熬里，自然就翘首祈盼雨，那来得猛烈的雨。沉闷，炎热，窒息，当这些疲惫的感觉即将达到极限时，大块大块的乌云碾压过来了，一道闪电耀眼地划破长空，阵阵雷声随之而来，撼天动地，继而疾风暴雨，气势汹汹。蓝黑色的风猛烈地撞击着门窗，疯狂地摇晃着道旁树，随着此起彼伏的呐喊，融合成了由怨而喜的一场雨战。原本静若处子的树木，疯狂摇动，披头散发；干燥的大地水流成河，雨花飞溅；强劲的雨柱，经不住风的吹、撕、扯的威力，只好将空白的地方让别的雨珠拂来、补缀补缀了。一阵悠扬的二胡声韵自巷子里溜了出来，就像雨滴一样，浣洗着人们躁动的郁烦情感。窗外，花草依然翠绿如故，流水清风依旧无拘无束，而我们匆匆的脚步早已跨过夏天的门槛。大街上白杨树叶在阳光照射下微微漾动着一层绿光，蓝色的天空挂在楼上一层似雾非雾的白气，这层绿光和白气糅合着，让人觉着心里非常舒畅。

夏季，让生命走向成熟。田间，刚刚割过麦子，那挑着七八片绿叶迎风摇曳的棉苗，那举着喇叭筒朝天远望的高粱、玉米，那在地上密密麻麻匍匐前进的瓜秧，无不迸发出旺盛的生机。这时，它们已不是在春风微雨中细滋漫长，而是在蒸腾的暑气里，蓬蓬勃勃，向秋的终点最后冲刺。

春天时，少男少女穿风衣着夹克，在夏天，霎时让人觉得模样大变。男孩的嗓音开始变粗了，说话也憨声憨气地别扭，而嘴唇和下巴上却钻出了短短黑黑的胡碴，像夏收后急火燎过的麦穗，脖子上也开始滚动如山核桃般硬的喉结。进入夏天，男孩就成了男子汉，他们穿着宽大的裤衩和背心，露出了胳膊和大腿上的肌肉群，尚嫌单薄但绝不缺乏力度。他们自豪而又羞涩，自信而又盲目，热情而又单纯，这些复杂而新鲜的内容丰富着他们的身心，使他们感到忧郁而又快乐。阳光足足的，他们就在太阳下唱“你是不是像我一样在太阳下低头，流着汗水默默辛苦地工作？”下雨的时候，他们就高昂着头，用力甩着头发上的雨珠，在雨帘里显得从容而潇洒。

女孩子比这些傻里傻气大咧咧的男孩子，就多了些深沉、含蓄的涵养。与男孩子比一比的傲气、学生时代的那股野气，好像一下子飞得销声匿迹了。她们开始拥有自己独立的小屋，开始为每月一次的麻烦而忧虑重重，对自己身体的变化她们心里惊诧着，浑身上下开始出现朦胧柔和却又鲜明的曲线，脸红润了、细腻了，身体也凸凹着韵致，错落出了魅力。她们有点怨恨夏的到来，在炎夏，她们必须消除对自身毫无成效的束缚，她们穿着薄而柔软的纱裙，让人们惊讶于这些素朴的女孩怎么突然间都变成大姑娘了，头发黑亮且浓密，皮肤嫩白而细腻，这一黑一白的错落和反差，使人平添了几分众目睽睽下的异想和奇思。在夏天，她们理想的色彩慢慢减退，梦想渐渐多了起来，而浪漫的情怀却愈涨愈高，恐怖危险和羞于启齿的梦境开始屡屡展现。在夏天漫长的白昼里，她们喜爱走在街道绿荫下，吃高档雪糕喝冰镇豆奶，同时不情愿地接受那些含意模糊的眼睛，那是偶尔路过的男人停在她们身上的目光。她们既紧张又兴奋。她们在夏天显得年轻伶俐而充满魅力。为此，她们终于明白了为什么年轻的女人都喜爱夏天。

阳光越来越扎眼，越来越强烈，越来越火热，每一棵树都在静静地接受阳光的检阅，似乎只有过了这一关，树才能将绿色的大伞托举得更高更远。而那些阳光下的小草似乎也在挣扎着呼吸，它们低垂着脑袋，无精打采，心情颓丧到了低谷。山坡上的诗意更加繁盛了，湛蓝的天空更加深邃了，河流的速度更加舒缓了，仿佛时光的脚步也骤然变得迟钝了，有时甚或就是停滞了。

蝉是大自然的合唱团，以响亮的韵律，优美的节奏，吟咏着一首绝句，这绝句不是李白的也不是王维的，是蝉对季节的感喟，是它们对仲夏有着一致的情感，不约而同的一首抒情诗。诗中自有其生活基调，有点近乎自然诗派的质朴淳厚，又有些飘逸旷远，更多的时候，尤其当它们异口同声地收住声音时。我认为它们胸臆里，好像有许多豪情悲壮的故事要说。也许，是一首雄浑磅礴、浪漫瑰丽的边塞诗。

早晨听蝉，仰其高洁。蝉算是有翅族的隐士吧！饮露餐风，高踞树梢。不食人间烟火。那蝉声在晨曦微茫之中格外轻逸，似有似无，又忽远忽近。一缕蝉唱之后，自己的心灵也跟着透明地流动，有一股“何处惹尘埃”的顿然了悟。蝉亦是禅，蝉方为禅。

酷热的午后，也有蝉吟，但鼎沸了些。像一群诗人游吟着，不经意间相遇在树荫里，闲散地歇歇脚，叙叙家常。拉拉杂杂地，他们问候季节、谈天探询，倒没有人想作诗，于是声浪阵阵，没有押韵也缺乏韵律，有时也交换流浪的方向，却并不关切，因为“流浪”原本并没有方向。我嗜好在黄昏一面散步一面听蝉。走进蝉声的世界里，就像欣赏一场演唱会，如果你知道该听什么。只是我们太忙罢了，忙得与美好的事物擦身而过都悄无声息不知不觉。也太专注于自己，而生活的镜头只是摄取自我喜怒哀乐的大写真，其他的一切都是模糊的背景。如果我们退后一步，观察周围，也许我们会注意到整个格局已经发生了变化。变的不是图案本身，而是我们的视野。所以，偶尔放慢脚步，让眼睛以最大的可能性把天地随意浏览一番，我们将茅塞顿开：世界还是在时时刻刻妆饰着自己。而有什么比一面散步一面听蝉声更让人神清气爽的呢？

那声声蛙鸣在满田葱葱绿意的禾苗中滋长了节节拔高的阵容。不知什么时候，天边滑来一块乌云洒下一阵夏雨，铺天盖地把这些深绿浸染得让你窒息无语，让你怦然心动。满池的荷花在向我们露出笑脸，展示那冰清玉洁的魅力。荷花在湖中生长，被称为“水中皇后”。它是那样高雅，那样舒展，尤其是盛夏时节，热情奔放，有洁白的、粉红的、绛紫的……竞相开放，互不相让，它们似乎正在举办一场时装秀。在碧绿的圆硕的荷叶上，小水珠滚来滚去，偶尔几只小青蛙跃上一片荷叶，把荷叶作为歌唱的平台。在阳光的辉映下，水珠银光闪闪，显得楚楚动人。这些出淤泥而不染的花仙子，在夏日阳光的照射下，是那样的亭亭玉立，圣洁高雅，千姿百态，嫩蕊凝珠，含笑亮眸，盈盈欲滴，清香阵阵，沁人心脾。因为夏天，我们便有了观赏“接天莲叶无穷碧，映日荷花别样红”的志趣和雅兴。

睡觉前的几个小时大概要算是最难熬的，当蝉声撤退时，荷塘里青蛙的叫声又此起彼伏绵绵延延不绝如缕了。于是，看电视的就把电视的声音索性放得再大一点，屋外乘凉的，就把乘凉的话题编织得更加风雨不透细致绵密。夸夸其谈、好大喜功的青蛙们，就只好硬着头皮自己为自己演奏了。充满激情的蛙鸣灌醉了乡村，所有的村庄沉入了梦的幽谷，安详地静卧在山脚下，如水的月光，濯洗着夏日大地上的河流山川；璀璨闪耀的群星，像夏夜的眼睛，茫然无解地看着发生的一切。

然而，夏日的夜晚是美丽宜人的。月亮又大又圆的夜晚，风吹着树叶，筛给小院一地碎银，斑斑驳驳，闪闪烁烁，变幻莫测；月下，河流、村庄、丘陵都清晰可辨，平原上那大片大片的庄稼，风一吹潮水般地涌着，响着，让人感到宁静安详，带着一丝古老的神秘和恐怖的气息。倘逢月初月尾，月就几近于无，星星却出奇的亮，出奇的大，老太太在哄着哭闹的小孩子，一颗一颗地数，老太太数一颗，小孩子也跟着数一颗，但总是数不清。

许多极富情趣的生活场景在夏天都是独一无二的。戏水的鸳鸯，恋花的蜂蝶，河边的蛙鸣，上树的蚂蚁。在喧嚷的街头，上穿背心下着短裤或短裙的女孩更富有青春的气息和异性的韵味；在状若华盖的大树下，常常聚集七八个白发婆娑的老人，手摇蒲扇纳凉闲谈；在饭馆、歌厅、冷饮店、大排档，冰镇啤酒、冰镇饮料为年轻人的生活添加了许多情调和乐趣；在绿树环绕的池塘，一群赤着屁股的孩子蛙泳、狗刨、打水仗、扎猛子，完全沉醉在欢快的嬉戏中。

如梦似幻的季节，绿一地，蓝一天，梦里柳荫堤。张扬狂放的夏天，雨一阵，风一程，小舟芦苇里，聆听大自然的声音，美好、真实。静下心来，抛却浮躁，少些烦恼。净心洗耳，仔细倾听，好好感悟那自然之美，自然之声。敞开心胸，走进大自然，用心体验，用笔描绘那美妙、伟大、神奇的大自然。夏天，让我们给心情放个假，倾听大自然，倾听自然美妙的声音。那是最美丽的声音，最动人，最纯净。感受生命，体会自然。

第三辑

望眼欲穿

风 筝

每年立春过后，河流解冻的声音，宛如轻轻歌唱。紧随着，青草以青草的样子葱茏，花朵以花朵的样子摇曳。在春分清明的日子，油菜花黄遍的乡野，柳条儿也绽出了鲜嫩的芽尖，但迟归的候鸟和不肯高飞的蝴蝶无疑使天空太缺乏活力与色彩。忽然，风筝！风筝！一只恣意游弋于空中的风筝扑进了你怅然而又渴望的眼帘，于是，蓝天遽然生动起来，你的热血也转瞬间鼎沸了。又几乎是一夜过后，越来越多的风筝在空中飞舞。房屋的阳台，门前的空地，都有孩子们欢呼风筝的笑声，但是风筝的海洋却在田野里。风，携着风筝把天空拂拭得蔚蓝后，还喷洒了鲜花和青草的香气。

我盼望着这一天，盼望着跟风相偎相依的这种感应。最好在你抵达之前，我能抓住一些不染纤尘的词语，为悠闲自在的蓝天献上诗的筝群……许多年后，在城市里，鸟儿不想在高楼的夹缝里生存。人们由此忧心忡忡：把什么放进蓝天能够像鸟儿一样遨游？当城里的鸟儿无可挽留地飞走了，除了徘徊的云彩，只有广场上空各种各样的风筝，像鸟一样，虽颤颤悠悠摇曳生姿，但不会用如歌似吟的语言与我们攀谈。

有风的日子，小伙伴们如飞舞的蒲公英，以幻化的翅膀捶打着感情边缘的草地，丰盛着天真无邪的内容。阳光明朗地照耀着，泥土清香糅合着青草野花的气息把田野熏染成一个美妙的天堂。几声犬吠，村头奔出了一群连蹦带跳的孩子，似脱圈的鹿群，穿过树林，跨过沟渠，珍珠一般撒落在色彩缤纷的田野上。一声呼哨，十数只风筝一齐抛过头顶。线圈在手里呼呼呼地旋转，脚丫子在刚刚露头的草丝上飞驰，痛得痒丝丝的麻。风筝呢，早飞上去了，玲珑轻捷地，变着花样盘旋、翻飞、俯冲……平缓淡定的、怡然地徜徉，响着悠扬入耳的筝鸣……一点一点地，地上的孩子，也像天上的风筝一样欢快舞蹈着了。蓝天上涌动着三五只风筝，地面上雀跃着十多个鲜活的生命。风筝不停地飞行，孩子们也不停地奔跑。孩子牵动着风筝，风筝牵动着孩子。它进入了他熟睡的梦境，他托起了它扑腾的羽翼。草的绿色太丰盈了，于是便流溢到浅灰色的小布鞋上，白色的鞋底点缀上了绿色与泥土。飞奔时，泥土被有力的小腿翻飞，淡淡的泥香不只是浸在地上，而是融漾在空气中，飞转的轮轴放着自己的线，直到最后一圈孩子们才肯休憩，因为他们想让各自的风筝飞得更高。在他们的小脑袋瓜中，或许风筝的高度就是天空的尽头，心有多高，风筝就有多高吧。

我幡然醒悟：只有在风中，风筝才能听到生命的意义和飞翔的召唤。抬头望天，心情顿时就好起来了。虽然眼角犹存丝丝酸涩，但满布着欢喜。欢喜这春，终于姗姗来临；欢喜这日子，依旧平静无波。感谢温煦的阳光，每天按时地穿过屋顶，擦过墙角，越过窗台，洒落一地。静静地，暖暖地，映着风筝投下来的影子，连影子都带着些许沉寂。你不要如此落寞地傻笑，笑得人心尖儿都疼了。如果不快乐，那就放声大哭吧。飞鸟掠过天空，没有留下任何痕迹，但它确曾来过。人生一世，即使不曾留下什么，但是，我们也确曾风风火火来过。

风筝紧贴着天空最美的一个侧面前进，它要快速到达天空的高处和远处，在我们看不到的地方狂舞甚或老去。这种前进有点像一把闪亮的刀子，而风就像是天空伸展的另一把刀子，两把刀子在天上打架，其光煜煜煌煌。龙头和凤尾都在剧烈摇摆，就像世界上五彩缤纷的树叶一样。

隐隐作痛的地方，则是我们的手指，还有我们的脖子。这是一种与根休戚相关的疼痛。根在疼，但风筝却在跳舞。每个人都看到了树叶的舞蹈，可是根的疼痛，却只有我们自己知道。

孩子们多想把自己手中的风筝放到天上去飞，他们尽力地在地上迅疾跑着，一次一次又一次。他们是些小小的理想主义者，甚或说是理想主义的一些种子。我们大人则早就摒弃了往高处去的渴望，和孩子们相比，我们则像一些近乎干枯凋零的大树，虽还能被孩子们仰视，却让我们浓浓地妄自菲薄。

而我，一个大人，正在放风筝。一棵老树，正在发着自己的新芽，风筝就是我那棵老树上的新芽。孩子们簇集在我的周围，像蜂拥着他们骄傲的王。

当回首往事时，我们不约而同地呼唤着风。春天，放风筝的时节，也是我们呼唤风的时节，我们希望风把我们心里的一个什么东西送入青云，即使仅仅把我们留在地上。布、纸，还有绸子，这时候都在天上飞翔着，飞翔着，远去，远去……

线放完了，一时间，我是多么欢欣，却又是多么黯然。成功来临的时候，弹尽粮绝山穷水尽的感触也就浮上心头，再看天时，一片渺茫也就充溢着眼睛。我没有爬山，但是我的风筝却在爬山，风筝把它爬上高山后的心绪细若游丝地传递给了大地上的我。

放风筝的感觉就好像对着一个遥远的对象，虽然距离很迢遥，但心里永远不会绝望，因为你知道，自己紧紧攥在手中的，是你们情感的纽带，有了它，便有了无边无际的牵挂。放风筝的情怀最美丽，手中一根线，一头是自己，一头是浩瀚无垠的天空。与其说放风筝，不如说放飞的是情怀，是心境，是思念。任思绪随着款款飘起的风筝飞逸、盘旋，多么恬淡，多么空灵，多么惬意。给人以无限的遐思、无尽的幻想，更给人以宁静致远的感怀。人生总有许多意外，握在手里的风筝也许会突然断了线。有些人不见了，就是从我们的世界里彻底消失了。可是有些人，却音容依旧，始终闪现，一直清澈地留在我们的脑海里面。其实，有时候会想，有这样一种感觉，就会很珍视身边这样细微渺小的感动，就会将它记下来，告诉自己懂得欣赏生活，珍爱每一次的感动。风筝飞得好与不好，在于风姑娘的援助，更在于放风筝的人。就像我们的生活一样，自己把握自己的命运，即便有时候没有贵人相助，也应该自信自立。那风筝的线，就像我们自己走的路，有时候会遭受外界搅扰，有时候会自己打结，但只要蓬勃进取奋发向上，一定会像那飞得最高最美丽的风筝一样飞出自己的天空。

于是就缓缓收线吧，把所有的东西放出去，最后还要收回来。就像我们一样，最终都要回到大地那儿去，带着茧花和伤疤。放完风筝的时候，也就是我们的人生低下了头的时候，这时候，我听见一把剑锵的一声急慌慌地进入了自己的鞘。当我们回到家时，剑正在鞘里甜甜地酣睡。

美妙的人生，亟须一个放飞风筝的抱负。而光明的未来，就在紧握在我们手中的那根线里面。每个人都是一个被牵挂着的风筝。儿时，你是父母手中的风筝。长大后，你才明白，那根线是一种责任，是一份父母对子女最无私的爱。上学后，你成了老师手中的风筝。工作后，你成了领导手中的风筝。成家后，你成了妻子手中的风筝。老了后，你又成了子女手中的风筝。人生是风筝，总有一根线牵着你，或短，或长。你在这里，爱你的人却在那里。这帆风鼓动的精彩，这目眩神摇的鸢姿，常使人联想到那腾飞的风筝不正是天涯沦落的游子吗？不论他们走得有多远，飞得有多高，心中总有一个期盼，一种牵挂，那便是“慈母手中线，游子身上衣”的亲情。父母们手里拿着的这根长长的线放飞的是他们的情，他们的梦，是希望、是梦想、是祝福。为了这份希望，这份情愫，他们舍不得那放飞的鹰偏离他们心驰神往的前程与航线，无论结果怎样，都不容许在他们的视野中湮灭。只有能看得见他们的倩影，那颗惦记的心才能安宁坦然。因为真真切切那是他们的心头肉，终究血浓于水。

再执着的未来，也会有以往；再渴念的目光，也会有怅惘；再幽雅的旋律，也会有神伤；再纯真的文字，也会有颓丧；再动人的花好月圆，也等不到地老天荒。不要抓住回忆执拗不放，断了线的风筝，只能让它尽情地飞，放过它，更是放过自己。要自信乃至是自恋一点，时时刻刻提醒自己值得拥有最好的一切。

红红火火闹村戏

戏如人生，人生如戏。村戏，依旧是乡村记忆中最完美、最清爽的一道风景。说起听戏，那还是童年时代的前尘旧事了。在过去，或是歉年，或是丰年，大年三十吃过饺子，新春正月村里便开始搭台唱戏。平时，人们忙于生计，无心思乐，穷乡僻壤荒村野落的，也没啥新鲜可瞧，因此，逢年唱戏，便成了黄河故道的民俗。村里唱的戏叫村戏，极为亮心养眼。冬眠的乡村经这乐腔轻轻撩拨，冰冻的土地连同乡亲们尘封已久的好心情，就从蒙眬和疲惫里醒来了，发酵膨胀了。

村里热烈讨论，勠力同心。村庄发挥人口众多的优势，积聚力量，全力以赴。戏班寻找功底深厚的专业团体，演出地点设置在宽敞明亮的场所。村人脸上荡漾无限荣光，心中翻涌神圣信仰。村庄要出彩乡间，也让“祖宗”看见人寿年丰欣欣向荣。隐藏在村戏里的忠奸善恶、百万雄师、情侣鸳鸯，都等待着在大年里恣肆亮相跃然台上。

村庄像是筹备过年般，家家户户不停忙碌。老人们一面托人通知外村的亲朋好友前来观看，一面备足食物。小伙子学着打扮自己，极力展现东道主风采。小孩子每天走上戏场几遭，探究戏班是否来临。

唱戏前几天，大人们竞相转告，家家邀亲约客，人人笑语盈盈。我们小孩子们个个喜上眉梢，好像快要过年了，浑身有使不完的兴奋劲儿。小村里，亲朋欢聚，杀鸡宰鹅，其乐融融。开戏当日，夕阳西沉，夜幕低垂，缕缕炊烟水袖般款款飘过寂寂静静的原野，飘过清清爽爽的天空。而戏场上早已摆满了小马扎、柳条板凳。早有村民在观望、唠嗑，所谈论的都是些无关痛痒的家常事。小孩子则台上台下猴子一样又蹿又跳，偶尔扮着鬼脸。大姑娘小媳妇细心梳洗打扮，刘海儿有的飘逸洒脱，有的用剪刀瞄过一刀，头发上搽了梳头油，亮灼灼的，滑溜溜的。发髻形状又扁又圆，有的插一根发夹，戴一支绒花儿；有的罩上黑线网子，贯一根银簪子。穿了平时舍不得穿的花衣裳，拿了自己一年来积攒的零花钱，结了伴儿，拣了近路往戏场赶。

村戏拉开序幕，大道上张贴“热烈欢迎”等字样的大红纸。外村的亲朋好友来了，老人们和他们聊叙家常，东拉西扯谈天说地。彼此温馨着先天的血缘关系或后天的友情。小伙子酝酿虏获姑娘芳心的计划。含蓄许久的举止要付诸，埋藏多年的表白要说出。有时天上的厚云阴沉着脸，冷不丁挤下几滴冰凉的泪珠来，人群开始纷扰骚动起来。戏场上首先撑起一把大油纸伞。雨滴，淅淅沥沥地滚落着，没有叫停的趋势。于是，被迫停演，改天再演。人们心里极其懊恼，个个淋得像落汤鸡。

戏，从初一唱到十五，少则三台戏，多则六台戏，谓之唱大戏。大戏以时间之长，角色之众，戏折之多，乐技之高而体现戏唱得“大”。所以，大戏不是村村都能唱的。村里唱戏，有个规矩，丰年六台戏，歉年三台戏。说不清原委，都是祖上之训，相沿成习，约定俗成。正月唱大戏，不是每日都唱，要选吉日，讲究个“顺”字。一般逢一、三、六、九、十二、十五唱，其余的日子，便歇台休息，养精蓄锐。

唱大戏，一是为的迎神送鬼，冀图吉利。因而，戏都在晚上唱，直唱到寒霜满地冷月西落，鸡鸣声声里，那天边的一钩新月伴着几粒儿疏星，那夜归老汉的烟锅儿上的火星儿一闪一闪，那树木、河流、村庄，都静静地沉入梦乡了。二是为了欢欢乐乐，喜庆太平。唱戏的，看戏的，热热闹闹的，台前台后，乐乐呵呵，照着面，作个揖，道声“过年好”！刹那间，满肚的恩恩怨怨，陈芝麻烂谷子，便涣然冰释化为乌有，又是和颜悦色一团和气。农闲中的村民，又成了很闲的忙人，他们就又用打量庄稼的目光来收割戏中的悲欢离合。巴掌大的村庄除了种庄稼，最重要的事情就是看戏了，因为有了看戏的盼头，乡亲们日子也欢畅了许多。

村里唱戏，戏台非常简陋，先在庙前垫个土台，在土台上，再放上十几张门板。门板是从各家借的。然后，在门板上，再铺几张大炕席，戏台便赫然搭成了。

尔后，在戏台后面，挂块蓝布，作底幕；戏台前脸，在横杆上挂块紫红布，做屏幕。横杆两头，各挑一盏汽灯，那灯芯贼亮，照明好大一片。戏台两边，仍用炕席围起扎紧。远看，规规矩矩，方方正正，宛若如坐露天戏院。

戏台搭得硬，道具要更好。逢年开戏，领戏的长辈，要洗净手，在祖宗庙前燃炷香，方敢令人从庙里抬出几个红漆大柜，亲自启封。里面尽是道具、花花绿绿的戏衣、刀枪棍棒等，这都是祖上传下来的。

原来，每遇丰年，有了钱粮，领戏的长辈在村口几声吆喝，各家便捐出些许钱财，先添置新的唱功的妆衣和家什。从此，留与后代相传，像繁衍子孙，使村戏也延续下来。

收戏卸妆后，各戏角儿，要把自穿的戏衣，捎回家洗净，方能交回。由领戏的长辈，将家什藏入那红漆柜底，待封好，再燃炷香，才把那盛道具的红漆柜送回庙里，来年唱戏再开封。

村里唱戏，戏种不定规矩。有老戏，也有新戏。既唱梆子戏、柳琴戏，也唱四平调等地方小曲，但多以古戏为主。因而，村里的大男小女，都能哼上几段。久之，那戏的一些情、容、意、貌，便被唱得滚瓜烂熟，炉火纯青。梆子戏以枣木梆子为击节乐器，“文戏武唱”，黑、红脸唱腔高亢健壮、慷慨激越。四平调由花鼓演变而来，以“哎、啊、嗯啊、哪呀”等语气烘托，加以巧妙的引唱和润饰，在一气呵成的“快四平”之后，接着一个高八度的甩腔，给人一种奇峰突起的乐感。柳琴戏又名“拉魂腔”，有“九腔十八调，七十二哼哼”之说，还有奇特的说法至今脍炙人口：“拉魂腔一来，跑掉了绣鞋；拉魂腔一走，睡倒了十九。”家乡旧时有“四大香”：“豆米饭羊肉汤，旱烟袋拉魂腔。”粉面黑脸，穿红挂绿，胡琴悠扬，锣鼓簇拥，艺人在台上唱，观众在台下哼，方言俚语，耳熟能详，徐徐地，那腔韵便透出一股甜淡古朴的厚味，那戏也便唱得极诱惑感人。

村里唱戏，看的比唱的更喧嚷热闹。河畔方圆十几里的人一知晓，都乐得屁颠屁颠的，仨一群，俩一伙，或挤满一辆骡马大车，踏着昏明，赶来观戏。靠近戏台坐板凳的，多是本村乡亲。稍后立着的，多是外村人。靠不近台，又不甘心凑合看的，有的盘于柴秸垛上，有的便攀上树杈，有的蹲在墙头上，还有趴在房顶上的。戏台周围里三层外三层，牵儿抱女，扶老携幼，呼爷唤娘，人人喜挂眉梢儿，一片人声鼎沸。

忽而，台上棒鼓手“啪、啪、啪”几声脆打，三阵锣鼓敲过，戏便要唱演，台下“唰”的一片井然，鸦雀无声。那戏便愈唱愈烈，那胡琴也愈拉愈悠。花旦出场了，秀目顾盼流情，长袖拂地若出水芙蓉，兰花指纤细修长，嫩嗓子如燕啄泥，长长的颤着哭腔的清音，把人们的心思扯得很远，落叶一般飘零。看戏的乡亲们，便被一种激动的心绪涨满情怀。唱得投入，看得痴迷。小村被锣鼓点儿敲热了，“咿咿呀呀”的韵致弥漫洋溢着。花好月圆、陈年故事；才子佳人、旧时情怀。这些戏文的确很老套，草台戏班和临时戏台的确很粗糙，可是有什么关系呢？唱戏的人，让自己融入了跌宕的往昔；听戏的人，在别人的故事里潸然落泪。

村里唱戏，要有红角儿，谓之“台柱子”。不然，一台戏便没了精彩，味如鸡肋。“红大褂”是十里八村最红的硬角儿。已记不起她的名字。她不仅扮相好，身段妙，字真意切，腔韵圆亮，顿挫分明，戏路也多。尤其她的袖子功夫，极深，是绝活。但见她的甩袖，飘如云，旋如风，抖如波，左右遮拦，上下蹈舞，柔弱如水，使人看得扑朔迷离眼花缭乱。村里村外的人见她，都叫她“红大褂”。每台戏，红大褂一亮相，台下观戏的，便伸长脖子，竖起耳朵，百倍精神，喝彩不断。低回时似涧底小溪，泉流幽咽；高亢时似云中百灵，悠远清丽。红大褂的拿手绝活是“拉魂腔”，那拖腔儿，一口气下来，能叫听戏的人把心提到了嗓子眼儿。嗓门儿又高又亮，一句高腔甩出，似鹰雉摇翎，颤悠悠直上云霄，而后，那声音在万里云端盘旋，如闻天籁。俄顷，那天籁自云端跌将下来，似晴空里一声霹雳，穿云裂帛，震得百里长堤似乎都在瑟瑟颤抖。那一年唱《卷席筒》，红大褂扮演戏中的嫂子，唱着唱着，想起因生活不幸凄惨死去的爹娘兄妹，勾起心事，一阵酸楚，情致大发，假戏真唱，声泪俱下，悲悲切切，生把台下唱出一片唏嘘，就连终日里和土坷垃打交道的庄稼汉子，也禁不住鼻涕一把泪两行地呜咽。水灵灵的唱腔，把村头村尾的村民，束成了紧紧的一团。戏演在土台上，魂活在人心里，小村的舞台上走着历史。就这样，台上有戏，台下也有戏，村戏也是人生的一面镜子。有了村戏，人们才知道自己活在戏里，才知道戏里有自己的影子。

村里唱戏，必有一个打板眼，一个敲铜锣，一个打嘎巴鼓，再有一个拉胡琴的，这台戏便演得辉煌斑斓。戏班有句俗语：“三分胡琴七分唱”，可见胡琴拉得好，唱得也极省力。周围论胡琴拉得好，要属一个叫“绿大褂”的了。他二胡、京胡、板胡、高音胡，件件都拿得起。绿大褂又很仗义，很受村里戏迷们厚爱。平日，晚饭罢，绿大褂便端起木凳，摆在屋门口，二郎腿一跷，把那胡琴往腿上一架，头微微低埋着，一揉一滑一弹一拨，从那胡琴的魂膛里流出的水调，便把人溶得忘了自我，下意识地步入如痴如醉的境界……

几日来，整个村庄沐浴热烈气氛中，等待着一场盛大的演出。演员激情迸发地戏中演出，村人酣畅淋漓地如戏中人般生活。戏中戏外交相辉映，水乳交融。这场戏风渲染过后，村庄有滋有味、有声有色！看过村戏，你便知道村庄为什么活力永恒，生机盎然！心情有时像是珍稀的古董，经过时光的深藏后包了浆，再回味竟觉得是如此宝贵。

村戏像蒲公英一样有着顽强的生命力，随风飘到哪里都能落地生根。每临年关时节，村戏就红红火火地来了。高音低音唱出咸湿乡情，白脸黑脸走出曹操包公。寻常人物，能文能武能神仙；三尺戏台，可家可国可天下。一颦一笑，一招一式，活生生地把历史故事演得淋漓尽致，让人穿越时空，设身处地，身临其境。人们把自己忘了，忘了庄稼忘了收成，他们在为一群很远很远的人流泪。人心天平上，称量着世事的是非曲直、吉凶祸福；一个小舞台，唱尽了人间的喜怒哀乐、善恶美丑。于是，平淡的日子有了起伏的生命，凄迷的夜色带来悄悄的黎明。在清贫恬淡的岁月里，村戏承载着村里人的祈愿和梦想。于是，年味变得激越高昂而又荡气回肠，乡村的日子就有了色彩，来了劲头；于是，喜气和希望就在村子的每个角落流动徜徉，醉了四邻八舍的乡亲们。

村戏，唱入魂魄，唱进梦境，唱成天籁，撷拾遗落在岁月深处的幸福和愉悦、纯真和质朴、柔软和感动。村戏，曾经舒缓过乡村古老而困顿的身躯，慰藉着众生躁动而怅惘的心灵。村戏，已然走过了千秋岁月，像一杯温情的美酒，像一幅古老的插图。

随着现代文明的变化，那村戏早已多年不见了。那叱咤于村戏舞台上的红大褂、绿大褂，早已年逾古稀了。古老的村戏渐渐湮没在时光深处，游鱼一样，泳进时间的河里。村戏渐远渐去了，成了正在消失的“活化石”。曾经有位朋友大发牢骚：“想再看场村戏，怕是要等到公鸡下蛋母鸡打鸣了！”深有同感的我却愈加思念村戏，更想再看一台红红火火的村戏……

村戏属于农村，属于过去。今天的都市没有村戏，所有的热闹都散发着浓烈的商业气息，毫不掩饰地袒露着招徕人的魅力。夜空闪烁着色彩艳丽的霓虹灯，带颤音的歌声冲出楼群屋宇随风回荡在大街小巷，掠过夜行人的耳畔。烧烤炉上的肉串带着又辣又麻的滋味弥漫在寒冷的晚上，浮挂在干燥的树梢，又被疾疾的车轮碾个精光。独自漫步在都市冬夜的街头，浏览着泛黄干枯的草坪和已经没有绿叶的树枝，不知为什么那些明明灭灭的霓虹灯竟让我想起村戏，总会感觉那充满乡土气息的锣鼓点子由远及近落在了我的心坎上，少年时代看村戏唱村戏的情景便在脑海中一幕幕地浮现。

我想，如果说在那大剧院的舞台上，鼓号喧天，霓灯烁闪，穿着贴身衣的英男倩女，节奏明快地扭着迪斯科、太空步、霹雳舞，体现着某种现代文化的美；那么，村戏便犹如天然的珍珠，是一种野性的美，自然的美，一种浑挚的情味的凝聚，更像一块古朴的碧玉，盛开着一场鲜妍的梦想，铺展着一种别样的风景，渲染着浓浓酽酽的乡情和亲情。

怀想野菜

古人说以鸟鸣春，但最先使人感受到阑珊春意的，莫过于那些村生泊长的野菜了。东风微微吹着，“草色遥看近却无”的时令，野菜便迫不及待按捺不住地钻出地面了。这些野菜饱受漫长寒冬的津润，鲜嫩的叶子更加葱郁，或是三三两两零零星星地散长着，或是一窝窝一团团地拥挤在一起，织成了亮亮的锦，绣成了满满的堆，充沛着无限生机。人间四月天，柳暗花明，野菜飘香，正是啖美尝鲜的好时节，油然想起小时候采挖野菜的情景……

野菜，一个水灵灵绿油油的名字，听起来就尤为亲切热忱，就有很大诱惑感，它是大自然每年春天送给人们第一份春的礼物。它像寂寂时光深处的一朵素花，它像辽阔旷野中的一朵烟云，它更像一贫如洗囊中羞涩的平民，以其亲民的个性遍布天南地北。它有一别致的名儿叫野菜。瞧这“野”字，便感觉分外生动隽永，一野便旷，一野便野出不同凡响，野出风流倜傥，野出离经叛道，野出质的飞跃。“野”本身就是一种伶俐智慧，无须外援，靠自身能量存活瘠薄之地，清贫中自有一身傲骨嶙嶙，平凡中自有一份盛大恢宏。

我的家乡在黄河故道，这里野菜并不多，即便有一些，也不是很著名。原因有三：一是对土地的过度开发，挤占了野菜的生存空间。一个村子紧挨着一个村子，一块庄稼地串联着一块庄稼地，这种情况下，野菜早被吓得不知所措魂飞魄散，哪里还敢落地生根安家落户？二是斩草除根式的挖掘。平原上视野开阔，某些野菜稍稍出点风头，立刻就被连根掘起，连娃子还没顾得上生呢！若是在大山上、江河边，野菜起码可以藏匿其间，发展壮大。三是平原土质单一，无法养育多类型的野菜品种。惊蛰过后，挖野菜、尝野菜是我的一大喜好。当青草出芽、百芳萌蕾的时节，选择风柔日暖的日子，来到坡前地头、田野河边，伸展一下懈怠了一个冬天的身心，边踏青观绿，边挖些青嫩鲜香的野菜，会感到心旷神怡，惬意无比。回到家里将挖来的野菜洗净，用热水焯一下，或炒或拌或蒸，既鲜美清香又富有营养。地里干活的人在歇息的时候也去挖野菜，真是菜不醉人人自醉啊！

野菜唤醒了酣睡的冬天，引来了桃红柳绿鸟鸣蝶舞，增添着生命的亮色，点缀着家乡的村野，丰富着农民们餐桌，同时招呼提示着乡亲们挥鞭赶犁，开始了春耕。妇女和孩子们挖野菜，面条菜腴软碧绿，透着清香，是春天诸多野菜里最先变绿的，也是乡亲们最先食用的野菜。

面条菜大多生长在麦田里，有的贴着麦苗根长，有的则在地垄中间，绿绿的，身姿轻盈摇曳。每天下午放学后，我和一群小伙伴就提着竹篮，拿着锅铲，一路欢笑来到村外的麦田里剜面条菜。由于人多，我们不聚堆，一个个瘦小纤细的身影散落在一望无垠的广袤麦地里，蹲下来仔细寻找着、剜挖着，每一棵面条菜的发现都伴随着我们无尽的喜悦。母亲把我挖回来的面条菜择好淘洗干净，放在沸水锅中焯一下，再拌上油、盐、葱、姜、蒜，等一锅面条煮得差不多时倒进去用勺子搅匀。不多时，一股清幽醇厚的气息便在热气腾腾的灶房里飘散开来。一大碗汤面条散着淡淡的清香，面条菜绿意盈盈，让人胃口大开。

蒲公英，也叫婆婆丁，可称为新春第一野菜，它和杂草长在一起，锯形叶子向四下弯曲着，有着一种悠悠忽忽的清香，其味淡苦微甘。人们到草地里去挖这种毛嘟嘟的野菜，不仅能够弥补餐桌上的亏欠，还可以在那里寻找到种种趣味。在那宽阔敞亮的草地上，一边挖野菜，一边听鸟唱，一边捉蚂蚱。婆婆丁开花的时候，一朵朵金黄色的花蕾，星罗棋布地点缀于绿草之间，蜂飞蝶舞，芬芳四溢。婆婆丁结籽的时候，便在绿茵茵的草地上，撑起了无数把银色的小伞，伸手折下一两枝，用嘴一吹，晶莹闪亮的白色绒毛在天空中飘散开来，任你产生无限的遐思……

小根菜是黄土地上一种生命力极强的野菜。当春风习习、冰消雪融的时候，小根菜冒着料峭的春寒，渐次在大地里钻出了一缕缕绿叶，向人们报着春天的气息。这时，孩子们在母亲带领下，挎着柳条筐，拿着小铁铲，就在那壮阔的田野里寻觅着。于是，在那黑乎乎的田垄上，留下了深深浅浅的脚印，留下了大大小小的土坑，散发着泥土的清新气息，直到天边缭绕起层层炊烟，人们这才提着那沉甸甸满盈盈的野菜筐，陆陆续续往家款款走去。

苦丁菜，别名小苦苣，苦菜，败酱草，是地道纯正的野菜，自生自灭，伏地而生，个头很矮，扎根很深。其形状如婴儿把身体紧紧贴在母亲的胸前。不经意间，白色乳汁黏黏地糊了一手，任它在空气中氧化，稠白便慢慢变成了巧克力色，浓浊黏稠，需用力清洗才得以除尽。母亲把它切碎，与豆面拌在一起，蒸熟做成菜团吃。生吃时，先将苦丁菜洗净，青绿色的春叶、颀长而白生生的根须，齐齐地码在盘中，调料亦是简约精练，甜面酱即可。苦丁菜的苦是一种幽幽之苦。蘸着面酱入口，苦味在嘴里绸缪缠绵，总能繁衍思绪一片，回旋缭绕，挥之不去。譬如流落飘零苦，贫穷卑贱苦，壮志未酬苦，功败垂成苦……然而含苦吞下，苦之至味，心领回甘，极致之处便有了另一种意犹未尽的回味——曲径人生，千回百转。酸甜苦辣，唯独苦味最清晰。而苦丁菜的苦味扎扎实实生于土中，没有相当历练，没有相当年岁，很难从寒苦里啜出回甘。

“三月三，荠菜赛灵丹。”荠荠菜，雪花状，嫩绿，成片生长。宋人苏易简曾向宋太宗推荐荠菜，夸赞道：“残雪中覆一荠，连茹数根，臣此谓上界仙厨，鸾脯凤胎，殆不及。”苏东坡自烹荠菜粥，食后对友人说：“君若知此味，则海陆八珍可厌也。”多年以来，我总是忘不了娘坐在门口的捶布石上，静静择荠菜的剪影。屋门口，春风轻拂，榆树吐钱，斑驳的光影里，娘一手拿菜，一手持剪，先去黄叶，再去毛根，一棵一棵，就像给孩子们缝补衣衫般的，择得悠闲而专心。择好了，清水轻轻洗几遍，或焯或剁或炒或蒸或腌，翠绿晶莹的小圆球儿，用荠菜蒸包子、包饺子、粉丝拌凉菜……在春天，荠菜就是这样以其“野”和“鲜”，成为挑战味蕾的上品。

苣荬菜的根儿像芦笋一样清纯嫩白。早春种地的时候，新蹚起的垄沟里，露出了一条条皎皎明净的菜根儿，把它捡回家去用凉水泡上一个时辰，然后就着大饼子蘸酱吃，筋道滑爽，口感清香，称得上色味俱佳。

车前子，叶子如菠菜一样肥厚，人踩车压，车轱辘菜在路上仍然活得茂盛茁壮。用其熬汤，那滑嫩的口感比菠菜可是强多了，不苦不涩，清馨爽滑，没有哪种绿叶蔬菜能超过它。如今野菜在大地里很难挖到，这是除草剂的结果。只有在地头才能挖到很少的苦麻子、车轱辘菜。科学发展了，社会进步了，可是原生态却不见了。

寒笼烟水的料峭早春，是野韭生长最繁茂的时期。那时村妇、老妪饶有兴致地来到田野，拨霜除雪，所见之处，都是些青黄不接、冻得发蔫的果蔬，唯独旷野中的野韭娉婷袅娜，飒爽英姿。长长的茎叶，柔顺纷披，如少女俊美的秀发；形状如小葱，但比小葱长二到三倍之多；它的根，色白如雪，根须一路逶迤，而由茎变异而来的鳞茎，娇圆可人，玲珑别致，宛如罗裙下摆上的绣玉，璀璨炫目，空翠迷漾。小径通幽处，青墨抹微黄，不等野韭长发及腰，有人便悻悻然挎起了提篮寻其门户了。野韭不爱争宠，独爱荒郊野外穷乡僻壤，繁草匝地，寻得眼乏体困之时，蓦然回首，一绺绺长丝绰绰约约摇绿溢翠，羞羞答答扭扭捏捏等着少年来“娶”。可偏盼得中年女郎们乐滋滋用铲用刀狠心掀下。这一“娶”，袅娜玉面终熬不过大力水手的豪夺巧取，纷纷从大地母亲的怀抱中挣脱，任其拦腰抱走。

如果说野韭吃起来如饮甘霖如沐春风的话，那么马齿苋吃起来，那才叫清爽宜人。夏日酷暑难耐，又热又累之际，吃什么都觉枯燥乏味，若眼前有一堆湍流涌动的马齿苋，别的菜大可赶尽杀绝片甲不留。看到夏日的马齿苋，我禁不住想起《绝代双骄》中的小鱼儿。他们何其神似！生存能力都是出类拔萃。马齿苋叶小肉肥，茎叶绿色或红褐色，成熟时全身上下裹着比芝麻还小的黑籽，如同刚从恶人谷出来的小鱼儿，全身都是众师傅给他的护身之宝。比起深闺中养大的花无缺，从恶人谷险峻之地出来，行走江湖的小鱼儿，可谓是饱经风霜，尝遍千苦，大难临头，一笑泯千仇，始终保留一颗匡时济世的壮志。而马齿苋也够“野”，无刀无剑闯荡江湖，浪迹天涯，四海为家。菜园、楼台、砖瓦缝、水泥地，可随意睹其丰采。一旦出没，盘根错节，七大姑八大姨一并杀出。越是劣质贫瘠的地盘，它倒越长得生龙活虎，一副浑不怕死的气度和超然，让人着实钦慕艳羡。

紧接着四月的榆钱就长大了。榆树是先长榆钱后长叶，碧绿碧绿的像铜钱一样结成一串一串的，撸下一把放进嘴里，慢慢咀嚼，满是甜甜的黏稠的味道。还记得姥姥家门前的那棵老榆树，一到春天结的满树榆钱，树枝都压弯了，爬上树坐在枝丫上，可以尽情恣意地吃个够。裹着小脚的姥姥总是踮儿踮儿地跑过来喊：洗洗再吃！洗洗再吃！谁会在乎那一点风尘呢？

要说最好吃的就是槐花了，那要等到五月。气温比较高了，蜂围蝶阵的时候，槐花就开了。村里房前屋后栽了很多刺槐，槐花开的时候老远就能闻到一股浅浅的香甜，那种味道漫溢在空气里，飘得很远很远，总是引来养蜂人放养的蜜蜂，嗡嗡嗡地围着树转。那种一嘟噜一嘟噜的白色小花，每一朵花里好像都藏着一眼蜜泉，细细地闻一闻就要醉，尝上一口唯恐就要成仙了！很甜很甜，那种淡雅清新的甜！

还有香椿，叶芽红润，梗肥质嫩，味香而浓郁，清爽可口，极得野味之美。把香椿在开水锅里稍煎，切丁加盐，与豆腐丁相拌，浇入陈醋，洒上几滴芝麻油凉调，是春天上好的佐菜。香椿亦可同鸡蛋热炒，蛋香跟菜香和在一起，闻一闻都解馋。春天多食香椿，还可清热解毒，润肤明目，健胃理气。那嫩红嫩红的香椿芽，惹得人常常攀登折采。每当回忆起童年时候，端着饭碗坐在院子的石桌旁，一口玉米粥，一口香椿菜，至今口舌生津，犹有余香。

每年春暖花开，莺飞草长，在风和日丽的日子里，坐车或者步行在农村乡间，望着茫无涯际斑斓的田野，顿时就想起来那些葱茏苍翠的野菜，勾起对童年生活的追忆与眷恋，思绪被腌渍在苦涩、酸楚、欢乐、温馨、甜蜜的野菜里。大自然总是馈赠给我们很多美好的东西，生长在乡村田野里的孩子最懂得。长大以后，离开了田野，离开了故乡，但是一到春天心里就会漾起一股泥土的芳香。城市的水泥路面看不到大地复苏的湿润，绚烂多彩的广告怎么也包装不出盎然的春意，汽车的噪声和尾气阻遏了远处田野飘来的清澈，在这个时候，总是情不自禁地怀想，童年故乡那种甜滋滋的味道，那是真正的春天的味道。

随着年龄的增长，对野菜的思念之情也就愈来愈浓厚了，生出一种格外的偏爱和异样的感情，总想煞费苦心找机会品尝那水灵而鲜美的野菜，总有一番说不清楚的滋味盘桓在心头，那清香可口野菜的滋味胜过这些年品尝过的所有佳肴美馔，顶礼膜拜地感恩滋养我的土生土长的玉液琼浆。

绿色的野菜丰盈过父辈们的餐桌，也丰满了我们这一代童年的野趣。过去，挖野菜是为了度过荒年和生存，而今，挖野菜是吃腻大鱼大肉后苦苦追寻一种元素的补偿。想想往昔，看看当下，不忘过去，珍惜现在，向往未来，我们心中就永远充满绿色，生活里也会洋溢着原生态野菜的醇香！家乡的野菜不仅见证了今非昔比日新月异的生活，还为我苦涩的童年留下了欢快的记忆，始终温暖和感动着我这颗未泯的乡心。平凡的野菜绽放着不平凡的野趣和灵性，鞭策我珍惜光阴、俭朴节约、勤奋敬业、坚强奋进！

无论岁月如何剧变，只要不受自然和人为的损伤与破坏，野菜绝不会改其脉宗，变其质味，它“永怀尘外踪”，为着一身凛然、天时的野味，独善其身，在冷月无边，无遮无拦的澄澈沧浪中各自壮丽，没有侵扰与鼓噪，胸怀浩瀚与天地共兴亡，无拘无束，忘我无我，默默无闻，奉献一生。谁知，这野味才是人间真正的韵味，生命的至味，与天籁闲谈对答的况味?!

幻想玉米

玉米的种子蕴蓄着太阳的火焰。在玉米中储存黄金的影像。玉米以最平淡无奇的语言哺育历史。玉米滋生在记忆里，有点儿近乎疯狂，岁岁年年，都如约给孩子们带来好多愉悦的精神食粮！

炎炎盛夏时节，在北方无垠的田野里，间或点缀着少许的大豆、高粱，而绿色的主旋律则是那茫茫无涯的玉米。玉米的外观就像甘蔗，但秸秆比甘蔗更壮实，又高又直，伸展的叶片比甘蔗更厚，大而宽，朴拙拙的，绿油油的，铺天盖地，人们的视线被遮蔽得严严实实。当我还是个孩子的时候，我不知道如何形容这片葱翠欲滴，直到我长大，我才知道这叫“青纱帐”。

在晚秋，秋风起秋风凉，粗壮的玉米秆愈发瘦削了，肥厚的玉米叶慢慢垂下，郁郁葱葱的叶子变成了干黄，且渐渐有些焦干的况味了。玉米地不再那么密不透风了，稀稀拉拉，让人很远就能看清地里的一切，那零零星星的小草儿，那东拱西爬的小虫儿。成熟的玉米就像一个带着孩子的女人，怀里都抱着一个玉米宝贝，圆滚滚胖嘟嘟的。那红意蒙蒙的玉米缨，一绺一绺的，犹如黄发垂髫，而那玉米皮，黄绿交织，恰似襁褓，将玉米宝贝紧紧囊裹，层层叠叠的。它们肥硕可爱，在母亲的胸前或左顾右盼，或翘首张望。玉米垛好似黄金塔，一座座，堆积在乡场上；玉米辫如同珍珠帘，一串串，悬挂在屋檐下。它们多像小罗汉呀，挤鼻弄眼，抿嘴微笑着，嘻嘻哈哈地，倾诉着风调雨顺的好年景。

宽阔的水泥路两边都有绿玉似的冬青和白色的小花，齐腰高地排队站立着，高大的垂柳轻轻晃着头，那一头直发缓缓摇摆着。夜色弥漫着大地、河流，朦胧混沌的，天空中闪烁着几颗模糊的星星，一钩月亮，从远处的树枝上羞怯地慢慢地露出了半张脸。只有一棵，一棵玉米，像树一样的玉米，在街上行走，悄无声息地，又急慌慌地，偶尔，在玻璃峡谷里停下脚步，懵懂地抬头，望着摩天大楼上边那密集的白茫茫的灯光。此时此刻，整个城市已经陷入了疯狂和疲惫之中，渐渐进入了酣然的梦乡。夜色深了，浓了，天地之间水乳交融，周围温柔地环绕着薄雾，霭霭雾气还包围着踟蹰街头的我，微风倦怠，湿润润，清凉凉，拭着我的双颊及杂有银丝的头发，丝丝花香沁腑，雾气凉爽清澈，青蒿的气息，玉米地的味道，灵气通透整个身体，微微眯着眼睛，感受着自然与生命的美好，一切都如此之久，一切那么惬意绵长。我带着深深的悲伤，在城市的街道上拍打着我的灵魂的羽毛，寻找那些从书页中逃出来的词语，就像一个离乡背井流离失所的流浪者。

这棵玉米来自哪一片遥迢的乡野，我不清楚；来自哪一带山林环抱的田园，我也不知道。宽大的叶子碧如绿玉，像海中的藻类一样俯仰着，这热带宽叶林般的玉米树笼罩着我，我闻见了清香，那股久别了又十分想念的芬芳气息。即使是在这灯红酒绿的城市里，凄凄的瑟瑟的风刮过玉米树之后，都变得更加纯净和清凉。它把身体的柔软部分给了大地，它把身体最坚实的部分给了天空，它更让天空成了身体的一部分。在天空下，骇人的飓风杂乱无序。大地之上，广阔的泥土将玉米裹得紧紧的，密不可分。

时间是一种诗意的流水，一串串的记忆，总是在跳跃着节奏。是的，此时，玉米地是最美丽的，经过一个夏天充满活力的阳光和雨水的喂养，玉米茎和叶子都是黑绿色的，就像挤压几下，就可以从里面淌出墨汁。整个玉米的颜色已经从夏天的纯粹绿色变成了现在的五光十色。玉米茎上的雄花絮，是纯白的；玉米秆和玉米叶，是深绿的；玉米穗带着笑容，是金黄的。玉米棒顶端的雌花絮，像一丛丛头发，杂陈着交织着，一些淡紫色，一些粉红色，一些米黄色……

玉米是不会厌弃土地的瘠薄的，像狗不嫌家穷，儿不嫌母丑那样赤诚忠厚。一旦它们暴露在土壤里，它们就会甜甜地吸收水分，做着发芽的梦想。玉米发芽是一种哲学，第一次发芽那叫根芽，在泥土中深深扎根，吸足大地母亲的乳液，然后开始发苗芽，太阳公公把地皮烘烤得热腾腾的，只是耐心等着粗嫩的苗儿向他打招呼。玉米粒躺在泥土里，这边向下，那边向上，一边生根，一边发芽。他们呼吸着夏天的气息，在可人的夜色里，开始迈上生命的路途。一粒玉米，在最初是单薄的，它在泥土之下呼吸，凭借小小的韧性和长长的幻想，对雨对风不争不辩，对天对地无畏无惧。

淡淡的晨光里，嫩生生的玉米幼苗钻出了地面，齐刷刷地，像一道道摇曳的音符，这当儿，喜上眉梢的农民脚步更是匆匆忙忙，每天张望着出苗情况，哪儿缺苗，及时地补上，为补的苗窝多浇些水，吃点偏饭，让它们发芽赶上兄弟尽快地成长。当田里的玉米幼苗长到一寸高时，农民就开始间苗了。此时，虽不是烈日炎炎，但太阳也铆足了劲，农民们会脱下鞋子褪下袜子，踏上暖融融的土地，大地的按摩则是惬意的享受呢！锄头儿在苗群里欢快地跳舞，分毫不差地把多余的苗删除，在留下的独苗根部壅土，这农活叫作墩苗。墩好苗，不用担心狂风暴雨了，玉米就能长成牛角似的大个头了。农民看在眼里喜在眉梢，心窝的底气壮了，丰收在望了。

农民在玉米地里锄地后，期待着下一场雨，一场劈头盖脸的雨，一场酣畅淋漓的雨。在人们的盼望中，苗儿贪婪地张开小口，猛吸雨水，根儿激灵灵地迅猛地扎向土壤深处。土壤湿润润的，它们高兴地摇着头，叶子越长越黑，明晃晃的就像涂了一层油。节气不饶人，烈日越来越毒，顶着草帽，农民们在地里逡巡，早晨还鲜灵灵的玉米苗，到了中午却无精打采，一副病恹恹的样子，只能无助地望着天空，望了又望，咂一下嘴，停一停，又咂一下嘴，“唉！”一声长长的叹息重重地砸在地上。严酷的境遇，玉米苗不会责怪天地，它们继续深深扎根，干裂的叶儿晚上吮吸星星点点的露水，微茫的月光下，它们用沙哑的嗓子，互相鼓舞着。苗儿们的坚强，感动得月亮姐姐情不自禁流下眼泪，星星弟弟的眼睛一眨一眨的，它们在支棱着耳朵仔细听呀，三两个冒失鬼飞了下来，是啊，它们想瞧一瞧玉米苗呢！

酷暑的脚步渐渐远了，熬来了雨季。懂人心的老天爷，五天一场雨，七天一阵雷，玉米苗发了疯地长，天天变模样。农民们透心地甜，晚上兴奋得睡不着觉。他们会在安静的玉米地里，听世界上最美妙的声音，一阵阵“噼噼啪啪”的声音，隐隐约约，此伏彼起，玉米秆儿在拔节呢！玉米生长得如此之快，走在田间小径，耳旁萦绕着玉米拔节的生命交响乐。只有农民能听到这样的声音，也只有农民会听得他们脸上的褶皱笑成了花。一开始，玉米苗在队伍中站立，留出足够的发展空间，农民在田间松土、施肥、打药、除草、浇水，形成鲜明的主题，以一种团结的色彩经风雨见世面。所以，田野，清澈清新，清清爽爽，潮湿的风吹过来吹过去，绿色的波浪翻滚。农民站在地头眺望，莫名的微笑慢悠悠爬上了沟壑纵横的脸庞，这样的微笑，使玉米感到害羞，让牛羊心里吃醋。

秋意的征兆，不是从淅淅沥沥的雨声中发轫的，也不是从树上飘零的第一枚黄叶起始的。这时节，树枝上的叶子仍然是莹莹的绿色，雨水还没有从这个热切而焦虑的夏天里远离。门前的玉米，繁繁密密的绿色，摇曳多姿，搭起一个个青纱帐。一株玉米，是深情的女子穿着绿纱，笑眸嫣然，婀娜地扬起裙裾，亭亭玉立在田间。在腰里打一个结，漂亮的结上又飞出大把大把的流苏，一阵风过，夏季最后的风情被轻轻抖落了。这时，玉米林里充满了浓郁甜香母性的味道，每一株玉米，就像一个村妇，身怀六甲，满面喜悦。她们度过了怡人的春天撩人的夏季，瑰丽的梦呓不再埋在心底。此刻的玉米，像喝醉了的年轻妈妈抱着一张娃娃脸，她们不知疲倦地站在地上，让更多的阳光羽毛抚摸着婴儿柔软的身体，那襁褓从绿色变成白色，最后让婴儿笑着露出齐崭崭的牙齿。一阵大风，又一阵大风扫过玉米的头发，按捺不住了，那婴儿在怀抱里，他们渴望像他们的母亲一样，在村庄的粮仓里安顿下来，无怨无悔地陪伴着和谐安乐的村庄。圆滚滚的玉米棒，如婴儿方才脱去外衣，满是晶莹剔透的粒子，紧密地拥抱在一起，或深紫，或金黄，甚或象牙白，珍珠似的泛着圆润的光泽，让人看着心里喜欢嘴里泛甜。水在锅里咕嘟嘟地沸腾翻滚，十分钟的烈烈旺火，恣肆地洋溢了整个厨房的是那清甜的香味，那香味舒展弥漫着，丝丝缕缕，悠悠然飘过来，你的每一个味蕾每一个细胞都被浸着咬着，你下意识深吸一口气，倏地仰首看那蓝莹莹的天，刹那间，天忽然就远了、高了、湛了、碧了，秋意氤氲了！

现在看来，这似乎比努力工作更有趣。时间真是奇妙的。它可以过滤掉很多东西，让美好单独留下。从那摩天大楼一扇扇窗户散出的灯光里，我第一次看到，在那里，玉米宽厚的绿叶，周围那一排漂亮的银天鹅绒边整齐得像一排防风林，这多像一个迎着阳光的纯真的乡村女孩，在她的脸上，露出了美丽的绒毛。当灯光从玉米叶的银色边缘穿过时，这座繁华城市的灯光就会有昔日蓝天的梦幻般的诗意。

风悄悄，雾蒙蒙，玉米稍微曳动，玉米叶的呢喃淡淡的、哗哗的，蛐蛐的吟唱时而声高、时而声低，入耳不乱，在月光下映射回旋，憧憧叠影。河水缓缓流过静谧的夜晚，流水似乎潺潺流过心里，甜蜜而又令人心悦，青蛙在放歌，节奏井然有序，鸣哇着河流的亲情。这个抱着孩子的玉米树，饱满的玉米不多不少仅有五个，这些健硕的玉米被绿色的襁褓裹得整整齐齐，结结实实，都有着长长的璎珞一样漂亮的头发，水灵灵的绿，娇滴滴的翠，白嫩嫩的青，真的是让人不忍触碰她们。我用我的手抚摸着她们的头发，轻轻地，心里的芬芳萦绕在我的心头，深埋的怀乡的情愫泛滥着。我终于知道我在这座城市失去了我的生命，而灵魂不安的根源是我背弃了绿色的树叶，背面着金黄交织的原野，背叛了生于斯长于斯的故土。迷茫的玉米，她们不知道，她们才是这个村庄留存的最佳缘由，她们才是人类能够居住在这片土地上的最妙的承诺。在玉米生长的地方，会有一缕缕的热忱和朦胧的袅袅炊烟。在我的悠远记忆里，家乡的母亲和姐妹们，她们在古老的土地上风里雨里生长、拔节、成熟，她们那一双双巧手，从岁月深处伸过来，能抚平生活的沧桑，更能治愈心灵的创伤。她们用奶汁般甘美的粮食，把一座又一座朴素祥和的村庄，喂养得茂盛茁壮。

很长很长时间，我跟随着这棵偷偷溜进城市的玉米缓缓走在街上。玉米树顶上的花粉被风吹落在十字路口、安全岛、公园门口、广场的中央。她的纯净的香味感染了这个城市的混浊的空气。依依不舍地分手时，我才知道这棵玉米光顾城市的原委。她的嘴嗫嚅着，小声咕哝着，仿佛对我，又仿佛喃喃自语："我的祖籍在哪里？""那片树林和那条小溪在哪里？""鸟儿都跑到哪儿去了呢？""怎么听不到青蛙的歌声呢？"

仅仅就在十天或半个月前，这一片片满坡满岭皇天后土，都是玉米青春喧嚣嘈杂的阵地。在这片疆域，年轻人燃烧着苍翠的绿色，盛大而蓬勃的爱情在这块土地上周身膨胀。玉米的天花在发出噼啪噼啪声，红红的缨子飘舞在果实上，标志着熟透的爱情需要明朗的天空。云在天空里，漫不经心，溜着舞步，非常高远，没有影子。面对这些，我们都很舒心。这时节，农民屡屡来"打量打量”，不要让那些挣脱绳索的山羊或黄牛在地头吞下几片舒坦的叶子，然后胡乱涂脏美丽的希望的图画。玉米太不安分了，她经常用她毛茸茸的女人的手轻抚着你的脸，刮擦着你的手，痒丝丝的，有汗珠拱出来了，瞬间又有点火辣辣的疼。整个田野就像一幅油画，有着丰厚的质感的画意，还像一首生命之歌，有着淳朴憨厚的主题。没有比这样的油画让人看着饱满，没有比这样的歌谣叫人听得震撼。

梨花的翅膀

当岁月的梦呓缓缓醒来的时候，小小的梨花就悄悄打开家门，一身清秀满脸俊俏地急急赶路了，圣洁的花瓣若隐若现着她闺中羞涩的红晕。浅浅的睡意还悠悠地挂在眉梢，姗姗地在土地上惊艳绝伦地出现时，打动了身前身后的枯草和欢腾的鸟儿。长了翅膀的梨花穿戴一新，在明朗的阳光中临风玉立翩翩起舞。蓝汪汪的澄澈天空是她的高远幕景，慢慢旋转之际，花蕾裙子般地张开，秀雅的身姿留住了一行行踏青人的脚步。

毫不畏怯，在过冬的铁褐色枝条上，那乳白的嘴角，吐绽着笑意……虽然是薄薄的笑，却饱含着情愫的津液，流露出对春的景仰，对美妙的神往……那鼓鼓的唇口含着什么呢？含的是新生的雀跃，还是萌动的歌谣？别看那唇口还那么娇嫩藐小，她和裂肤刺骨的寒风，曾做过顽强的拼搏、撕咬，穿梭在雨里、雾里、梦里，开在季节的襟间而不与空泛的颂辞为伍，纷扬着空灵而盎然的灵魂，渗透出率真的执着。

新颖如霓的和风，拂过面颊，傍依枝头。黑瘦苍劲的骨干，再次托举起人世间的美丽。枝柯涌流日月精华，花萼就那样淡泊地开出一朵朵尘世绝唱。这不是记忆中的梨花吗？热烈、亲切，魅力四射，将美丽的春光剪成寸金，让人想起超然的风范、宁静的意义。你看，她纯真的笑，不出声就能撼动整个春天哩。那是怎样的笑呵，洁白、细嫩、温馨、纯净。俏美的花瓣间蜜意层叠，鲜明的光谱上柔情流转。你听，那是春天鸽哨中裹杂的一缕缕童话，那是一只只歌唱阳光的唢呐，那是一朵朵站在枝头的缪斯。应和她而来的，将有百灵的鸣啭，蜜蜂的嗡响，和一切属于春天的知音。燕子就要飞回，柳笛就要吹响。种子积蓄力量，伸出翠绿的拳头。耕牛遥望原野，发出雄浑的吟诵。于是，世界竖成了一只倾听的耳朵。

置身于醉人的香雪海，我们用目光收割那一茬一茬的琥珀般灵透的启迪。从她那摇曳的身影里，我们听到了她对于生命的眷恋；从她那昂扬的旋律里，我们还听到她对于新世纪的追求。读懂这些清亮的语言，就读懂艰辛与收获，就读懂父辈厚实的茧花以及黝黑的脸庞。

长风斜过，那带露的思绪，被花朵举成芬芳的遐想。把手伸向土地，我们仿佛听见绿叶的呢喃和阳光的泼洒，听见了种子优美的律动。梨花给家乡的情绪涂上一层亮釉。一切成熟的愿望，在忙碌的背影后面深植，在一颗颗汗珠里发芽。此刻，我的乡亲，只要扬一扬手臂，便生动了鲜嫩的季节。丽空之下，请伸出布满泥巴的手掌，一遍遍地抚摸这经久不息的灼灼馨香，像抚摸日渐金黄的麦穗，像抚摸村庄丛生的缕缕炊烟。心头被希望点燃得光鲜明丽，目光被未来滋润得神采飞扬。

拔节的日子，谁用沾满音乐的手指，为春天铺开一条丰满的道路？梨花与土地融为一体。梨花和我们相依为命。梨花已成为生命字典中一个寂静的动词，讲述着茧手与翅膀如何把艰辛和梦呓织成美好憧憬的故事。梨树从历史的废墟中站起，昂起蛰伏的信念和不屈的旗帜，张扬绿色的头颅，从唐诗宋词的背面延伸如茵情韵。抚摸、仰视梨树，是回味一番含辛茹苦的往事，是感受一段艰苦波折的人生。

茂盛的梨树一行行似流动的五线谱，赏花的游人宛如五线谱上跳荡的音符，余音不绝。安宁与凛然之美，让人为之一惊。无序与毅沉之美，让人为之一叹。我们只要徜徉其间，或仰首，或俯身，便能攀摘梦里的星星，便能捡拾泥土中的珍贝。在家乡，梨花的话题永远年轻，抑或深刻。营养梨花的，是永不褪色的乡情；浇灌梨花的，是永不枯竭的乡思；唱亮梨花的，是永不走调的乡音。呵，这醒世的精神的花朵，抵达秋天，该挂怎样的思想的硕果哟?!

像雾，像云，又像雪，这是远看一片梨花。她没有漫天飞舞，铺天盖地，用遮天蔽日的气势赢得文人们的诗赞，但她用团团簇簇的集结，组成结结实实的壮美。几朵花儿同心，几枝花儿同一条主干，里里外外，上上下下，左左右右，前前后后，无不是花朵，这气势，岂是雪花能比得？这一树轻灵而清雅的花朵，犹如一个个童话般的精灵，或者一个个缠绵而蒙眬的梦，轻轻地拥在那黝黑而青涩的枝丫上。让人凭空褪去了所有繁华与喧嚣，顷刻之间，静谧下来，唯有听见自己内心寂静的心跳。那一刻，都让你觉得梦幻似的想醉了。这片平原，喂养着我们，无论是茂盛还是枯槁，平原，温饱着我们的血肉。这片土地，根植着我们，无论是肥沃还是贫瘠，土地，伸展着我们的经脉。在异乡，走很远很远的路，这片平原仍是我们的食粮，这片土地仍是我们的家园。梨花，用至真至纯的追求维系着我们恒久的信仰。

天空淡淡的蓝，蓝得透明，蓝得纯净。放眼望去，洁白得让人不忍离去，洁白得让人不忍轻触，唯恐玷污了这冰魂雪魄的小生灵。远处的梨花如隐约的云霞浮绕在前方，融合于蓝天，恰似朵朵莲花在碧绿的涟漪间浮动，娇柔而美妙。此时，未来已注满了我们的眼睛。梨花精神的旗帜溢漾着无比的荣光。开拓者之路，泥泞着真实的故事，一个个脚印，是深深浅浅的奔波。创业者们，沿着祖辈目光编织的破折号，去延伸属于自己的步履。一次次黑夜中的跋涉是阳光下路的铺垫，一次次泥水中跌倒站起是飞翔的模仿。葱绿的希望，使生命四季如春，沉甸甸的收获，透着汗水的光泽。高昂的头颅，把坚强与自信亮成一盏旷世的航灯，清洗着迷茫的眼睛。那是怎样的力量与重荷，才能如此深入土地的肌肤，生活之路哟，也唯有重负，才能刻下如此沧桑的皱纹。

一片片壮观的场景，一座座人生的丰碑，一曲曲波澜壮阔的人生赞歌，那都是生活深处最亮丽的诗行。创业者，用激越雕琢你的神奇，用高洁描绘你的厚重，用阳光锻造你的灼热——然后，集千古浩气，融故道雄风，写一部壮烈的史籍。创业者，你大胆地往前走，烈日揉不碎你的痴心，风沙吹不落你的瞩望，许多哲理或传说，正被铿锵的足音朗诵，注释成繁荣和富足。

日子就像流水，稍不经意便逝去了。只有细细品味，才能寻找到幸福的感觉。肥美的日子，被我们反刍成水草般纤细，足够营养一生，泽被后世。在梨树缤纷吐银、油菜花铺起黄绒绒的地毯时，家乡啊，请站在乡村的风景线上，让我们调好焦距，为您拍下辉煌一瞬的特写，构思纯美深邃的意境。

梨花映照着的创业者，历经平凡与艰难，丹心谱绘春秋，使一种归宿变得冰清玉洁、光彩烨烨。曾经哺育和滋润了数代人的《大风歌》，在我们民族的优秀曲库里，依然那样清新昂奋、激荡人心，永远不会低落，不会黯淡，更不会失传！

念 秋

应是蝉儿唱晚的时光，微凉中，寒意悄然写上心头。雨后的清晨吹起了爽人的凉风，晓谕劳碌的人群：秋来了。

不经意间，人生已到了而立之年；徐徐远离诗的年代，而步入了散文的年龄。记不得从什么时候起，我竟暗暗地爱上了秋天。冬风太冷夏风太热，春风又暖得含糊，只有秋天的风清爽：自然爽，透心爽。那样的风来临时，心就情不自禁地有了一种微微的愉悦和舒适。太多的烦躁，什么叫随风而散，你就真真切切地体悟到了。

当天气不好时，雨倒是秋最妙的注解。秋天的雨绵，绝不像春夏那么桀骜不驯狼奔豕突，也不需要雷电之类的来吆喝呼吁擂鼓助威。阴了两天，就那么瓜熟蒂落地淅淅沥沥起来，细腻缜密而绵延悠长。秋雨漫不经意安分守己，就像童年时母亲在讲着不着边际的故事。这种时候很轻松勾起人的某种追忆，也许是小事，就像很多年前偶然遇到的一个人一样。平平淡淡，实在说不清为什么想起，又为什么还记得，但它就是能给人一种很深很特别的，却又说不清道不明的感觉。迷迷糊糊的时候，就去睡一会儿吧，什么都不要想。太长时间，都在为着梦想和生活逼迫自己赶着追着，这么熨帖温柔的雨里，由着自己的性情随心一次吧。

中国古代认为秋季主刑，主兵，所以自古多有悲秋之客。这才有秋风萧瑟，秋雨凄厉，“秋风秋雨愁煞人”；日暮途穷山重水复的晦气相，被人称作“老气横秋”；在心中的秋天，读作“寻寻觅觅，冷冷清清，凄凄惨惨戚戚”，不由得轻叹一声“怎一个愁字了得！”形形色色林林总总，那些千古绝唱震撼了多少痴男怨女呀！

然而，我对于秋趣秋情，却有着截然不同的领悟。且不说秋天是收获的时令，成熟的时令，丰衣足食的时令，温凉舒适宜人、瓜果流蜜溢香的时令，仅那一年一度的秋色秋声，就足可安慰尘世间浩繁的忙碌、悲凄的心神。虽然秋意中确乎蕴藏着一股漫溢一切的萧索肃杀之气，即便失意或失恋的人身临其境未免悲从中来，但那悲，也是同春怨春愁的悲切有别的悲壮，其情愫，当然是区别于阴柔的那种阳刚之美。所谓“悟已往之不谏，知来者之可追，识迷途其未远，觉今是而昨非。”当满园的菊花经雨而馨，当漫山的枫叶沐霜而赤，当飘垂的金黄摇曳在整个稻田，我领略到了智慧的真谛：浩瀚灵魂的魅力滋长于沉默之中。秋是一个沉着冷静的季节，但她并不寂寞伶仃。

有人称誉秋季为“金秋”，丝毫没有夸大其词之嫌。豪情满怀的游客们，相邀赏秋，被“红于二月花”的霜叶燃烧得依依不舍，如梦如醉。千里迢迢，漫天彻地，游目骋怀。柿树挑满了灯笼，栌叶状如大钱，略呈椭圆，丽日高悬，热热闹闹。层林尽染，枫叶流丹，近似蛮荒和寥落的秋是一个空灵玄妙而深思熟虑的季节。远离现代城市的鼓噪，找一个原始的、靠近自然的安适所在，伴随着落寞，把所有的意念恣意地放逐，只让那一缕缕绵绵不休的思绪轻漾在风中。

假使能忙里偷闲，躲到一个宁静去处，在苍松翠柏与红墙绿瓦之间，猝然发现两三株笔直耸立的银杏树，你的眼睛定会为之一亮。银杏那一柄两瓣的美丽叶片，像一把小小的黄金锻就的扇子，黄澄澄地挂满一树，飒飒迎风絮语。一棵银杏，就如一柄黄金伞盖修直地粘在大地上。经那黄金伞盖滤过的爽风会使你遽然顿悟到中国人唤秋风为“金风”的灵感妙意。奇怪的是，在森林里，有几棵金黄的银杏或火红的枫树，衬托着松柏留给秋的几片残绿，仿佛比盛夏满山满林的墨绿尤具活力而绿蓑青笠翠色欲流。听着这样的风，看着这样的秋，你会洗净所有的凡欲俗念，物我偕忘，心如止水。我闲步其中，静静地感应着秋天的宁静从容，在这纯美的时刻，任何语言都会失声，只有心在阳光如水的优雅中浅浅安详。

秋景的美妙，不只是树叶，还有花朵。论花形，我喜欢秋天的菊花。仅此一门一派，便千态万状绰约多姿：白菊白得那么清丽淡雅，黄菊黄得那么雍容华贵，紫菊又紫得那么襟度豁如。她既精致，又平易，艳而不俗，笑于百花之后，敢于傲霜凌雪。论花香，我喜爱桂花。丹桂如金，银桂如雪，均为山寺月中迎宾留客的益友良伴。那盈袖的暗香，香香的，淡淡的，甜甜的，不俗，不怪，亲切而温馨。每逢中秋，把酒对菊，天下思亲的人们总是仰首夜空，寄情于天上那棵奕奕的月桂。耐得清寒的花儿，绝少金玉其表的虚浮。菊花茶和桂花糖，都是秋令滋补润燥佳品。识者四季常备，足可唇齿留香，赏心悦目。

至于临渊，临潭，临江，你很轻易发现秋水之美。相对而言，春水浑，夏水腥，冬水寒；只有一泓秋水，不染纤尘，是纯净、明澈、淡泊而深沉的。静如秋水的人，大抵就快悟着言近旨远的禅机了。

“落霞与孤鹜齐飞，秋水共长天一色。”这是唐初王勃赞秋的名句。天高气清，秋日的天空确有另一番迷人的魅力。昼间，云淡风轻，令人胸臆为之坦荡。夜晚，月朗星稀，令人心机为之悠远。那一轮秋月银盘似的，汇聚着亘古至今多少中国人的寸草春晖。总之，登高望远，秋天应当是你眼光最亮、沉思最广的时候！好像受大自然的偏好，四季中只有秋季具备格外高的天空，天地之间的高度给予我们壮阔的视觉冲击，而几朵白云浮游在蓝天上则成为点睛之笔，在黄、蓝、白三种色泽的空间中，任何摄影师都将被这神奇的景象所诱惑，不由自主地拍照，甚至会因为摄像机的空间感不足，而选择默默地感觉这融合的美妙气息，放弃定格那一刻的美丽。而我会选择躺在金灿灿的稻谷上，吮吸着稻谷的气味，感触着天地的恢宏，体味着四季轮回中这份独特的美妙。

除了秋晴，还有秋雨。如果你在黄淮的深院小巷听雨拍梧桐，或在塘边湖畔听雨滴残荷，或在岭南的客舍小楼听雨打芭蕉，未必都会引起冥冥愁绪。也许那时你正同爱人携手相拥作无言倾诉，也许你正独自一人静夜回眸多彩人生，也许你正和几位久别的挚友借雨偷空躲在僻静处闲聊神侃，也许你正与全家老小共聚一室同享天伦之乐。那时，这雨声，这雨意，这秋声，这秋意，不正是你心中感喟的最和谐的共鸣吧？滴滴答答，淅淅沥沥，谁又能尽情释放这天籁中的喜怒哀乐呢？云自在地轻飘着，天悠然地高远了。经历了春的喧闹和夏的炽热，秋拥有了宽容的大度和深远的优雅，大地积累和成熟之后返璞归真时，呈现出一种恬然观世、宁静淡泊的超凡态度。这样的天底下，充满着淡淡的轻松和安适，人想烦躁都不可能。就像五十上下的中年人，经历了苦中有乐的挣扎和奋斗，便能够坦率而沉着地面对生活的一切了。或许没到年纪的人做不到，但至少我们明晰了什么样的境地才叫真实的大度。

倘若用晨、午、暮、夜，来比拟一天中的四季，那么，下午便是一天里的秋了。这个秋，也充溢着画意诗情。毋论季节如何，一天中的此时，大致可谓风柔日暖。冬、春的正午，太阳正艳，是一天最温暖的时刻。而夏秋的下午，清风乍起，暑气消退，又算当时最令人耳目一新的爽快钟声。这就可想而知，为什么李商隐要高唱“夕阳无限好”了，这时的大自然，给太阳这位光与色的大师，铺展了一块明镜似的天幕，任其随意涂抹挥洒，不断织绘出色彩斑斓瞬息万变的云锦天章。似乎必要有她，为这天作一个回味无穷的小结。

白云、蓝天、落叶、枯草，强烈的视觉冲击，让我了然秋日的颜色。还有那收获后宽敞的原野、纵横捭阖的阡陌，都在证明生命依旧存在，灵魂深处的皱纹中顿有真谛欢畅地回旋，记忆的大门在此刻鬼使神差地开启。须臾之间，从远古到从前只是一个个朝代的称谓，而凄婉的诗句、悠扬的歌声依然在秋天浸润着孤寂的天空和心灵。

因为忧伤，所以恋秋；因为恋秋，所以念秋；因为念秋，所以寻秋。当我探寻了秋的静谧，秋的明媚，那霜叶红于二月花的景致幻化成我心中永远的系念！每当盘桓在秋色秋韵里，她那高雅、成熟、安详、娴静的美，总在不断升华，净涤着我的心灵，使我良久沉浸在那一份陶醉之中，微醺愈醒着！

闲　趣

每年的谷雨前后，总会有一场可人的透雨来应酬节气。春雨屡屡在夜间落着，细雨蒙蒙洒个无止无休，伴着节奏分明的雨丝，农民美美地眯着眼帘，翻来覆去睡不安稳。常常是半夜起来，把豆种瓜子用清水浸泡。清晨，等不得雨住，便急不可耐地扛着铁锹到附近的地里挖上几下，然后边往家走着，边和乡亲们攀谈：透透儿的，下透啦！那种开心漾于眼神，更溢于言表。走进田野，你贴着地面细瞧，田野上蒸腾着千丝万缕若有若无的地气。

春天是团旋转的火。中午时分，劳碌的人头顶着一轮艳艳的老太阳，晒得脑瓜子似乎有点痒，好像就是在涌着春困的热浪中过阴似的。脚不是自己的，手不是自己的，手和脚仿佛都在睡眠着。索性扒下碍事的干净鞋袜，远远地抛出去，光着脚板踩在干土面上挠痒痒，想咚咚跳起来，想咯咯笑出声，想呜嗷吼几句，却自我按捺着把持着，愿意感应着那种受不了但又很好受的味道，春天的味道。一只脚套了一只硬底的老棉鞋，“嚓”地把尖锹狠狠蹬进土，用力扬起胳膊，划个弧线后缓缓落下，“啪”的一声反扣进坑中，泥块被打成了碎碎的土沫沫。“嚓、嚓、嚓”，绕着院墙默默地忙活，为肥硕的大南瓜准备着出嫁的婚房。

铁锹很重，经过严寒的冬天，泥土像铁块一样坚硬。把铁锹尖插在地上，左脚将铁锹用力向下踩着，把铁锹的另一头像用着撬杠一样使劲地向下压着，吱吱地，土碎裂开来，把铁锹反转，将挖起的土倒扣着。空气里还飘着隐隐约约的一丝丝寒气，但是这寒气早已被劳作产生的热量驱逐到体外了。不经意间，汗水从鼻尖、额头、后背渗出来了，把衣服浸得潮润润的。深翻的泥土暄乎乎的，像发酵的面团，每一畦，像新买的席梦思床，软软的，厚厚的，睡上去一定很舒服。把纯粹的猪粪掺和着泥土，在阳光下暴晒二十天，杀杀虫消消毒，又像充电似的蕴蓄着阳光，这样泥土才有后劲。土地暄腾松软，黑黝黝亮闪闪，沟归沟，垄归垄，丝瓜种在大棚架旁，茼蒿、小白菜撒两垄，豇豆、四季豆结伴爬上架，苦瓜和葫芦为邻，到时候一个个架上成长。菜地里，各种各样的蔬菜蓬勃着茁壮着，就像可爱的孩子们奔跑着，奔向幸福的驿站。

夕阳把她的万根金针收回去，胭脂红的脸上透出几分娇羞，斜斜地挂在西天，依恋地望着可爱的人间。房前屋后种瓜点豆，乱石堆旁种，这样的地方荒草少，瓜长势好；枯树下也种，瓜秧能攀缘而上，扯起一道风景。夕阳就像一颗闪烁的火的种子，播进了远方的那处田野。树影迅速地膨胀扩大，最终冷却了一个世界。“哗啦”一声，一桶水灌满一个埯坑，从泥土里，沁凉的水汽“唰”地反冲上来，瞬间就清凉了人的脸盘和鼻息。打针似的，凉的地气从脚心徐徐注进来，一直润泽到人的胸口窝。挑选饱满、个儿大、完好无损的南瓜子，丢进晒过两天的温水中，再静静浸泡一天一夜。接着掘坑撒籽，隔一尺放两粒，覆上一寸厚的泥土，足足地浇满水。每一粒瓜子，都有着自己的位置，多好呀，不用再像以前，被装在蛇皮袋或篾丝箩里，拥挤死了。白昼里令人腻烦的春困，洗漱得一干二净了，乡村的黄金时间则是黄昏。埯坑里，一面水泼的圆圆的明镜浅浅地化了，几颗籽粒像星星一样渗进泥土里，泥底油光光的，还散逸着点点新绿的凉气。这是一个不期而然的意境，好惬意呢！

苍天供应着光照、雨水和温度。在谷雨这个特别的时辰，我们虔诚地把瓜种丢进泥土里，大地便似孕育着婴儿的母亲一样，哄着万物扎根发芽。播种的过程，就像嫁闺女，也像娶媳妇，充盈着神圣和庄严。为了让每颗种子早点发芽，我们随身带着许多食品袋，在每一个播种处都覆盖手绢大一块，既增温又保湿。可以使瓜芽提前三四天出土露面。称心如意的年轻农民吹着口哨，吹出了一支清脆嘹亮的迪斯科。一手端一只印着青花的白瓷碗，一手拣几粒噘着小嘴的南瓜子，大头朝上，一丝不苟地点进泥里。又在上面撒上一层薄薄的细土。许多人家都在下种。一扬手，一弯腰，循环往复着同一个动作。手不停地挥洒着。于是，酣睡着的生命种子，在那动人的一瞬间，便带着播种人手掌的温度，带着阳光的重量，划出一道道美妙的弧线。这种姿势带着新翻泥土的芳香，以最优美的角度切入我的目光，以最佳的位置触动我的心事。

不知不觉中，夜晚的薄雾已经漫上来了，眼睛淡淡地搡进一层紫微微青虚虚的烟，离开了泥土，就再也看不清它是啥样子的。奇了，怪了。这时，院子周围的南瓜已经种完了，脚冰凉了，就埋进暖融融的土里。人还蹲着不想走，痴痴地尽力拨开夜幕苦苦探寻。母亲抹黑慢悠悠地走来，柔和的话音儿极软，那是满意活儿做得好："吃饭不？完了吗？"

几天朗朗刺眼的日光，亮亮地照晒着，夜里却乍然间细雨淅淅。早晨醒来，一骨碌翻起身，顾不得穿鞋，光着脚踩着湿泥巴去院子打量。苗都出齐了，小生命展开油绿的手掌，拱破地皮儿了！一只只淡黄的泥泞的盘子里，装满了一颗颗鲜绿色的星星。先是嫩嫩的身子拱起来，壳欲脱未脱，似乎很委屈的神态。一夜的工夫，挺直了身子，叶瓣仍一半含在壳里，像双手合十的架势。哦，瓜苗儿，你是对我的呵护心存感激？还是要表现出对生活的尊重？又过了一夜，壳子脱落了，叶瓣对称撑开，夹一尖儿粉嫩的芯。几天后，叶伸茎长，那生出的三瓣四瓣叶片，叶根绿得浅，叶瓣绿得深，了了分明，脉络清晰，在芯间，依稀可见根须儿了。转瞬间，苗儿很快抽出秧蔓，纠缠着往上攀缘着，又拉出来几根藤，叶大如盘，翡翠般青碧，在微微的斜风里，却又像数不清的蝴蝶飞舞着。在不起眼的空隙之地，南瓜的茎就像一片片犁铧，犁向四面八方，可着劲长，长一节，便生出一些须根，扎根下地，匍匐向前。满地铺张，藤缠蔓绕，一派“心有多大，舞台就有多大”的轩昂气宇。

一个月之后，绿色便密密实实封严了院围。大门口一棵瓜，两条龙在柴门以上的横杆腾云驾雾，曲折蜿蜒，云是一片片圆形的绿，雾是七八朵金色的黄。阳光淋漓尽致，月余之后，绿色便罩住了整面墙，整个棚顶，变成了一堵亮丽的绿色墙壁，也就成为绿色凉亭。硕大的绿叶下已经结了鹅蛋大小的瓜纽，望着就惬意舒心。在满月的夜晚，很多小虫儿在茂密的瓜叶下欢快地鸣叫着。硕大的南瓜花、丝瓜花绽放得极为明亮，如少女的笑靥，颇有风情；冬瓜花虽不大，但像金子一样内敛，显得格外有气质；那些葫芦、瓠子花，都像玉石一样冰清玉洁。这些花儿迎风招展，竞相开放，惹得蝶儿蜂儿魂牵梦萦，整天都在嘤嘤嗡嗡的，搅起一阵阵扑鼻的清香。南瓜的藤蔓缠绕在高高的围墙上，阔大的绿叶覆盖着构筑一道绿色的墙，绿墙上点缀着艳丽的黄花，还有一簇簇的深蓝色、玫瑰红色的牵牛花儿。老绿的、暗绿的、绿上浮层灰白的、暗红暗黄夹绿的各色的南瓜，在叶片下、叶隙间，半羞半傲、半遮半掩地展露着。清晨，太阳刚刚露出脸来，露珠尚未消失，赶到绿墙的前后来回走着，似有雄壮的生命进行曲在奏响。在天空刚刚褪去湿漉漉的外衣，蝉儿也才试着在蓊郁的树上胆怯地发出几声鸣叫，太阳还没来得及使出热腾腾的牛劲，南瓜金灿灿的喇叭形的黄花，就灿然地开放了！状若喇叭，或直立，或斜卧，颤巍巍地沐浴在初夏的南风里。跟着，七星瓢虫挪着零碎的脚步，沿着金丝绒般橘红色的南瓜花瓣，向花心亦步亦趋。偶尔停下来，歇一歇，望望前方，看看脚下，原来，通向锦绣前程的，却是这样的金光大道！这时蜜蜂也赶来了。它先是嗡嗡作响地在上面盘桓，张望着盘踞了越来越大地盘的南瓜那小绿草绳般的藤蔓，以及那茂密的浑身长满嫩毛刺葱郁的绿叶，然后出其不意、诡秘莫测地，悄悄钻进花蕊。眼光跟踪其后，就会赫然发现，这平素看着诚实勤劳的家伙，竟在用毛茸茸的脚，轻佻地拨弄花蕊。当你差点要发火地冲这“好色”的家伙大喝一声时，喉咙间突然凝滞了，霎时想起，这朵花，经它这一“拨弄”，就要结果实了！南瓜花盛开在最热烈的季节。有人说那是黄金的杯子，一盏一盏斟满阳光，即使是阴天下雨的日子，它们举起的，依然是一派辉煌。

闲暇时松松土、拔拔草，浇点水、施点肥，这些日常的功课，既能排遣无聊，又能活络筋骨，让人乐而不疲，身心俱畅。还要找来小竹竿之类的材料给瓜藤搭上支架。不久，藤蔓向高处远处不断延伸，东一垄，西一垄，恰似一道道密密匝匝的“绿色长城”，而且围绕着房屋高低起伏错落有致，确是一方难得的景致，是一首田园诗，是一幅画的境界。早晨，年轻的农人扛着锄头耕耘而来，大地万顷碧波之上是自家的一座绿色的城堡。四周绿墙森森，仅仅闪露出一脊新房的瓦顶。农人才从梦境的田野里走出，又回到诞生梦境的地方小憩。

吃过晚饭，捎带着就给南瓜上了充足的夜水。只有夜色氤氲。黝黑的夜幕里飘忽着几朵灯火。人就很舒缓地随意坐卧在门外的道路上。这个夏天，门外的地面被人来回踩踏，几经雨泼，又被太阳晒干，已然变得水牛皮般坚实光亮了。母亲用笤帚打扫过好多遍，不起一星尘土。不用铺垫席子便可以尽情躺着，光了脊背贴过去，滑溜溜的凉意蔓延着，骨架立时就松动了，睡意蒙眬着，也不知道什么时候已经鼾声如雷了。有露水从天空悠然落下，激灵灵地醒了，吸溜着鼻子，咂咂口唇，吐吐舌头，淡甜的味儿，再细品，还是淡甜的味儿。人便愣愣怔怔地诧异了：夜空月明星稀，没有一丝云彩，怎会是雨点？仰望，头上有稠密阔大的瓜叶做棚，更不是夜露。抓耳挠腮想得奇奥玄妙之时，蓦然就一拍大腿“哎呀”大叫，原来是傍晚浇在地上的水，早已顺着瓜藤一点点攀缘空中，又从蔓尖一滴滴乳似的轻轻点落呢。

南瓜花静静开着，小南瓜躲藏在南瓜花下面，有点内向羞怯的意味。一开始只是粉嫩青翠的一小粒儿，假如雨水适宜，不出数日，就会像拳头一样大小，光洁诱人，油嫩水滑。随着南瓜的生长，一些南瓜花慢慢萎缩、坠落了，三五分熟的南瓜还挂在那里，大大小小的，给人一种说不出的喜悦。整个夏天，南瓜花一茬又一茬地绽放着，南瓜粒儿一个又一个地长大。长大的南瓜有的被带进了厨房，摆上了餐桌；有的避在棚子架中，或侧卧，或悬起，或盘踞……日复一日，专心致志地汲聚着日月风雨精华。稠稠的瓜叶把花朵掩了，把果实掩了，安宁静谧的夜晚，小孩子在里面捉迷藏；下雨的时候，狗儿猫儿便在叶下躲风避雨。盛夏一到，南瓜花开了，餐桌上又添了一道可口的菜。清晨沿路散步时，我们采摘了一些刚盛开的雄南瓜花，放锅里用大豆酱稍微一炸，用来喝粥吃饼子，那味道实在爽极了！南瓜秧的主蔓也长出很多的副蔓，这样的副蔓消耗营养，一般都要掐掉。但是不要扔掉，剥去一层薄薄的外皮可荤可素，可炒可拌，口感甚好，营养全面。

一场蒙蒙的轻霜稍稍漫过，田野里看似坚实的青纱帐訇然倒了。绿色的城墙一夜之间就枯了、萎了。圆大的瓜叶仅仅剩了一片赭色的灰烬，一圈花肚皮大南瓜被暴露出来，就像一圈好看的大灯笼醒目地悬在庄稼院的周围。绿草也变得失神枯黄。老南瓜安安稳稳地坐在草丛中，犹如一尊弥勒佛正捧腹大笑。不足为奇，粉白的冬瓜隐于枯叶之间，憨憨的，如同一个藏猫猫的小胖妞。老丝瓜呢，垂头丧气地吊在枯藤上，仿佛欠了人家一屁股的债。终于瓜熟蒂落，南瓜披红抹绿，呆呆笨笨，憨态可掬。南瓜其实是不怕老去的，不像有的蔬菜瓜果，岁月一刀一刀仔细地刻着，失却了水灵莹润之后惨不忍睹，而南瓜却是老的味道更醇厚。

远远望去，沟底、坎下、坡上，深红色的南瓜星罗棋布，磨盘状的南瓜，狗腰状的南瓜，枕头状的南瓜，有的秀气俊俏，有的憨头憨脑，卧了一地，滚了一地。东一个西一个尤为显眼，就像是为季节添上的标点符号。然后，我们就背上篓子去收瓜了，往往三五个就装满一篓。住处的墙顶、窗台、房顶摆得到处都是，此刻，瓜皮看起来像木头，用刀劈还夹刀，用手指掐不动，需放在屋外多晒几天增增甜度。

田野的庄稼都收完了，但是还迟迟疑疑地，不情愿摘下那些老瓜，留着听行人说很多有关它们的动听的语句。瓜皮都布满了沧桑的纹路，敷上了一层薄薄的白霜儿，调皮的孩子就跷着指尖在上面描画喜爱的图案。广袤的泥土里还储蓄着相当多的养分，让果实多淀一些糖，再饱满壮实些许。如果不是挨近冬天，瓜是可以一直这样留着的。农家的屋子里，南瓜一个摞着一个，依偎着粮缸。有的弯弯长长，像一只只大枕头；有的滚圆壮硕，像一个个巨磨盘。寒风肆虐的冬季，望着挤挤挨挨聚在一起的南瓜，一家人心里一定暖烘烘的。吃南瓜时，我们掏出瓜子放在窗台上晾干，用手一搓吹净干膜，就是一堆鼓胖胖、白花花的瓜子，冬天里没事炒上一锅，能嗑好些时日，更能香个十天半月。逢年过节拿出来，还是应付小孩子们的珍品。真是：半升锅里煮山河，一粒米中藏日月。

早出晚归，瞅一眼南瓜藤上的风景，心里涌动着丰收的喜悦。在潇潇春雨中，我谛听南瓜细长身肢舒张的声音；在盛夏的熏风里，我观察南瓜伸出卷须时生命的颤动。施肥呀，浇水呀，松土呀，搭架呀，小心侍候到夏末，欣喜地看到小黄花儿了！看它擎着黄澄澄的铜喇叭，吹着收获的序曲，我思绪翩然了，想到瓜儿的沉甸、硕大和甜美……心宽体胖的南瓜，有着和黄土地一样的色泽，叠加着阳光的色彩，成就了庄户人纯真的肤色。虽然南瓜永远长不成西瓜，但是，静静积蓄，经久不息，也就可以成为一个好南瓜，生存的价值丝毫不会逊色于西瓜。有南瓜相伴，居家的日子就安贫乐富、沉稳踏实了。那股清闲淡泊的烟火味道，清晰又亲切，灵动而温馨，满屋子里飘着漾着，家常可心，温贫暖老。太平盛世，岁月苍苍，种瓜得瓜，瓜瓞绵绵！

乡野看鸟

尚未来得及胜日寻芳，好像只是一眨眼的工夫，春天便苏醒了，那盎然的春意已然铺天卷地般袭来，容不得你半点喘息，便淹没于那热切而蓬勃的情怀中了。

池塘生春草，园柳变鸣禽。乡野春晨，总是在鸟儿的吟唱里开始新的一天的。鼾声如雷，梦境正意犹未尽，窗外的枝头已经蹲满了小鸟，嘀哩嘀哩，叽叽喳喳，咕噜咕噜，唧唧啾啾，东张西望，交头接耳，敞开胸臆欢腾着跳跃着，你一语我一言，或许也在谈论着乡野的春光吧？哪片的林长得更密了，哪坡的草长得更盛了？哪里的柳绿得比往年早了，哪园的花开得比往年更旺了？各执各的理，互不相让，谁也说服不了谁。在这一片喜悦的争鸣中，你才醒过来，拍拍脑袋揉揉眼睛，轻轻推开门，看一眼又比昨日更厚重了些许的春光。

鸟们是乡村的可爱天使，是乡村用谷粒和雨水喂养出来的。那一粒粒细小而尖厉的鸟鸣，像赤脚农夫在软软的土地上播种时脱手而出的颗颗种子，唤醒村庄、唤醒庄稼、唤醒房屋、唤醒道路。

苏北地区，有许多鸟都是我儿时的朋友。

喜鹊被称为“田野卫士”，体态英俊，黑白相间，黑宝石般的眼睛黑里透亮。飞跳时闪耀着紫色的光辉，栖止时，尾巴时常上下跷动着，十分惹人喜爱。羽毛又密又短，摸一摸，滑溜溜的。它背上的羽毛厚厚实实，层层叠叠，排列得像鱼鳞一样整齐。它肚子上的羽毛蓬松柔软，像刚弹过的棉絮，摸起来热乎乎的。它的翅膀和尾巴上长着又长又硬的翎毛，能像折扇一样张开。

“灭害功臣”乌鸦，是苏北大地的长住户，一年四季厮守在这里，在辽阔的田野上捕食虫子，它们或三三两两踯躅在河堤、乡场，或展翅亮翼，结伴成群地飞向湛蓝的天空。

少年时，村中常见的鸟有麻雀和燕子。麻雀大多被村人称为聒噪者与偷食者，尖尖的小嘴，黄黄的小脑袋上嵌着一双又机灵又调皮的黑眼睛，一身浅黄色的羽毛，一对嫩红的小脚，一条金黄色的尾巴跷得高高的。单听那叫声，叽叽喳喳的，此起彼伏时就像嘈杂喧闹的菜市场，既夹杂着躁动，又不够悦耳动听，似乎全然不能为人们带来一丝的乐趣。而在收割水稻的农忙时节，麻雀们仿佛早有密谋，它们成群地飞来飞去，那浅棕色的身影聚集着，扎进金黄色的稻谷中，相互映衬，浑然一体。待人们急急的脚步悄然循着它们去了，或是大声呵斥叫骂，它们便顽皮地捉迷藏般地飞走了。假如在田间，麻雀们几次蹑手蹑脚地试探着，渐渐靠近那些穿着衣服的稻草人之后，这种摆设就已经失去令其生畏的威严。看呢，麻雀有时也在稻草人头上欢聚，还拉着那一片片米粒似的屎咧！

至于燕子，那便是更常见的老熟客了。由于益鸟的观念，村道、电线、屋顶、屋檐下等许多地方，都能看到它乌黑的身影。看着燕子在村道上心事颇重地低低地斜飞，抬头望望天，有经验的老人赶紧会告诉你要下雨了。傍晚时分，燕子们也开始休息了，一只只排列在电线上，像一个个饱满的音符，准备为劳作一日的村人奏响轻柔的催眠曲。而村人对于燕子的由衷喜爱，大都体现在燕子筑巢，他们笃定燕子来筑巢是一种幸运，一种祝福，一种喜事的眷顾。

因此，他们十分乐意让燕子把窝搭在厅堂前、屋檐下，不厌其烦地为其清理粪便。遇到小孩用竹竿捅燕巢时，总会虎着脸厉声责备着，不时扔出几句叱骂或教训，好让孩子们从此干脆断了那份好奇的瘾。

这是一幅特别漂亮的画面：鸟儿慢腾腾地栖落在高大的树梢上面，树的美丽是由于它的高大挺拔，也是因为天空这个壮阔的背景。树枝树叶疏密有致翠色欲流，俨然成了或淡或浓的俯仰的云朵，活泼的鸟儿是天空里意态悠闲的星星。这些游移的星星，黑压压地，一点点地恣意晕染在云朵当中，眼前的一切就都入眼成一幅让人心动的水墨写意了。乡野的鸟结伴成群，是大自然馈赠给人类的美丽图画，是故乡那片湛蓝的天空里不可或缺的点缀。

不幸的事情使人深感遗憾和愤懑。很长一段时间里，有许多鸟离开我们远远地飞走了，而且一去不回头了。寂寞的心里五味杂陈，不禁有些怀念、怅惘之情。究其原委，村民利欲熏心，乱砍滥伐，生态失去了平衡；另外还有一些年轻人用气枪、猎枪捕杀惊“枪”之鸟，耀武扬威，肆意取乐，给鸟儿造成难以估量、不可想象的空前灾难。

上星期三，听进城购物的大伯说，故乡几年前栽的小树，现在已绿树成荫、蓊蓊郁郁了，另外，乡村在开展社会治安综合治理中，收缴了非法的枪支。几个屡教不改的持枪打鸟者，都被判刑劳改，在高墙铁窗里悔过自新呢。多年没见的鸟雀，又欣欣然飞回来了。

今天是周末，我处理完业务后，终于离开了喧闹的城市，踏上熟悉的小道，去寻找久违的朋友。青葱的麦苗在春风里翩翩起舞，犹如一幅庞大油画的田野里，没有人欢马叫的热闹，没有机器喧嚣的红火，灌入耳朵的只是那抑扬顿挫、不绝如缕的鸟语。

站在田埂上，间或有三五只小鸟从头顶掠过。飞在高处的是云雀，甜美的娇声在空旷的田野里久久回荡。不远处的电线上栖落着密密麻麻的麻雀，我轻手轻脚走过去，尝试着统计一下数量，可麻雀见人走近，时落时飞，我数了几次都失败了。此刻，从前面树林里漾过来的喜鹊声和依稀的乌鸦声吸引了我，我顺着鸟叫的声音匆匆赶去。

只见水稻青碧徐徐，微风之下，轻波拂过，有一白色“异鸟”赫立其间，伸头、低头、漫步都是那么不紧不慢，偶尔伴有猝然一啄的动作，瞬间又恢复先前的悠闲。突然“哧”的一声吓我一跳。只见从沟边苇丛里窜出一只白鹭，迅捷地扑棱着翅膀，惊恐万状而又仓仓促促地飞向远方。刚刚缓过神来，眨眼间又有一只白鹭飞起来了，嗖嗖的，利箭一样射向前面的树林……树林里的喜鹊并不多，也未见到乌鸦，但树林旁边水塘里的白鹭却能看个够。一头散放的水牛一边迈着方步，一边啃着青草，水牛的周围起落着十几只白鹭，缓缓地向前移动位置，胆儿大点的，飞落在牛背上，显得悠闲自在，任凭牛驮着它徜徉。

我轻轻地走近它们，鹭群受惊了，遽然飞腾起来。有的展翅身子一斜，听任气流托着它回旋，有的扑棱着翅膀，努力地飞向天空。那矫健而美丽的身姿，成为田野里独特的风景。然而它们并没有飞远，只是在空中盘旋滑翔，在我离开不久，又悻悻地飞回了原地……在这高楼林立，只有绿色的公园、绿色公路带的城市，我总是放不下萦绕于心中的渴望，鸟语就是可以用心灵去谛听的自然！听到它们的欢唱，我就感觉回到了常常牵挂的家乡……

村头有一棵高大挺拔的杨树，一年四季总能听到上面有鸟儿欢快地鸣叫。有时是一群，叽叽喳喳的，像是谁也不服谁；有时是一只，独自发出悠扬的声音，像是在炫耀自己的嗓子；有时是三两只，各占一枝头，各自发出动人的叫声，像是在进行音乐大赛。啊哎，树上这只鸟怎么这样开心呀！瞧！它在干什么呀？哦！原来这只黄鹂生了几个圆乎乎的蛋呢！它高兴得连蹦带跳，一会儿飞到那棵树上，一会儿飞到这棵树上。不久，暮色降临了，而黄鹂还在不辞辛劳地保护着它的“宝贝蛋”……忽然间，扑棱棱地，一下子飞来许多鸽子落到周围，“咕咕咕”地开心地叫着，在草坪上来回晃动着，不时低下头仔细瞧着，两只脚不停地拨拉着草丛，它们在觅食呢。鸽子们似乎完全没有意识到我的存在，只是偶尔有一两只鸽子偏着脑袋瞅瞅陌生的我，又不以为然地自顾寻找虫子、草籽。各种不知名的鸟儿在枝干中悄悄啄食，在树木间缓缓穿行，突然间又哧溜一声飞离树梢，飞向蓝天，只留下我无限羡慕的眼神。还没有等我回过神来，又飞来了欢乐的一群，落在树枝间、河堤边，鸣唱着，跳跃着。

信赖往往创造出美好的境界。敏捷的白鹭和温顺的水牛相依相伴，和睦相处，但白鹭仍然惧怕人类。欣慰的是，像白鹭这样的鸟已回到了人们的身边，只要我们为鸟创造良好的生存环境，善待它们，那么古人所描绘的“处处闻啼鸟”“一行白鹭上青天”的情景还会遥远吗？

想念柳树

不知是在何时喜欢上垂柳的，说不清道不明。我只知道，在那深深浅浅斑驳陆离的梦境里总有那垂柳依依枝叶婆娑。

河堤上有几棵柳树，随意地兀立在那儿，蓊蓊郁郁成为一方风景。它们挺拔的形象，高傲的身姿，碧绿的枝梢，秀颀的倩影，都会使人来至近前，或小憩歇脚，或驻足观望。夏天来了，长长的、柔嫩的枝条上挂满了细长的叶子。枝上生枝，那么多的枝条披挂参差；那么多的叶子层层叠叠，好像在把全部生命力展示给人们。那满树嫩绿的叶子，也在风中嫣然微笑着，明亮地照耀着我们的脚步，令人眼前一亮，生动极了、鲜活极了，好似每一片树叶上都有一个新的生命在颤动。柔软的枝条垂下来，像一头浓密的头发，“长发”慢慢地流下来，在阳光的照射下，枝叶的颜色变幻多端，有翠绿、深绿、墨绿。那么多棕褐色的枝条，那么多绿油油的叶子垂直落着，把柳树封得严严实实，密得连风都穿不过去，仿佛连蚂蚁也爬不过去。又好像是一把大伞，遮盖着下面的土地。一阵微风吹来，柳树跳起了舞蹈，忽左忽右，忽高忽低，煞是好看。那优美的姿态简直可以和舞蹈演员媲美。与柳树相伴相依的清澈的河水、浮动的荷莲、摇曳的苇草，在它的映衬下，更显多姿多彩，构成了一帧帧美妙的油画。

离黄河故道不远的这处河堤，大约有一百来米，平地垒起一人多高。多年前，大沙河桥尚未南北飞架，而那条从远处奔来的溪水，就在这河道的夹护下潺潺汤汤流过，流进微山湖。如今因河水改道，没了清波照影，又无浪花飞溅，这些柳树就寂寞地守望在原来的河堤上。已由嫩绿变为深绿的河柳，拂动着新生的柔软的枝条，倒映在河面上，使河水也染上绿色，恰似一河流动的翡翠向东游去。

对于这些柳树，我是谙熟的，就像熟悉自己的手指一样。一年之中，总会有一些时间或近观、或遥望、或擦肩而过。它们等距相隔，一溜排开，粗壮的树干，展现出一种岁月的沧桑和生命的顽强；离地两米高处，都长得直挺挺的，而以上的枝干或似虬梅旁逸斜出，或如巨蟒昂首向天，纷披的枝条疏落有致，成团形散开，如打开的一把折扇，铺展出一派茂盛葱茏的绿意，看起来极舒展，极豁达，也极有韵致。春风里，生机勃发，枝绽新芽；长夏中，霞彩披映，绿叶如云；秋空下，深沉含蓄，历雨经霜；冬日呢，洗尽铅华，缄默睿智。不管何时相逢相遇，每次与她的对视中，的确曾带来生命中的一次震撼与感动。柳树给我的印象，也酷似丹青妙手着意点染的国画。我无法想象，若是没有这些柳树，这一处河堤会是什么样子。扎根于河边的柳树，用粗壮的根系，吸取了黄土地里充足的水分和肥美的营养，长得高大强壮魁梧健硕。不知什么原因，这些柳树，不像森林里的树木，笔直地站着，身形矗立，直刺云天，而是长势随意，俯仰之间各有千秋。它们或枝梢相连，三五成群；或扶摇直上，独树一帜；或探身水面，歪斜有度。不管姿势如何，这些柳树，都是郁郁葱葱，遮荫蔽日，用它们少女秀发般的枝梢，点缀着小河的娇容。柳树，如同一位绰约多姿的少女，在春风中袅袅婷婷着，微微飘动着她柔软的秀发，令人梦绕魂牵；柳树，如同一个年轻而多才的诗人，用它饱含着热情的枝叶书写出一串串或忧或喜的词语；柳树，又如同一位新娘沐浴在清晨阳光中，举手投足间，洋溢着无尽的幸福和朝气，而那点点精致的嫩绿，就是缀在她圣洁的婚纱上的花边。

春季，柳树是真正的报春使者。纤细的枝条上，叶苞鼓胀，长出了嫩绿的芽，约有一厘米左右，一个，又一个，均匀地排列着，小小的，圆圆的，像婴儿的脸一样，胖乎乎的；像是水墨画上好看的墨点，溢满了淡雅的意趣；又像一只毛毛虫，在树枝上爬来爬去。渐渐地，柳叶变得又大、又亮、又绿了，闪闪的像一块块绿宝石。那新长出的柳叶就能摇晃出春风的形状了。细雨霏霏，一棵棵柳树贪婪地吮吸着春天的甘霖，它们伸展着三季常绿的枝条，一片片狭长的叶子在雨雾中欢笑着。一个柳芽儿是一个希望，一个柳芽儿是一个梦想，一个柳芽儿是一份婉约，一个柳芽儿是一份温馨。凝眸远望，在一片萧瑟中的那一抹绿总是使人感动，使人振奋，使人欣欣然。农谚说："五九、六九，河边看柳。"其实，五九、六九依然相当寒冷，冬将尽而未尽，春欲来而未来，寒潮还隔三岔五地袭来，河面依旧一片冰封。此时，许多树木都挺着光溜溜的枝杈，过着"冬眠"的生活，不动声色地似乎是在静观时局变化，此时，失去了绿色的柳树那纵横交错的鳞状树皮，也像是一个沉默苍老的人脸上的皱纹。直到冬寒消尽，春晖融融，万无一失，大局已定，才肯吐新芽，发嫩条，铺叙锦绣文章。那些迟迟不肯发芽的树木，又大抵是落叶较早的槐、椿、梧桐等树木，进不为人前，退不为人后，它们真可称得上老成持重，精明练达。再看那饱经风霜的老柳树吧，在寒冬余威尚盛时节，就早早苏醒过来，迎着凛冽呼啸的寒风，只要有一丝春意，就奋不顾身地率先吐翠，淡淡地披起娇黄嫩绿的新装。它那绿油油的叶子如一叶叶小舟，窄窄的，长长的，精致极了。瞧，那些顽皮的孩子扯了一些柳树的枝条，用那灵巧的小手为自己编织一些精美雅致的物品。雨后，风停了，天空中横卧着一弯彩虹，柳树也静下心来了，低下头，弯下腰，盯着河水，仿佛在对着"镜子"梳理秀发。阳光金灿灿地泻着淌着，睡卧在绿叶深处的露珠被太阳的金箭拨开了眼皮，闪动着成串的光泽。一阵风吹过，一颗颗露珠跳动着，在阳光的辉映下，宛如在丝绒上翻滚着一颗颗光彩四射的钻石……这时，一切好像静止了。唯独夕阳如故，柳树如昔。仔细望去，枝梢间烟纱雾罩，一片生机。此情此景，就像一首动人的歌，一首报告春的信息的歌，一首热烈向往春天的歌，一首表达美好信念的歌。我在想：既然迎春花被称作报春花，那么，柳树又怎不可以叫作报春树呢？柳树，你是记录春天的一本书。编排春天内容目录的是你，撰写春天故事序言的是你，在春天的每一片树林旁边，在春天的每一种盛开的花朵边上，都可以找到你的身影。初夏的雨后，蝉蛹破土而出，沿着你的树干，攀上树梢，吟诵夏天的热浪时，你写好了春天的后记。你更像一个永远活在青春里的精灵，时时刻刻舞动着青春的朝气和魅力。

村民有句俗语："前不植桑，后不栽柳。"所谓的前后，自然以房屋为基准。柳树和桑树不能进村生长，村庄没有它们的位置。野生的柳树和桑树，并没有自暴自弃，也没有怨天尤人。在坡前堤后，在路旁沟底，在河岸道边，随处可见柳树自由自在地歌唱，旁若无人地生长。特别是路两旁和河岸两边，毵毵垂柳堪为风光，树影摇曳如画，长发飘柔如织，枝条绵绵如臂，那是柳树在大声呼唤着什么？落日愈发斜向西去，从它那金黄色的球体中斜斜地洒下一道光辉，柳树上仿若被抹上了一层淡淡的水彩，看上去更加显得高贵、典雅。伴随着夕阳，伴随着晚风阵阵，柳树开始舞动自己纤细的枝条，枝梢部尤为纤巧，然而，这种舞动，没有轰轰烈烈的气势，没有令人叹为观止的氛围，只有淡淡的感觉，因为那动作太细腻了，细腻得让你不得不屏住呼吸，来观看这世界上最精彩的表演。一切就是那么洋洋洒洒，那么自然随意。这真是个美妙的时刻，即使只有一刻，甚至一瞬，都令人有一种朦胧的温馨感觉。轻轻的晚风，霏霏的细雨，奕奕的神采，妩媚的青春，依依打开的是等待谁的胸怀？鸟儿在柳树的怀抱做窝，呼朋引伴，引吭高歌，一点一点地享受诗意的时光。耐不住寂寞的夏蝉，一天到晚，从夜到晨，一寸一寸地鸣响音乐的流年。蝉歌沥沥，鸟声如碎。蝉声如雨，鸟鸣幽幽。

这些柳树不是陶渊明笔下的“五柳先生”，也不是西子湖畔的如烟杨柳；她们只是无数河柳姐妹中的成员，少献媚之态却多刚正之骨；无婀娜之姿却有刚劲之质。在生存环境的抗争中，在自然节奏的变化中，她们以不屈的生命印证，活出了不凡的姿彩！令人遗憾的是，她们生不逢时，也无优势见证于人。她们不是杉树，缺少挺拔的身姿，被人欣赏；她们亦非青松，没有不菲的价值，牵人引颈。这些柳树哦，先天注定了她们不能做栋梁，从而也注定了她们与风风火火失之交臂。环境改变，时势推移，她们渐渐地被人遗忘了，很少有人在她们面前驻足流连，也没有人送给她们由衷的赞美。但柳树并不介意，一如既往地生存着，她们睥睨凡俗，坚定、执着，初衷不改、信念如故，是她们的本性；身处河边，她们护沙固堤，御浪防洪；立于河岸，则净化自然，扬清激浊。黝黑、粗壮、嶙峋的树干，记录着岁月的沧桑和季节的更迭。即使没有人来欣赏，它也会在孤独和寂寞里舞蹈，它活得坚韧，活得顽强，活得有信念，活得有毅力，更活得有自尊。我觉得，作为自然界的形体，植物也好，动物也罢，活着虽然闻也默默，影也寂寂，但少了它的存在却是一种缺陷，这也算是一种境界吧。

节律轮回，温柔凛冽，冷暖自知，安之若素。世事大千面前，柳树依然如故。柳树，我心中的、眼里的风景树！多年以后，一颗居住在繁忙城市的心灵越来越淡漠了物欲的洪流，时间钝化着那些纯朴醇美的生命感悟，在巨大的命运悲摧里困顿地拾掇着人性的真谛，却每每油然想起那夜月光下的柳树，珠帘丝垂，轻烟柳影，于晶莹中透露着惨白的气息，有些无奈，又有些遐思。清晨醒来，放眼望去，垂柳罩在薄雾里既别致又雅韵，羞羞答答，温情脉脉。“风情万种”一词，用在柳树的身上，再恰当不过了。微风纷纷扬扬地吹着柳叶，“沙沙沙”，像春蚕吞食桑叶，又像少女轻抚琴弦。她们超凡脱俗，灵秀飘逸，那一刻，柔情早已充溢了我的每一根血管，一泓情思在柳帘里波澜不惊。柳树的一年四季，真的很像一个人的人生体验，有苦有甜，有悲有乐，只有这样，才不枉在此世上走一趟。也正因为历经了风吹雨打，在来年的春天，柳树才算是长大了一岁，才会长出比往昔更加繁茂的枝叶。静观垂柳在微风中袅娜地摇曳，我仿佛听到了那娓娓动听的细语与泣血流泪的呢喃，我的心润着朝露，追随着柳风，邀一缕晨光，向远方奔去，奔去……

远　树

河西一棵柳，河东一棵柳，两棵柳树隔河相望，相互有了默契。

他挥了挥手，那棵柳也向他挥手；他摇了摇头，那棵柳也摇了摇头；他喊了起来，那棵柳也喊了起来。他们感知相同的天空，感知相同的季节，感知相同的涛声，感知相同的冷暖……

他们急切地想要接近对方，但却无法移动自己的步伐。因为他们的根深深地扎进脚下那块土地，每一块土壤都牢牢地包裹着他们的根须，不管怎样也是挣脱不掉的。山河无法挪动，大地不能徘徊，两颗向往的心，只能一次又一次放飞无形的翅膀，还有那纯真而温馨的梦想……

于是，风成了他们的红娘，把他们的呼喊传过去又传过来。一只只多嘴的喜鹊也赶来凑热闹，飞过去又飞过来，分毫不差地传递着他们甜蜜绵绵的喁喁情话……

就这样，他们爱了一天又一天，爱了一年又一年，站成了河边的风景。虽然他们的爱是如此的虚幻，又是如此的缥缈，可他们却不舍不弃，死心塌地。他们彼此约定：无论世事沧桑如何变幻，彼此都要顽强地生长，宁愿就这样遥遥地相望。即使是等到将来老去的那一天，也要一起跳进炉膛，那猎猎燃烧的火焰就是爱的交响，心的融漾；即使是等到将来老去的那一天，也要一起化为纸浆，在那一页页洁白纯净的纸上填满爱的篇章，爱的故事；即使是等到将来老去的那一天，也要一起腐烂，滋补这片深沉的土地让爱生生不息周而复始……

那两棵树，依旧枝叶扶疏地挺立在那儿，在烈日下，在狂风中，在暴雨之后，在彩虹的微笑中，在溶溶月光下，在我的心底。有时候，你不得不承认，这世上有些事有些人，确乎是敌不过一棵树的。

那两棵树，静静地看着悠悠岁月，任意东西，从流飘荡，一天，一年，百载，千秋。它们在经历了一轮又一轮的死亡与新生之后，依然安谧，我想那应当是涅槃后的从容镇定。因此我坚信，舒缓地放下，看穿看透，方可纵横自如。

他常与妻子争吵，啧有烦言恨地怨天。每当这时，他就想起一个外国诗人的诗句："树上樱桃千万颗，我只有一个老婆，一个老婆也嫌多！"

斗过嘴以后，他总是到前面大堤上看河对面那棵树，看过那棵树，骨子里面的气就全消了，心境渐渐恢复，于是唐诗名句便活灵活现："野旷天低树，江清月近人。"两只手自在地背在后面，迈着四方步，仿佛是一个性情豁达的诗人。

河很宽，大约有二百米，远远望去那树很美。绿叶婆娑，树枝虬曲，风移影动，姗姗可爱。

她常与丈夫吵架，嘲笑指责，挖苦讽刺。每当这时，她就想起一位中国古代女词人的名句："这次第，怎一个愁字了得！"吵过架她也是去大堤上遥望河对面那棵树，看了那棵树心心肺肺的火就无影无踪了，情绪逐渐平静，于是便背诵起自己的近作："爱情与花朵之间的距离／只隔着一层薄薄的诗页／九十九朵玫瑰／哪一朵／为那些伤感的句子／暗自垂泪／花朵是女人的一生／

一朵开成红颜／一朵送给爱情……”

他和她相识了。他们有说不尽的话：唐诗、宋词、北岛、顾城。他们有道不完的情：她说他风流倜傥，像亨特、佐罗；他说她温存清秀，像崔莺莺、林黛玉。他们都有相见恨晚的感触。

他们相邀去对岸看看，究竟是什么树，竟然这般动人。

两人骑自行车走了很远很远的路，好不容易才找到那棵树，他们都惊诧万分，其实是棵平凡的柳树，主干很粗，早已被虫蛀蚀得千疮百痍，看起来是那样年迈衰老而又毫无生气。他们大失所望，就急忙转身往回走。去的路上，他们都觉得路短情长，有说不尽的话，有道不完的情，一点也不累；可现在却感到路长情短，谁都不想说话，默默无语，心情沉甸甸的，而且感到很累，困顿不堪。

他先开了口：“做一个平常的朋友吧，让那份像远树那样美妙的东西始终珍藏在心中。”

她抿抿嘴，点点头。

他远远望见自家屋顶上袅袅飞扬的炊烟，心中多了些许甜意。

她远远望见自家门前晾晒的衣物在风里摇曳，心中多了些许歉意。

以树的名义，擎起朗朗天空。树在安详里幽静奇丽，每一棵树都有纯朴的思维。蝉声阵阵连绵不休里，树托举起热烈，树有着循环往复源远流长的绚烂。

树，是淳美的，树的淳美浸润在一袭月辉里，映现在一派昊昊的阳光中。树，是淡雅的，树的淡雅里有寒来暑往的丰饶与充沛。树心里的爱，树心里的痛，树心里的传说密密丛丛。

树是耿直而仁慈的。无论你来自哪里，无论你眉飞色舞还是失魂落魄，那些绿叶婆娑的树，都对你一样亲切、一样眷恋、一样熨帖、一样包容。给你坦然，赐你恬淡。昨天的树如斯，今天的树如斯，明天的树犹然如斯。一棵树，更像一个智者，所谓大象无形，大音希声。一棵树，托举着丝丝缕缕的阳光，托举着淅淅霏霏的雨滴，托举着鸟的巢穴，它将快要落地的风，使劲猛地推一把，风便惬意地延续它的旅程。它托举着斑斑驳驳的日子，每一片叶子，和多年前的那一片没有什么异样，哗哗哗喧响着，似乎是前尘影事在梦境中的一次复苏。

树向来不会挑拣它的出生地，沃土、高崖、野地、石林……默不作声听任天意。鸟是信，不经意间将种子从嘴角坠下；风是媒，在刹那间把它吹扬到远方。而土壤，就是它的悉数信仰，生机在里面，萎枯亦在里面，从不迁移。种子是一种浪迹漂流，而树则是一种盘桓停留，一种执着的从容稳定。

你留意到月光下的树了吗？你知道月光下的树木是多么的俊俏和奥妙吗？是浓浓的午夜了，左顾右盼的星子们睡意蒙眬了，月亮轻轻走过来了，它有点累了，它在大柳树上那个喜鹊窝旁边停泊着，它瞧见了，这是多么简易安逸的窝啊，阔绰的天堂也未必有它暖和，有它倩美。月亮也想静静躺在窝里慢慢孵出一只鹊儿。月亮当真躺进喜鹊窝里了。遗憾的是，只有一小会儿。就这么一小会儿，树的每一滴露珠，每一片叶子，都援助着月亮，周全着月亮，让月亮圆了这个小小的梦想。你看，那棵树，纹丝不动，肃穆凝重，像一幅经典的版画，嵌在深蓝色的天空中，嵌在月亮漫步的小径上……

人亲近树，给树起了一个个美丽的别名，把树的灵魂移植到心田。而目光深处，树正青翠欲滴，树一直在舒展蔓延，树散射和煦的光亮，照彻了人的梦呓。而今，人们终究感受到了树的歌舞，树的欢腾，树的吟啸与人共振共鸣，树的意蕴，又是如此地丰满健硕。

当人消隐时，树却随处可见。所以，让人种下一棵属于自己的树，不管多少岁月匆匆，树就是亮堂堂的人，人就是一棵响当当的树。

第四辑 梦萦魂牵

不息的梨花魂

当车进入苏北果都的时候，正赶上蒙蒙细雨，地上一层落花如雪；再看枝上，千树万树，依然如银，地上的白与树上的白浑然一体水乳交融，冷香接天，梨花如海。拨开遒劲横陈的枝丫，迎着甜意的丝雨，我小心翼翼地走进树林，去亲近梨花。枝头上，或星星点点，或丛丛簇簇，或疏或密，或浓或淡，一色的浅素嫩白，有着一种圣洁的令人心颤的美。越往深处，枝与花越稠密，不时擦身拂面，留下一抹暗香一片水痕。那些可爱的梨花浸润在雨雾里，花托、花瓣、花蕊、花蕾上，都挂满了雨滴的晶莹，颗颗粒粒如碎玉散珠，悬坠欲滴。丛丛梨花，在风雨中抱团取暖似的相互依偎着。

岁月悠悠，也曾不止一次见过梨花，但这样汇成花海、漫无边际的梨花群还是首次看到。初入大沙河，我霎时被这巨大的梨花群所吸引，驻足远眺，一畦接一畦的皎皎轻影随风舞动，让人以为是铺天盖地的白雪又翩翩降临人间，只觉得神清气爽，说不出的欣然。人们争先恐后地与梨花来个第一时间的亲密接触。你看啊，这一树的梨花开得多绮丽哟！枝头上的花苞，个个都胀得鼓鼓的，像银色的小铃铛，侧耳谛听无声，却似孩子般咯咯地笑在心头；凑身一嗅无香，却如清酒一般润泽了每一寸肌肤。隐约间，窥见梨林深处一群身着汉服的仙女们在枝头婆娑起舞。和着古朴的音乐，衬着这洁净的梨花海，仿佛真的置身仙境一般。我揉了揉双眼，发现这一切竟然都是真的。粉妆玉砌，花影重叠，天然玉容。梨花层叠相依，似冰雕玉琢，像林海雾凇，花海波涛阵阵，花香随风袭人。盛开的梨花欢天喜地，绵延逶迤，分不清是天际的白云，还是怒放的梨花。置身梨花海岸，风摇枝头涌雪，花潮奔来眼前。恍惚间，让人有一种进入仙境的幻觉。

走进梨园深处，满径花香。一树梨花一树雪，苍郁的枝干和莹润的花朵交相辉映，仪态万千。梨花，圆圆的花形，软软的花瓣，黄黄的花蕊，散发着温良的幽香，净化着赏花人的心智。梨花是有魂魄的，朵朵似纯洁高雅的仙子灵魂。冰肌玉骨的梨花拥拥挨挨，天生丽质不施粉黛，不羞怯不做作。似飘洒无声的落雪，梨花素白里带着鹅黄晕，与那淡淡的绿芽遮遮掩掩；梨花就像一位冰清玉洁的书香女子，纯洁而大方，娇而不媚，素而不凡，有着洁净温婉的灵魂，梨花，似飘浮于空中的团团白云！梨花一枝春带雨，带雨梨花更动人。夜晚的雨珠还挂在花尖，晶莹碧透，似珍珠一般透亮，湿漉漉地欲滴。清风带着花香轻轻地走来，紧紧追赶梨花的身影。温柔的风轻轻划过枝头，香风过处，梨花随风轻摇，像白色的精灵轻歌曼舞。远处传来簌簌的低喧，清风摇落梨花雨，浸得梨花不沾尘。这时的梨花是那样的纯洁、清新、淡泊、馨香。眼前的梨花开得是那么的白，如画的洁白，银装素裹的白，不见一丝杂质，淡雅素洁，冷艳含香，仿佛仙子降落人间。洁白的梨花，没有多余的奢侈，没有浓妆艳抹的铺陈，更没有夺目的炫耀，宛如皎洁星空的明月，更似天山千年的冰雪，晶莹剔透不染星点凡尘。天然妆成，清清爽爽，无半点喧闹，开得那么清逸。清纯的梨花，一袭素雅，秀而不媚，美而不娇，倩而不俗，那么洁净无瑕，像梅一样凝脂满树的花朵，恣意地绽放，漫溢着高洁和温馨。不觉间有静谧的香气清沁肺腑，这花的精魂已溶入心灵的深处。

我原本害怕刚躲开城市的鼓噪与嚷闹又挤进摩肩接踵的观花人群，不料来看梨花的人多而又多。或许是见惯了梨花，习以为常不足为奇了吧，心情大乐，一下子有种“久在樊笼中，复归得自然”的疏朗。浅浅的梨香缭绕鼻息，翩然飞来的蝴蝶增添了些许热闹，待仔细看时，才发现梨花的花蕊是鹅黄色的，这星星点点的胭脂使一身素装的梨花顿增几分娇俏。徜徉于花丛中，那案边的劳形，俗事的繁忙都悄悄遁开，唯有这扑鼻的花香，唯有这满眼的圣洁。进梨树地，就像身陷暴雪之中一样，那种漫天掩地的磅礴气魄，让人看过一次，便终生难忘。爬到高处极目远眺，茫无涯际，似璀璨群星，蔚为奇观，颇有“东风吹开花千树，占断春光唯此花”之声势。再收回视线近瞧，一朵朵，一簇簇，如雪一般澄澈，似玉一般朴质，犹如珍珠玛瑙一般的珍贵。风儿轻轻吹着，淡淡的花香迅疾向四周舒展，钻进了鼻孔，飘进了心田，我如醉如痴，大口大口地吸吮着。看着嫩绿的叶子，捧着朵朵白花，没有云蒸霞蔚、珠围翠绕般的热烈，却犹如辽阔无疆的雪景，是那样的沉静与安闲。花儿在嫩叶的呵护下静静地开放，就像熟睡的婴儿在摇篮中均匀地呼吸。白色的花瓣玲珑通透，像婴儿细滑的肌肤，只需轻轻一弹，就会溢出水来。当你仔细观察后发觉梨花并不是全白，花心儿中斜插着数根粉嫩的花蕊。当春风阵阵吹来朵朵花儿呢喃软语，仿佛是黛玉娇羞读《西厢》，欲言又止的娇态。当片片花瓣在空中飞飘，宛若只只白蝶在起舞嬉闹，恰似朵朵白云飘忽而来。由于花开得太多太密，很难看清其中的枝干。只有走到近前才能看到，花儿覆盖了深紫色的树干，像一幅淡逸劲爽的水墨画，虬枝苍劲，展现出旺盛的生命力。

听当地人说，此地有一株清代种植的老梨树，我便跨过沟谷寻它来了，老梨树以它的树影婆娑迎接了我，寂寥的老梨树，在百年漫长岁月的侵蚀中已日渐颓唐、干瘪。粗壮的主干四处裂开，几乎成了黑色的干枝，只有顶处的一两枝尚连接着它不朽的生命。我扶着老梨树斑驳陆离的肢体，像在抚摸着一个古老的传说，骤然我的目光触到了一枝新长出的梨花，它细嫩的枝条从老梨树粗壮的根部抽出，在黑褐色的主干烘托下轻轻摇曳。再看那已近枯朽的主干裂开处，奇迹般开满淡紫色的小花，生长出历历可辨的绿意，我的心被深深地颠簸和感化了，这株“出生”在清代的梨树，也将那个时代充溢着自信、希望和进取的魂魄、精髓深深地根植进去。它曾沐着岁月的阳光雨露，历经了那个绚烂的时代，当蓬勃的生命被岁月风霜侵扰时，它微笑着，耸峙着，以生命的自尊和顽强撑持着走过了百余年的悠远旅程，当它最终被岁月剥蚀荼毒得年迈衰老时，它将最后的生命集聚，擎举着那枝新生的梨花，而那腐衰的粗干也“化作春泥”生出绿意和淡紫色的小花。怎样的老树！这简直是一部辉煌的史诗，这是一部生命不屈膝于命运的摆布而做出抗争的奋斗史。顷刻间，我被这刚毅倔强的生命所折服，往日经历的痛苦一丝丝消散，我感到自己的渺小和虚弱……

在老梨树的旁边竖着几个坟堆，有一处的坟顶上还有像模像样的石碑。我问当地人，他只淡淡地说：“可能是古时财主的吧。”或许他们曾享有金玉满堂安富尊荣，飞扬跋扈地活了一辈子，可是如今只落得黄土一堆，说起来也只不过是一个很久以前的不知名的财主吧，灵魂与躯体一起腐朽。而那百年的梨树无声地站立在它面前，看着他走完了红火而虚幻的一生，沉默不语。任它东西南北风，任它日月如梭寒来暑往，长天阔地之间，用一串串纯真无瑕的花蕾，宣泄着无尽的魅力和祈望，也给鼎沸的红尘俗世送来了慰藉和希冀，谜语一般的生命史留给后人深远的言近旨远耐人寻味的意蕴。

倏然，那些舞风弄影的翩翩梨叶，那些玉树琼瑶的皓影繁花又一次飘荡着袭来，朦胧皎洁，素然淡雅。须臾之间，就将家乡的田野泼洒渲染得银光闪闪，恰似雪原！冥冥之中，我好像隐隐听见花语，如泣如诉，亦曲亦歌，那声音似乎从天籁传来，竟搅扰得我夜难成寐，心神不属……

家乡的梨花啊，你是缠绵的雾，淡泊的云，往回的风，不屈的魂！

家乡的梨树是一道流光溢彩的风景！每年春天种地的时候，也正是遍野梨花盛开的时候。梨花盛开和樱桃杏子不同，它一团团洁白如雪的花朵有嫩绿的幼叶衬映，显得尤为淡泊古雅。远远看去，就像洁白的雪团儿落满了绿意初染的枝头，薄如蝉翼，皎洁明净！我常常被它的美而吸引，倘若有阴凉可歇，我一定要来到梨树下，把伸手可及的花枝拉到面前仔细观看、欣赏，看莹洁如玉的花瓣儿，赏淡黄抑或淡紫色的娇娇花蕊，然后凑近鼻孔，贴在唇上，嗅淡雅的清香，吻凝脂般的细嫩、津润！我惊羡赞叹：造物主竟把花儿打扮得如此美雅绝伦，实乃神奇之至！

待到花儿要落的时候，我的心情也和花儿紧密相连，唯恐一阵疾风吹过，满树的花瓣儿就会像晚春飞絮一样，从树枝上、从绿叶间纷纷飘落。我站在树下望着那些花瓣儿在疾风中飞舞、坠落，好不心痛！那些俏丽的、天使般的小花瓣儿闯入我的怀中，扑在我的脸上、衣服上，然后又悄悄落在地上……我无力挽住它们的离去，那些斑斓迷人的枝头，曾是它们沐浴阳光、滋养生命的摇篮，有谁不为之动情和怅惘呢？我不忍踩踏它们雪花般的、纯净的躯体，每每站在树下，总要拾几枚落英暗自感喟：梨花，你生命如此短暂，却又无比妖娆！你把爱留给枝头，孕育了累累硕果；你传播靓丽的春天，让人读懂了生命的意蕴！

村　路

这条小路蚯蚓似的穿过了这个名不见经传的村庄，乡亲们在上面络绎不绝熙来攘往。走过一圈圈年轮，一个个季节。有些乡亲，一辈子都没有从这条小路上走出来。生于乡村，长于乡村，来也乡村，去也乡村。来自乡村的游子，哪一个不是经过逶迤绵延的乡村小道，在告别亲人的无奈和对前路的憧憬中，带着一丝焦灼的不安起程动身的。

在农村，乡间土路总是以沉默寡言的方式，沉静悠闲地躺在村庄与村庄之间，它蜿蜒着纤细的身体，是乡村一道憨厚而真切的风景，乡间土路，定格着我们有关乡村的特殊记忆。那时农村的土路，坎坷崎岖，曲曲弯弯。土路中间都有两道车辙，车辙轧得很深，赶车的把式，就叫它“车道沟”。大抵从秦始皇发布“车同轨”的号令之后，这车辙的宽度，都是一样的，不管走多远，车轱辘顺着车道沟里走，都不会离开车辙。这样的车辙，没人知道它存在多少岁月？我猜测大概有两千多年了吧。

村子尽管偏远僻静，村前的路却是条大道。天下大道多如牛毛，要搞清每条大道的来龙去脉，委实难以办到。往昔这路上的情景，如今村里上了年纪的人都是目击者，谈起来就凿凿有据、细致而活跃了。那时路面很窄，凸凸凹凹，深深的两道车辙有如两条平行的水渠。因为当时还没有什么护路队，这路也就勉强是那个样子了。路上行人时多时少，但整个说来是孤苦伶仃的。推车载重货，木轮发出“吱扭吱扭”的尖厉音响，好像是在替推车人叫苦喊累声声不绝。推车人就在这“吱扭吱扭”声音里，迈着沉重而又疲倦的脚步，搭在脖子上的粗布汗巾能够拧出哗哗的水来，脸上的汗珠啪嗒啪嗒地往下滴。一些连推车也用不起的人，只好用扁担麻利地挑起东西，徒步走在土路的中间。挑担的人尤为吃力，长长的扁担两头沉，走起路来必须小心翼翼地迈着碎步，两个肩膀换着担，忽直忽弯，颤颤悠悠，“咯吱咯吱”压得扁担直叫唤，他们的脖子上也挂着条汗巾，烈日在额头逼出粒粒汗珠，坠落在睫毛上，眼前有钻石的光亮，滑落在嘴角、唇边，舌头霎时品尝到了食盐的咸香；不停地擦着满脸汗珠，却总是擦不干。行人中挑夫不少，挑布的，担盐的，贩油的，五花八门，形形色色。担子有轻有重，轻的不下七八十斤，重的一百四五十斤，有少数挑担力士，能上二百斤——他们的姓名至今仍在老年人的闲谈中偶尔被提起，而且愈加带有传奇色彩。挑夫们大多是长途跋涉的，因此随身都带着一根树杈，走一段路，感觉实在撑不住了，就巧妙地用树杈支起担子，人就能够腾出肩膀缓几口气，然后再挑起担子走。

挑担的算是路上的下层人物，空手而徒步者可谓中层，骑驴骑马而过的，就要算上流了。路上的车都是木制的轮子，结构及样式起码已因袭了两千年，或者改进了点，或者甚至差了点，反正变化不大。马车轮子上镶一层铁瓦的，称“铁轮子车”，这是殷实富裕家庭的标志。独轮车又短又窄，居然也担当着运输之责，车夫身子向前倾斜，两腿有力地叉开，扭秧歌似的挪动着双腿，“吱吱呀呀”的噪声十分闹腾聒人。而今人们见了裤腿挽得老高的人，仍然要说：“看你像个推小车的。”

那年夏天干旱无雨，与其说是路，倒不如说只是一个路坯。燃烧的太阳蒸烤着，整个路面出奇的火烫。一些垫了土的路面，风一吹便扬起一片尘土，漫天掩地的，连眼睛都无法睁开。走在路上，天上太阳烈烈地晒着，地上冒着热气，实在难以忍耐了，真渴盼老天爷能够早点下雨就好了。可真的下雨了才知道，原来天晴比下雨更好。下雨了，虽然不再像往常那样煎熬得无法忍受，但那裹在车轮上的泥块却让车子无法动弹举步维艰。每走不到十米就要下车清除一次车轮上的泥巴。真是“晴天一包灰，雨天一摊泥”。一身泥水一身汗，一脚深来一脚浅。用今天的眼光来看，故乡的土路，简直是糟糕透了。除了中间的车道沟，人能走的就是车辙两边的土埂子，窄的路段，不足半米，一个人走在上面还算凑合，假如一对情侣携手并进，那可就要歪歪斜斜地跌跌撞撞磕磕碰碰了。一不当心就会踏进车道沟里，或摔个跟头，或崴了脚跟。假如骑着自行车走在上面，也要有一定高超的技术。小汽车到此，实在就是寸步难行，望路兴叹。

故乡的路，也着实是前辈几代几十代的乡民用脚掌踩踏出来的。这迂曲的乡间土路真真切切代表着古代传承下来的乡村文化，它可不像当今的高速公路那样，因为路面平坦顺溜，横冲直撞，狼奔豕突，肆无忌惮，不顾后果，不算成本。而乡村土路仿佛充满了慈善家的温情，它尤其珍视人类的劳动成果和文明结晶。遇到庄稼地，绕着过去，遇到树木、田园、庙宇、古迹，也一样绕过去。农村的路，对土地上的一切，都显得如此地敬畏、谨慎、呵护和爱惜。他们称这片土地为“土地爷”，路边屡屡看到，一米多高，专门供奉土地爷的“土地庙”呢！尽量地绕来绕去，宁可爬上高坡，穿过荒草滩，也要绕过一棵树，一堵土墙，一片菜地，一湾水塘，一座古庙……表达了乡民们对待天地万物的一种敬仰尊崇。不去强迫穿过，更不去恣意糟蹋，尽管绕得曲曲折折七弯八拐，就在它的弯曲中，珍藏了多少难以再生的土地，也包括深埋在地下的文物和古迹！

后来，有人在靠近路面的地方仔细丈量什么，还使劲楔上了木橛子，上面写着一些看不懂意思的古古怪怪的“洋码”字。村里人很感蹊跷神秘，事后才知道，原来要修“汽路”了。“汽路”者汽车之路也，至于要把祖辈垦殖的肥田沃土割出一道以拓宽路面，这问题几乎没人想过。“汽路”很快修好了，却迟迟不见有汽车，大家真有点消沉气馁。这天上午，骤然传来了隆隆的声音。原来正是大家世世代代没见过的汽车在响啊！村庄又迎来一个盛大庄重的节日。有人在村头大喊：“汽车——汽车——汽车过来啦！”顿时整个村庄都响起“哗哗啦啦”的脚步声，“乒乓乒乓”的开门声，人们争先恐后从家里跑了出来。剃头的老汉刚剃了一半，和面的女人手上还沾着黏糊糊的面团，都急慌慌跑出来，一排一排，站满了村头，形成一支斑驳褴褛、高低不齐的队伍。那汽车是一个硕大无朋的巨兽，四个圆圆的皮轱辘，方方的大脑袋，两只大眼（窗玻璃）熠熠生辉，这铁家伙不用牛马使劲硬拽，可以自个儿走动，而且走得很快，转眼间，就由小而大，由大而小，一个转身，拐个陡弯，无影无踪了。大家开心极了，讶异极了，激动极了，看着汽车消失的地方，木鸡般愣怔着，半晌说不出话来。

究其实，盘桓在乡亲们心坎上的那条“汽路”，就是用石子铺成的沙石路，在那个年代很时髦流行，但如今却过时了、落伍了。回想起来，当时那辆汽车不过是辆老掉牙的破车，车身破旧不堪，速度很慢，响声极大，不过是那么一辆汽车而已。进出的那条沙石路早已不堪重负，坑坑洼洼，像一个九十多岁老太太的脸，爬满了沟沟壑壑。虽然结束了人挑车推的历史，但运砖石和其他建筑材料的车子很难开进来，拖拉机开上去累得喘着粗气。听说党员捐款要修村前的路，还听说村前的路要修成亮堂堂的柏油路面，群众“哗”地都来到了村委会，有多少钱捐多少钱。春娃妈把准备买棺材的六千元拿来了；小学生纷纷把自己留着吃零食的一块五毛拿来了；五保户黑福爸，把他捡破烂换来的三百元也拿来了……全村像是滚锅的水，热气腾腾。家乡的路，一年比一年平了，直了，宽了，给人以浓烈的心灵感悟和视觉冲击，然而更使人感到惊愕的是柏油路上为何如此明朗洁净。在人们的印象里，农村的生活总是离不开泥土的，哪个种田汉子身上没有几两泥？

乡亲们正在加快步伐走向现代化，各种型号的小汽车，甚至价值不菲的奔驰、宝马，也在乡间公路上穿梭了。农村逐渐走向城市化的步伐，其势头绝对是所向披靡不可阻挡的，乡间土路的隐匿，也是历史的必然。尽管土路很稀少了，但农家朴素的生活仍然在传承延续着。“城中桃李愁风雨，春在地头荠菜花”。乡间阡陌纵横的公路网，也正在编织着一幅幅春天的图画。

这已是陈年往事了。路面不断拓宽、拉直、铲平，还铺上了沥青，各式机动车辆早已越来越多、无奇不有了，如今达到了川流不息的程度。机器声昼夜不止，路面上罩上了一层散不开的烟雾。站在新修的水泥路上，大伙的心甭提有多高兴，有轿车的开着轿车，没轿车的骑着电动车在水泥路上飞驰，洋溢着自豪，向往着富裕。走在水泥大道上的人们，在自豪和富裕中忙碌，忙碌着幸福的今天，也忙碌着各自心中的锦绣前程。

乡路承载了故乡温馨的记忆，故乡就如同一条奔腾澎湃的河流。这条河，两岸水草丰美，无论是月明星稀的夜晚，还是洒满金子的白昼，无论何时何地，只要驻足于它的身边，一种看似遥远实则很近的乡村记忆，就会如同那舒畅的水流一般，漫过时间的帷幔，无声而有力地直抵眼前。乡路厚重沉稳、波澜不惊、生生不息，这是故乡给予的最慷慨的馈赠。乡路是宽容的，无论高低贵贱，它都热情洋溢地张开双臂，紧紧地将他们拥抱入怀，让他们遂心惬意着。他们的根深深地埋在这里，只有这里才是他们最后的归宿，他们永远都是乡路奶不大的孩子。

观古城灯展

“风，吹走过什么，又留下了什么？”当我读到这句话时，所有的感触如约而至风云际会。虚无的真切的，过往的现实的，苍凉的绚烂的，远的近的历史的烟云都在正月料峭的风中神奇地变成了一颗颗飘忽的种子，它们悠游、沉浮、落地，最后在浩瀚里生根、发芽、抽条，直至开花。一朵花就是一串故事。无数个故事在眼前交织、欢跃，人的思绪便随着如烟的追忆倏忽飘远了。

元宵节，是我们心灵的灯节。一个个曾经的日子被洗得锃锃闪亮。我们的灵魂趋光，在灯下静静翻晒。今晚，将所有的美好用灼灼的光亮挥洒。无数心愿蕴藉在光影的造型。一条河流潺潺汩汩，这些停在岸边摇曳的灯火，俯身让眼睛上路徜徉。把花蕾悄悄吐出来，期冀挂在果树枝头。我们不再担忧月的缺蚀，家是我们最圆的渴盼。在光明的路上前行，我们会像顽皮的孩子一样，牵着一盏盏明灯阔步回家。

天公真作美，两天的灯展，竟能让你看到不同的灯景、仙境！昨天是细雨蒙蒙，灯影迷离。今天月朗星稀，清辉尽洒，灯展一定又是一番奇景吧。太阳刚刚落下地平线，成千上万的居民潮水般向古城广场涌去。昔日宽阔宁静的广场已是灯彩绚丽，热闹非凡。那里早已是一片灯的海洋、人的群山。熙熙攘攘的人群中，有的拍照，有的驻足观看，有的品评灯的造型，最高兴的莫过于那些拿着灯笼嬉闹着的孩子们！

无论大街小巷，无论是小区还是商家，都是彩灯高悬，波动着彩浪，飘动着彩云。无论你走到哪里，都是花灯林立，琳琅满目。当你步入街市，扑入眼瞳的首先是两旁树木上的花灯点亮的珊瑚海洋，闪烁着通体的光亮，仰望商厦楼宇都是一盏盏、一串串、一排排彩灯高挂，在灯光摇曳中变幻着五彩缤纷，把人们带入一个彩灯的世界。真是“东风夜放花千树，更吹落，星如雨”。

月光下，静静的街巷里处处是鞭炮的纸屑。粉红的，雪白的，鹅黄的……微风一吹，轻轻飘动。若不是凉丝丝的风提醒着我，我还真以为是掉落的桃瓣、飘飞的梨花、刚谢的迎春呢！中国的年，人们习惯性地认为十五没过，年就等于没完。元宵节啊元宵节，你知道这一天你又让多少人感怀吟叹，编情为经，织爱为纬，细细地密织思念的网，用丰润晕染的唐诗念你，用豪放婉约的宋词黏你，用感人心魄的乐曲萦绕你，用饱满情怀的丹青妩媚你。

站在楼上远眺，展现在眼前的是两条起伏飘动的彩带。彩带上，珠玑粒粒，宝石闪烁。这时唯独能看清的是最边上那条高蟠玉柱的大青龙。其跃跃欲腾之姿，似要穿越九霄，腾飞万里。啊，龙！古老而又传奇的、源远流长却独受我们中华民族特别敬畏和尊崇的神物，或许，是用来作为我们古老民族的象征吧？那是龙在腾飞吗？分明是象征我们中华民族在腾飞！奋进！

难道那真是珠玑缀成的天街？于是我下了楼台，融入沸反盈天的人群当中。悠闲漫步在古城内，一切似乎是久已向往般熟稔的模样，淳厚古朴的民风带着些许世外桃源般的况味。那种温馨和归依感就像流淌了千年的城河，让起伏的思绪变得安然和缱绻。踩在苔痕斑驳的青石古道上，听着古道旁的蜿蜒流水潺潺作响；手触古色古香的石桥、廊坊、墩柱，不见沧桑，心境澄澈；抬头仰视屋宇、城墙、楼檐、青瓦，不知是你步入画中，还是你原本亦画……置身其中，忘却了世间的愁乱烦恼，远离了城市的喧嚣纷扰，似乎浅浅的呼吸都能嗅到这座秀美古城的情愫与气息。来过，你便再也不能忘怀这种令你穿越历史的感觉；来过，你便再也无法摆脱这个地方对你魂梦的牵萦。

到了灯展景观路，花灯闪烁，密密麻麻的花灯耸立着，高挂着，像从天上飘落的星。那彩灯造型各异，规格林林总总，一盏盏都是制作精美，艺术精湛，特别是形象逼真，栩栩如生。花灯的造型，丰富多彩，有花鸟鱼虫，有人物，有动物，有景物，灿烂中华历史文化之博大精深，辉煌华夏传统风俗之浓厚雄浑。花灯的图案都充满喜庆气氛，别有立意，让人欣赏后倍感心旷神怡。花灯多，赏灯的人更多，真是灯如海，人如潮，人潮随着灯海的浪涛涌动。恰是“宝马雕车香满路，风箫声动，玉壶光转，一夜鱼龙舞”。

那些花灯由于采用现代电子技术，人物、景物不仅能飞动，而且能运转，火车不仅能飞动，而且能鸣笛，人物也有挥洒自如的动作。花灯的艺术造型给了人们美好的艺术享受。最使人们感兴趣的是风景区的冰灯、雪灯。那造型独特，精彩绝伦，犹如神来之笔，鬼斧神工的艺术造型，使人赞慕不已，叹为观止。那一盏盏冰灯、雪灯都是玲珑剔透，冰清玉洁，晶莹得通体放光，好似到了水晶龙宫一样。加上彩色灯光的闪烁，让人有一种恍入仙境之感。

猛抬头，不觉已入“灯火阑珊处”。狮子滚绣球，这种民间喜爱的游戏，年年玩，年年看，却总看不够狮子那逗人喜爱的狂姿和玩球的天真劲儿。鱼吗？当然有的是：金鱼、鲤鱼、胖娃娃骑鱼……且不说金鱼那圆滚滚、转溜溜的眼珠和轻纱飘拂般恬然、柔美的尾巴，单是那怡然自得、自由自在的神情，就让人感到自己也似在漫游，在欢乐的海、彩色的海、艺术的海里幸福畅游！这素朴淡雅的光，哪儿来的？噢，莲花灯！盈盈鲜艳的荷瓣和花下纯白纯白的嫩藕，是那么光洁、美丽、晶莹，我的心都被它陶冶了：仿佛世界上的一切都那么纯、那么美，一尘不染。有一幅图案为“龙腾虎跃，龙马精神”，此造型寓意着新春励志祝福，流畅地勾勒出升腾的龙和奔腾的马，寥寥数笔，惟妙惟肖，光芒璀璨而热烈，让人油然而生一种对生活满怀希望的憧憬与向往。继续往前走，八匹骏马狂奔灯组，一字排开，气势磅礴。八骏个个昂首、奋蹄、甩尾，整个身体流线型，鬃毛飘逸，像狂奔，像疾跑，像在天上飞。斯情斯景，怎不令人为之一振！

“文贵乎新颖，思想贵乎创新。”新！才代表着现在与未来。那些百姓们喜闻乐见雅俗共赏的灯式花样，在古老文明的黄土地上，或许早已有了吧？那就看一下这些灯吧：交通守则灯、宇宙飞船灯、火箭灯……各式各样“现代化”的灯亦应有尽有。我想：在文化发达的汉皇故里，再有真知灼见的学者也未必能想到在灯展时看到一个正冒着缕缕青烟、欲奋力驶向无穷宇宙的飞船灯吧！更难以想象它已变成了现实！那么，当年曾在古城留下过诗词的白居易看到此景，做何感想？若来此一游，又会留下一首千古佳篇吧？一道道光束在火树银花喧闹里划破夜色，形成了一支震耳欲聋的交响曲，尽情演绎一场蓬勃的憧憬。那一盏盏灯笼诠释出甜美生活的乐章，一声声爆竹炸响朵朵心花放飞酽酽的诗兴。一个古老的欢庆节日，携带着积厚流光的传统文化元素，风风火火穿过诗经离骚的韵律，凝聚一派气势磅礴。

“哎，她大婶，灯里也演电影吗？这不是孙猴子打白骨精？”一位老奶奶的话打断了我的沉思，我正想跟她说是走马灯，忽然一个光亮在头上闪过。抬起头，啊，礼花！多么缤纷、绚丽的花儿，在蔚蓝的空中开放了！真是“火树银花不夜天”啊！

我喜欢这个节节拔高、灯花照眼的日子。怀着一缕隽永的意念，匍匐在民俗风行的大地上，缠绕在浮动的村落里，好像在谛听土地与天空最深处嘎嘎爆响的律动。我喜欢这个人群攒动、锣鼓喧天、花雨缤纷的日子。红红的灯笼与春联，明媚妖娆，那袅袅娜娜娇羞的样子，让我一下子回到青春与乡情蓬蓬勃勃发芽猛涨的时日，缠绵的乡愁，盘桓在心头。我喜欢这一簇簇奋发着噼里啪啦向上猛冲的爆竹与绽放的烟花，一口气或一阵风般就将内心的渴盼表白倾吐得痛快淋漓。刹那间，这传承千年的酽酽乡风民俗，就展现了蜂拥而至的春天全部的行程，掀开了阻挡的藩篱，喧闹出一片狂欢与一地灿烂，把乡村的激情推向极致。

在这美的环境里，透过美的艺术，我看到了美的愿望，美的心灵，美的集聚，美丽丰富的生活！这里的灯光真是美不胜收啊！广场上我们可以看见许多漂亮的花灯。只见草坪周围的彩灯鳞次栉比，有鸡灯，有羊灯，有兔灯，有马灯……大树之间，也挂着许多花灯，有的是西瓜灯，它圆圆的，有着绿色的花斑，活似一只真西瓜。这只西瓜还是切开着的，四瓣红艳艳果肉、黑不溜秋的瓜子，中间放出了俊俏的光芒；有的是蝴蝶灯，它们的动作千姿百态，大灯笼中有一扇小门，这扇小门一直不停地转动着，有趣极了！这么多五光十色的灯光，令人看得目眩神摇。我来到上面，向下望去，漂亮极了！湖面上一朵朵荷花灯，放出各种各样的颜色，吸引了很多游客。其中一个湖面中间有两条金鱼，正吹着泡泡呢！这时的金鱼分外可爱！我心里想：如果我也是一条金鱼，那该多好啊，我就可以在水中无拘无束地游玩了。这琳琅满目的灯笼，把整个广场都照亮了，光明充满了古城！回家的路上，我觉得月亮正笑眯眯地，它提着那熠熠的灯笼，给我们照明。许多星星眨着眼睛也都不甘示弱地给我们鼓舞，一直送到了家门口。

请看：卓然挺立的孔雀正在开屏与周围人的花衣服媲美；清秀高傲的仙鹤别有一番古代学者隐士的风骨；古城八景之一的“巍巍宝塔、潺潺沙河”来到了观览者眼前；巧夺天工的小灯雕刻精美、镂花连片，薄纱上：几株玉兰，似有暗香浮动，两根清竹，像在风中摇曳，疏影斜梅，亦可称“香可嚼”，遒劲苍枝，真可谓“松高洁”；蓓蕾中，哪吒脚踩风火圈、手持兵器，气概不凡；

月宫里，嫦娥倩影轻移，珠宝花篮，玉指轻点，飘飘然下凡到人间；不老寿星童颜鹤发，容光奕奕；禾麦丰收、绵羊抵头，汽车川流、警灯闪烁；二龙戏珠，丰姿卓越，旁边金鱼游弋，如众星捧月一般；五颜六色的鲜花目不暇接；红领巾夏令营悠然地荡起一叶扁舟；瓜果俱全，水灵灵的葡萄看一眼便让人心甜透；还有昨天雨帘里出现的“海市蜃楼”……忽然，砰的一声，一束妖娆的烟花腾空而起，紧接着，广场周围各种礼花交错升空。唰的一声，菊花怒放！唰的一声，天女散花！瓦蓝的天空，皎洁的月光，一簇簇绚丽多彩的礼花不断盛开，绽放出各种动感的造型，“孔雀开屏”“金尾烛光”“时雨荷花”……啊！这盛况空前的元宵灯会，这沸腾的元宵之夜，这无限美好的时光……

城上的人看城内的灯，城内的人望城上的灯。城上城下，灯光相连，城内城外，火树银花。音乐流动在古城内外，光影飘动在蜿蜒城河。看灯的人汇成了流动的海洋，一双双惊喜的眼神碰撞着快乐的火花。摄影师用咔嚓声与闪光灯把最美的夜景收进记忆，人们用感悟的美妙把最动人的光景存入心灵。无论你流淌着色彩斑斓的诗歌，还是激荡起妙曼的音乐，或者被眼前的景象所迷幻，人们的脸上、心底都荡漾着快乐、欣喜，都沉浸在虚与实、光与色的世界里。今！古！未来！文化！艺术！天上！人间！海底宝殿！春！夏！秋！传说佳境！啊，我是不是醉了？不醉，又何必这样绞尽脑汁煞费苦心！它什么也不是，是中国的生活，是新世纪蓬勃的真实的生活！哦，也许是生活的蜜酒把我灌醉了！夜深了，这里依然是流光溢彩的不夜城，依然是人的海洋、灯的海洋、笑声的海洋……

又一缕凉丝丝的风拂过面颊，它提醒我：我不是在天上街市，也不是在海底宫殿，而是在观看古城灯展。这是一种历经沧桑的美，是一种永恒的力量，是我记忆中风水带不走的久久悠悠。这是岁月为古城雕琢的一道风景，尽管它无声无息，却张扬着文化的气息，透亮着文化的味道，彰显着文化的厚重。

我醉了，沉浸在古城的风月之中。不时徘徊灯火阑珊中的古风庭榭，流连月光倾泻下的小桥流水，心底油然而生一种远离尘嚣的感觉……总期盼有什么方式把我纯真的梦定格下来，即使若干年后再次翻阅的时候，依然清晰可辨。总希望在梦的路上留下古城的身影，可是梦渐渐地远去。蓦然回首，璀璨亮丽的花灯留在了身后，无论阴霾，还是阴雨接踵而来，我依稀记得，那一城五彩斑斓的灯光，也曾温暖和牵扯过我的眼睛。是的，只要心中有了灯——追求美好未来的灯，人生征途永远不会迷失方向。

寂寞的木桥

常常在泪影依稀的梦里，梦到那座年逾古稀的木桥，依旧横跨在那不深的河水之上，承载着行人来来往往。这么多年，木桥便一直环绕在心间，似童年旧事，历历如绘，念念不忘。有些东西是不会随着时间的飞逝而削减甚或匿迹，反而更深邃、更清晰，恰似在清如止水的心灵中雕琢，才能沉浸自己，感动别人。

大沙河的河面上有一座全木质制作的桥梁，大约二百米长，横跨河面，气势虽然谈不上雄伟壮观，是一座闲置了多年的木桥，但它却有一个令人神往的名字——神仙桥。站在河岸上，可看到奔腾不息的河水绕过树木做的桥墩流向远处，桥面全是木板钉做而成，全桥如一条长长的庭廊，两旁是木棍拼成的栏杆，走在桥上会听到吱吱嘎嘎的响声，好像随时都有断裂的危险，就是这样一座平平淡淡毫不起眼的木桥，经受了半个多世纪风雨的磨砺，丰富的色彩已经褪尽，浑身墨黑，苍老得不能再苍老了，它却一直挺立在河面上，永不垮塌。有一年，当我带着遗憾再一次面对形销骨立弱不禁风的木桥，我下意识地生发出一种感喟：这伛偻驼背的桥身，多么像父辈们被生活的重担压得弯曲近乎有点变形的脊背，曾托载过多少孩子走向生活的彼岸啊！

神仙桥原本叫大沙河木桥，乡亲们赋予它如此奇特玄妙的名字，是因为二十世纪六十年代初期，大沙河涨起了大水，木桥淹没在大水中两天两夜，河岸上的庄稼被毁，房屋冲走十几座，等到洪水退去，木桥却完好无损安然如故，仍旧屹立在河上，乡亲们看到后无不诧异，啧啧称奇，欣喜不已。从那时起，这座木桥被尊称为神仙桥。木桥把古老的村庄与有着悠久历史的古城紧紧地连在一起，稀稀落落的人们就是从这座桥上缓缓走出家门，看到外面新鲜的世界。那时候的河流让人们领略什么是澄澈，远看它是如此的绿，绿得似一条翡翠色的绸带；近看它是那样的清，清得能够看到河底游移的鱼虾。小河里有很多物种，有一些是我们叫不出名字的。阳光灿烂的日子，河流的色彩和金子一样，就像梦中的彩色泡泡，很诱人观，很迷人眼。河上的那座木桥，不论从哪种角度看去，都格外地扣人心弦。尤其是朝暾甫上或落日熔金时，河面是波光潋滟，桥宛若一道彩虹，在天地间忽闪忽闪地，此种情境，假如是丹青妙手见到，心里不羡煞那才是怪事呢。这桥不仅凸显了村落古色古香的美，同时又是村子与外界联系的纽带，没有哪个村民，不感触到它在自己生活中的重要位置。村里的孩子，要走出村子到外面看看，最初的一步，就必须踏过这座木桥。如果过桥的步伐还是那样忸怩不安，那么父母对于这个孩子的外出，总是有一百个的不放心。木桥沉默，静谧悠闲，在岁月的天空下，世间那喧嚣浮华万千，不及你淡淡的莞尔一笑。

建一座桥跨越大沙河，是几代人的渴望和向往，终因财力不足未能实现。到了1956年的秋天，在乡亲们的强烈呼吁下，乡政府请来了遐迩闻名的能工巧匠，与这里的人们齐心协力，克服了难以想象的困难，建起了木桥，完工通行的那天，乡亲们欢跃沸腾了，夜晚在河岸上燃起了篝火，举着火把在木桥上闹了个通宵，不少乡亲激动得放声痛哭，还有的乡亲在木桥上来回走了一整夜。七十年代末，县政府拨款和乡亲们集资建起了一座高大巍峨的大桥，载重六吨的卡车可以驶过大桥，桥宽可容纳两台大型卡车交叉过往。九十年代末，政府又改建拓宽了大桥，改建后的大桥路面宽阔、笔直、平整，道旁整整齐齐地镶嵌着水泥块，煞是壮观。新栽的松柏，像一个个精神抖擞的卫士，井然有序地守护在道路两侧。公路中间新标的断断续续的白线，如剪开的银带，直指远方。大桥以崭新的姿容，展现在人们面前。

年年岁岁，木桥就这样承载着人们的喜悦，当然也承载着人们的困惑与艰辛，在风雨中飘摇，在月光下默立。一双双赤脚板走过来了，又走过去了，桥面和脚板都磨出了厚茧。这厚茧是村民与木桥情谊的结晶。村民们心中明白，木桥成了他们生活的重要依托。一旦洪水来袭，村民总是众志成城同仇敌忾，与洪水搏斗，不让木桥受到损伤。但洪水是无情的，木桥总有被洪水冲走的时候，桥失踪了，正常的生活秩序被打乱了，人们惊慌失措惶惶不安，于是只有重新架桥，把出现断层的生活重新贯穿起来。

木桥虽小，却支撑着这里的村落，和风细雨抑或狂风暴雨，缓缓走到了今天。虽然已有多年未再去亲近木桥，但一种本能的怀想与牵挂，却无时无刻不在心里酝酿着。当我头上的白发写满沧桑，我终于有了一次看望木桥的机会。

木桥稳稳当当地横着，像一位和蔼慈祥的老人，听着人们的嬉语，护着人们的路途。春夏秋冬，雨雾霜雪，迎来送走一代代人，而今它也被淘汰了，在不远处新建了一座长虹卧波挺拔飘逸的水泥桥，不仅可以过行人，还能通车。可那座木桥仍然横在那里，只是从上面过往的人渐渐少了，日晒雨淋，它的缝隙也比以前大了，睹此情景，犹见亲人年迈老去，心中不禁酸楚。木桥四季都静静地横在那里，而人们已经离开了它，往事如烟似雾，淡却了很多回顾，然而，那座木桥，因承载了太多的梦呓和欢笑，记忆犹新，想起它，便想起了童年。

满目疮痍，伤痕累累，修修补补了多年的老木桥从此永远地隐匿在川流不息的长河中。木桥失去了昔日繁忙的景象，静悄悄地躺在河面上。偶尔有几个孩童来桥上走走，或有几只鸟雀栖落在桥上，乡亲们却十分珍惜，不仅舍不得撤掉，也不让任何人损伤它，在乡亲们的心目中，它是一道炫目耀眼的亮丽风景，是神的化身！

一般的桥，过去了也就过去了，没有必要往心里记。就像在生活中一样，需要走的路漫长悠远，但真正紧要处也只有那么几步，这几步自然是事关人生大节的，需要牢记于心。桥也一样，一百座一千座地踏过去，能记下来的也就那么几座，甚至一座。许仙和白素贞，刻骨铭心的一定就是断桥，这是他们一辈子都忘怀不了的。至于我，没有跌宕起伏的生活情节，虽有一点故事，却都白开水般平淡无奇，回忆所过的诸多长长短短桥梁，唯有家乡那座简陋木桥，总是时时在我脑海浮现，并且常常在我的梦里，引导我踉踉跄跄晃晃悠悠地，走进那个缱绻乡愁里的古朴村落，走进那些蔓延着思念的往昔岁月。

后来，我看见一个村民从桥上走过，步伐沉稳有力，脸上充满了自信与期冀。就在那一刹那，我忽然醒悟过来，这种沉稳的步伐，这种自信与期冀，已然憩息的木桥是绝不可能承载得了的。

一个人的生命之旅，不知要跨越多少座桥梁。小时候，经常听见村中的长者教训晚辈：你懂什么，我过的桥比你走的路多！仿佛一个人的见识，是与过桥的多寡成正比的。这话显然说得有点绝对。然而，桥梁对于生活，确乎非常重要。我们赖以生存休戚与共的大地，有高耸突兀处如山峦，有倾圮塌陷处如沟壑、峡谷、河流，这就导致了我们生活的诸多不便。有了桥梁的疏导，原本坑坑坎坎的大地，就显得坦荡平展，从此岸到彼岸，从此地到彼地，就不知拯救挽回了几许精疲力竭，几许汗流浃背，几许千钧一发，几许刻不容缓。我们人类的生活天地，每每以一种传统的模式稳固在某个有限范围，要突破这个范围，或者将这个范围扩大，赢得与外界交流的方便，方式固然繁多，但桥梁最是不可或缺。即便在一个未知的环境中，以人力不可能去架桥，但我们却可以在心中为其设想一座，譬如天上银河，我们不是设想了一座鹊桥，让牛郎织女每年七月初七相会吗？对于一个具体的人来说，有些桥梁，甚至就是他人生的重要关隘，翻越这道关隘，或许就是另一个天地，从此改变他的整个人生，或者说使他的人生升华到一个簇新的境界。

我欣慰着水泥拱桥的存在，同时也默许了村民对木桥的背叛。但我一时还不能从木桥情结中解脱出来，于是就想借助这篇短文，以表示对一座木桥的永久的眷念和缅想。

书生小酌

假如天空澄碧，纤云不染，你心无挂碍，闲来街边小酌想必是十分称心的。倘若是在露天下，你独自一人享有一张小桌子，那就更爽心舒畅了。

在城市的熙熙攘攘之中，你匠心独运，闹中取静，来一街边小店，要一壶小酒，点两碟小菜，一边吃，一边喝，一边观察街面的人生。个中的感悟，该是怎样一种阔绰呵。因此，从酒中获取一种趣味就是你想要的。豪饮自是怡悦，小酌也不无兴致。如果将饮酒比作析文，那么豪饮是诗歌，波涛汹涌，激情洋溢；小酌是散文，透迤千里，意蕴深长。

读书人最能耐得寂寞，读书作文一坐半天不离桌凳，心思全在书里。因此少了人长人短，是是非非，送东还西，你来我往，总之少了许多世俗的纠葛与烦恼。

一日，友人相邀，忽发奇想，道何不去美味斋酒楼坐坐。读书人袋中之物是书，不品海味，不吃山珍，来一只油炸鹧鸪鸟，加一杯暖啤如何？心想，人在孤独时也图个热闹喧嚣，虽然身不在官场，不在豪华歌舞厅，没有清规戒律，没有卿卿我我，唯有心的炽烈，于红尘而不寂寞，不亦乐乎。于是，两人便一道信步上了二楼。屋是方屋，桌是圆桌，一色的白布罩在桌上，整个房间给人简洁明快的感觉。服务员一个个长得都不高，但一个模样的空中小姐打扮，笑脸迎宾，那笑靥的酒窝有明有暗，有深有浅，但均有商界罕见的真诚，似盛着葡萄美酒，人还未曾饮酒，但已醉了三分。

与朋友靠窗临街对坐，既可观去者背影，又可看来者容貌。先来一杯热茶，只见白汽转悠，凝视片刻，如若大气，地球竟在下面转动。正恍然，忽传来一莺燕软语："先生，请。"定定神，一女子站在面前，笑吟吟，递过来一张干净手纸，温温馨馨，抹抹脸，脸上沁凉，嘴角也清爽，未曾食鸟，那香味儿已在鼻尖轻轻缭绕。

少小时，没去过大城市，不见围城是什么模样，如今来到这里，才知城里人多与乡下人不同。看那行人，城外的往城里来，城里的往城外去。来得缓缓，去得慢慢，来的衣冠楚楚，去的道貌岸然，来的西装革履，去的夹着皮包挺着凸凸小肚……看得朦胧，那街道便是打开的书页，行人便成了一行文字，使人百读不厌，仿佛进入了酒楼梦境。说笑自如，毫无顾忌，慢慢地斟酌，细细地回味，语意融融，酒意浓浓，如斯，酒不醉人心自醉。

有服务小姐轻敲房门，随着房门推开，有一股浓郁扑鼻的香味飘忽着，那鹧鸪鸟已端上桌来，鸟一人一只，不必分食，酒杯一人一个，自斟自饮，无拘无束。汉皇故里美食如云，鱼汁羊肉、华山芦荟、红烧二牛、八宝山药泥，花样繁多，不胜枚举。食城狗肉，为刘邦犒劳三军时所用；萧府羊肉，为萧何所喜食；周家鸡，为周勃府上常用；卢府牛肉，为卢绾家中常菜。但周家鸡小不如它的玲珑，萧府羊肉肥厚不如它肌体灵活，卢府牛肉粗犷不如它结实细腻。丰水大虾那是水中产物，少自然灵气，毕竟隔着一层天地。那鸟被油炸了，通体油嫩而橙黄，肉质鲜美，吃着酥脆，满口喷香，不吃而想吃，再吃而欲罢不能，被来人称之为美味一绝。《异物记》云：鹧鸪黑白成文，其鸣自呼，其志怀南，不北徂也。以此鸟下酒，大助酒兴，说古今，谈诗文，此处竟是读书人的世界。

与朋友在美味斋食鸟，关进小屋内说风道雨，谈天论地，无人干扰。亦知天有经纬，地有纵横，雨有断续，风有左右。人生之途，或枉直，或曲全，或敝新，或洼盈，……不自是，故彰；不自见，故明。乃于尘世而自立。活着，不要辛劳过度，疲惫的时候，要记得轻轻斟一杯酒，让烦躁的心灵小酌，凭栅静观，或云蒸霞蔚或天高云淡。

望见春了

春天，依旧如期而至，而每一次到来，都是永如初见；每一次抵达，都是满眸惊艳。爱情可以变淡，时光可以变老。而春天，在我们视野里，永远是第一个嫣然的微笑。

春天悄悄约会。哪只春天的鸟，首先唤醒昨夜蛰伏的心？揉了揉睡意惺忪的眼睛，便听到轻轻的敲门声。从门缝里，一股暖流漫过来，挟着酽酽的芬芳。是哪朵桃花，首先盛开在乡村的最高处？飘着纷扬的瀑布，便引来翩翩的旋舞声。从蹒跚的春光边缘，靠近一只蝴蝶，带着闪闪的光芒。推开门，打开心扉，暖暖的阳光跳了起来，跳到屋里，朗照着阴郁已久的心境。捧几掬鸟语，灌进孤寂的心屋，润泽着那枯槁了一个冬季的心田。

凛冽将尽未尽的日子，我是极之怀念原野的，而原野是不存有的了。我已被封闭在现代都市，在孤独的书屋里缩着脖子，笼着袖子，或者偶尔揭开门窗，察看寒伧的雨滴和零乱的天穹，企望捡获半点惊喜的影迹，譬如，一芽绿意，一只碟子等其他什么的。原野经久而迢遥，我也就记不清它的面孔了。也许，我是从未涉足过原野的，它的画面仅是朦胧的一片，比童年时代的物事更暗淡；但愈是模糊和黯淡，愈使人梦想和追思，悲伤和徒劳也罢，要不，日子该如何流逝呢。

原野是不可能的了，它太悠远了，而我也被锁住了脚步，我是很难跨出这些浑浑噩噩的建筑群的了。我的不甘心每每鞭策我走向被遗忘和不起眼的角落，也许，我可以将捡拾的碎片权充我的原野，或者放大它，做一幅画，以抵御心头的凛冽。

我喜欢这些鸟儿，当春天来临的时候，它们在阳光下张开翅膀，那美丽的飞翔使火焰激情跳跃，寂寞无边晦暗，世界五彩缤纷。当它们敛翅枝头时，深情凝望大地，突然向左叫了一声，左边的花立时开满了；然后向右边叫了一声，右边的草瞬间葱绿了；最后当它仰望长天，发出那声长长的嘤咛，于是，所有的人都在那一刻听到了那沉重而又熟悉的脚步……

让我从一株无名的荆棘说起吧。当我瞧见它的时候，它是一团浓得化不开的膏浆，它绿得很深很深的了，墨黑墨黑的；而它又仅是一株，显得盛大，它全身覆盖了枝条，枝条覆盖了叶片，密密麻麻地像一个鸟巢；是的，它可以隐藏一些东西，而这正是我想找寻的。它是如此的矮挤，像一个乌蓬蓬的脑袋，从地上呼呼冒出来！它这样遗留在河畔，在瓦砾、垃圾之间，与人齐高，我为之深深战栗了。我跨过了荒地，伫立在它的面前，我不敢抚摸它，我只是久久地凝望，它比周围的草本植物深了一层，比相邻的粗壮白杨更加蓬勃和茂盛；而它是忧伤的，我知道，它这一身浓绿是酸心的，它绿得那样沉、那样重是因为它难过。我感到它在呜咽，当它无法表达的时候，它就用一身膏浆来表达，而黯然神伤；这些凝固着的眼泪啊！它是专程来报告的，它是感知气候的，但它哭泣，用凝固着的眼泪，用一身涂抹不开的膏浆传递消息。它的枝条上伸出了一串串尾巴似的花穗，就像一颗一颗米粒；这些尾巴藏在叶片里面，而花穗要嫩一些，显得青一些，它是满满的一簇的呀。我是熟悉它的，再过一些日子，二十天或一个月，它就要全棵爆开了，白灿灿的，雪花一般；它颇具馨香呢，温风轻轻漾过，令它的腰肢颤抖，香艳百般的。自己还真的没有细细地品味过身边这美好的春天，也许，这也是人的通病吧，往往最美的风景就在自己的身边，而总是忽略了它的存在，在寻觅探求中奢望，等明白了，不是在秋风里沮丧，就是在冬季里寂寥。

我又该描述另一棵老杏树了。它就站在一条新建的街上，前面是一座新建成的楼宇，孤苦伶仃的；人们在建筑的时候留下了它。它平素都是光溜溜的，疏朗遒劲的枝干别扭地在街面横斜着，探入了人家的窗口，就像睡觉一样。在新崭崭的马赛克墙壁前面，怎么说它都是不妥洽的，比可怜的乞丐还要不顺眼；也许，开初砍倒它要舒服一些，保留它才更让人看出凶横狰狞。一场冬雨（也可叫春雨吧）之后，它湿漉漉、漆黑黑的树身上面，在那些旁逸斜出的枝干，我瞅见几星孤单的苞儿。我站在树下望了一会儿，我清点着盘曲嶙峋的枝干上站着的花朵，仿佛一只只惊叫着的鸟儿披着红羽毛。这是稀奇的，十三朵，我从正面看；十五朵，从侧面看却又多出了两朵。这棵黢黑的杏树不喜欢说话，它没有一张叶子，那些可怜的红羽毛的鸟儿简直飞进了人家的窗口。看见它这副窘迫的样子，我也宁可一言不发了。

在一个阳光明媚、和风温煦的上午，我溜达着走了过去；绕过一座小学校园，穿过仄仄狭狭的小桥，踩着沙子铺设的土路，我的脚步被牢牢地稳稳地粘住了。路旁五六户农家小院里，石榴、柿子、枣树、香椿、银杏等围拥成一道高高的树篱，野生生地、不加渲染地长着，疏落或兴隆着。小径穿过树下、瓜棚，抵近门户时，几条青石板被实实地垫高，在门口左右的两棵树下围拢一起，成为喝茶、乘凉、闲聊的条凳。这是两棵怎样的树木啊，纤细的枝条，若指若臂，一棵粉艳粉艳的，一棵绯红绯红的，跃过了一堵墙头，它俩袅袅婷婷在门户的两旁，是这户人家守门的美神。美神，这美神是欢笑的一季呀！“啊，桃花”“桃花开了”我的心里哭泣着，我的心儿颤抖着。我悄悄地挪动陷进泥土里的脚步，我踱到了桃花树下。就这样安闲怡然地开了，在枝头上璀璨地笑着，就像一个新生婴儿的嘴唇一样，粉粉嫩嫩，水水灵灵。这是一个梦，我从来没有见过这样别致的桃花哩；这是一个事实，我哆嗦的指尖就要触及这朵五瓣的花卉了，它的芳香将穿透我的肉体、环绕我的皮肤。它从泥土里长出，臂膀般健壮；时间在这棵树上睁开了明亮的眸子，快乐、幸福、无可比拟的喜悦和激动，美丽的话语在枝条上熠熠，在闪耀地祈福。我在树下张开双手，我要接住它，赋予绝望者的希冀，赋予贫困者的富贵。俏美的花瓣飘在我的身上，透过花朵，我看到那枝繁花的枝丫，满是渴望的果实。在夜色里，在春风中，快乐的老人坐守石板凳上，这位辛勤的伺花者，轻轻摇动的果实与他喃喃的话语相遇了，叮咚作响，像珍珠、像碎玉在水面上匆匆坠落又轻轻飘扬。我的眼眶泛溢着花朵，我是在嫉妒和羡慕这花树的主人了，这位年迈清癯的伺花者有福了；这泥土有福了；这座农家小院有福了；耳闻目睹这两棵桃花的人有福了！当四溢的花儿的芬芳和春天的阳光一起涌向故乡的时候，你会听到她们心中芳香的呼吸和呢喃的花朵。她们像火焰一样透明、简单，像花朵一样纯洁、妖娆。她们艳而不俗，清香又光彩，让你永远企望尽快回到她的身旁，被那双含泪的眼睛柔软无比地湿着；她们尤为素朴且温暖，频频无声无息地述说着家乡的方言，虽然单调枯燥却比所有美妙的形容词都扣人心弦。

上苍，你依然把一个陈年往事的碎片遗留给我，把田园的气息铺排在现代城市每一块乐意隐蔽它的空间。我就像一个往昔岁月的藏猫猫的孩子，我很高兴我的不情愿的寻找带来的好运气。尽管如此，我还是找到它了，虽然是琐屑的，仍然是那么的美好与明媚。凛冽的时间，与之抗衡的不仅仅是矢志不渝、残缺不全的愿望；不仅仅是人们心存的梦想和追溯。大地已经设定了一个序列，更普遍的意志已经萌芽、展现，首先是一片叶子，然后是一朵花儿；而人是在觉醒着的啊，他获得了这些景象，人生接纳了大地的启迪，他的勇气和信心能不得到增强，精神能不为之振奋吗？这不足以抵御内心的寒冷和加速这凛冽的灭亡吗？

在这条土路的两旁，细微的野生荠菜长长的主茎高擎着一朵朵素色的小花，就像都市广场和街头矗立着的高杆的多部华灯。在河边的蔬菜地里，翠绿的菠菜连绵成一片绿茵，漾动着碧玉般的叶子，芫荽、油菜、小白菜，绿得油乎乎光闪闪的。一大群白蝴蝶，像绿色王国的天使，婆娑起舞，在金灿灿的花丛中追逐、闪跃。一只黄色的粉蝶竟是那样的引人注目，它的裙裾镶上了一丝黑边，金晃晃就像一个亮点；黄色的粉蝶栖息在油菜黄澄澄的花骨朵上。穿过一片苹果园，紧靠着鱼塘的边缘，一位农民脱下了外套，他挥舞着壮实有力的臂膀，一锹一锹地翻垦已经潮湿的土地。阳光新鲜地、懒洋洋地撒播着，照耀着愈来愈赏心悦目的绿色，“春天啊！”“春”你听着它的发音是多么地字正腔圆掷地有声，就像泥土里蹦跳出来的生命，那婉转悠扬的音域里又多了那么一点分娩的阵痛。简而言之，春天是与一切生命联系在一起的季节。

看过刚露头的小草吗？柔柔的、嫩嫩的，吹弹可破，看着可心，用手攥握却不行，不然就会从手上流出绿色的血！可能熟识新芽吧，有些鹅黄色，像小鸟的尖嘴巴，绒绒的、暖暖的。它们远没有小鸟的嘴硬实，不能碰，一碰就掉，掉了芽的枝上就留下一处张露着的伤口，能够看见骨头，疼疼的。一切都是如此静美，美得让人魂牵梦萦，让人牵肠挂肚，每一个动作都是缓慢的，就像一个踉跄学步的孩子。然而，没有人会粗心大意，假如稍不当心，整个世界就会被它们不知不觉地占据。而发现者，就会感叹连原地返回的时间也没有了。

记忆，如深深扎根于心田深处的老根，即使懒得浇培，在未艾方兴的春天也会悄悄地抽芽展叶，那花落飘香的往事每逢春风化雨，就会绽放着馥郁的朵朵芬芳。这样美妙的良辰美景，这样蓬勃的盎然春意，积淀经年的心境也屡屡会一度一枯荣。穿越时光的纵横阡陌，梦想的田园已然花团锦簇芳菲四溢了。

五月南风起

春天是一缕微风悄悄吹过来的，那缕微风乍暖还寒、神乎其神。绵绵密密的细雨之中，麦子拔节的声音薄薄地细若游丝。然后便是五月，生命有一种新鲜而饱满的感觉，仿佛喁喁私语般倾诉，就要在这大地上长成恢宏的收获歌谣。

南来的暖洋洋的风低低地袭过田野，青草的幽香，温馨的麦香混合着成熟瓜果的甜香，在太阳的炙烤下酝酿着一种若有若无的淡淡的薰香，丝丝缕缕在风中飘漾。一声鸽哨划过原野上空，悠扬、清脆、嘹亮，追逐着风的透明翅膀。这时节，流金铄石的阳光，是涨潮的海水，一泻千里，澎湃汹涌。大片大片的麦子在艳阳下骄傲地婷立着，浑身闪烁着成熟的光芒，灿烂而迷人的金黄，像涌动着的光，燃烧着的火。丰硕的麦穗在微风中浅浅地摇曳，像一个个矜持的待嫁的新娘，温柔而端庄，典雅而沉静。

又到一年麦收时，布谷鸟的呼唤把我带回了遥远的童年。我好像听到了风中的麦浪在婆娑絮语，仿佛看到了阳光下的麦海波澜壮阔。家乡那时像祭奠般的庄重，像节日般的忙乱，像大考前的紧张，亲戚朋友们开始约定收割的日子以便互相照应。

窗户在轻轻的晨曦中透出光亮，雨已经悄悄地停了，远方飘来布谷鸟清幽的声音："阿公、阿婆，割麦、插禾。"这是用土生土长的方言，吆喝着还在酣睡的乡亲。它在用乡音的歌唱，召唤着一个混沌的季节。母亲缓缓地翻动一下身子，又沉沉睡去，她在香甜的梦里喃喃低语："该割麦子了。"

于是，在淡淡的寂寞孤独里，就着一碗能照见人影的清水，父亲开始磨镰。刿、刿、刿，刿、刿、刿，一把，两把……一共六把。父母和他们的四个孩子。那块青褐色的磨刀石咧嘴笑着，开始忙碌着打磨坚硬的日子，它磨呀磨呀，磨缺了月亮，磨圆了太阳。镰刀也开口唱歌了，从早到晚，它不知疲倦地劳顿着、收割着、歌唱着，它收获眼泪和汗水，收获忧伤和喜悦，收获略显贫瘠的幸福，也收获悠长悠长的岁月。锃蓝的时光在锋刃上游动着，夏天就在劳作的手指边守候了，恍若一大把一大把的日子，等待着颗粒归仓。"还在灌浆呢，再等两天吧！"父亲掂了掂沉沉的镰刀柄，目不转睛地说："等天再晴一些就开镰。"

天发着疯地晴着，金色的田野似乎在大地热辣辣的火焰中流淌。乡村的土路上，有刺耳的马达轰鸣声。一个邻居跑来说："往后不需要镰刀了，你们看那边，最先进的大型联合收割机。"父亲专门跑出老远，去看已被收割过的土地。那些麦子洁净、干爽，那些麦茬妥帖、平整。果然很不错。父亲问了问价钱，再掂掂手上的镰刀，回来与母亲低声商量，"还是动手吧？"

浓浓的麦香气息就不遮不掩地散发出来。密密匝匝成熟的麦子，互相摩擦着发出嗦嗦嗦的脆响。于是开镰。开镰之前，父亲撷下一枚麦穗，在手心搓了又搓，吹开麦芒，选出最大最充盈的一粒扔进嘴里，咂一咂，"咯嘣咯嘣"，再咂一咂，"咯嘣咯嘣"，于是就有了醉酒的神色，额头的皱纹也舒展开了。在父亲眼里那不是麦芒，而是金灿灿的阳光；那籽实饱满的麦粒，其实就是一个个小太阳。麦粒中蕴藉着太阳，蕴藉着太阳的光芒。于是父亲的眼里也闪着异样的光芒，父亲黝黑的脸膛被麦子的光芒照亮，沟沟壑壑，纵横毕现。

天与地的黄糅合着，连绵逶迤，一望无际。风在吹着，眼前的一切呈现排山倒海般的气势，麦儿们由风儿指挥着，由风儿引导着，在自由的音调下，一波浪又一波浪，跌宕起伏，荡气回肠，场面蔚然壮观；五颜六色的蝴蝶在麦田里翩翩起舞，它们随着节奏，一会儿低语，一会儿高飞，忙得不亦乐乎。嚓、嚓嚓、嚓嚓嚓，只听见刀麦相接的尖利声，麦子一片一片倒下。天色渐渐发白，凉爽的微风使人感到舒适，空气中夹杂着清幽的麦香和泥土的芬芳，金黄的麦浪让人心潮起伏。可当朝霞染红东天边的时候，听见催收的布谷鸟紧叫："抢收麦豆，火烧眉头"，已经没有了丝毫的闲情逸致，太阳像一盆炽热的炭火在蓝蓝的天上悬着，你只会感觉热气从脚下迅速地往上蹿，汗水顺着脸颊一个劲地往下淌，背疼得如针刺，腰酸得直不起，胳膊上手上也早已被麦芒扎出很多红印，在汗水的侵蚀下热辣辣地疼。太阳那盆悬在头顶上的炭火愈来愈烈了，汗水一绺绺从脸上身上往下小溪般地流，流在被麦芒扎刺的地方，火烧火燎般刺痛。割麦时镰刀带起的尘土飞扬，吸进了鼻孔和嘴里，连吐出的痰也是黑黑的，每个人除了牙齿是白的，全身都黑乎乎汗津津油亮亮的。邻近的几个妇女扔下手中的活计，前来帮忙。她们健壮、利索、黑红的脸膛看起来比以往任何时候都要俊美。在笑声和嬉闹的气氛中，一捆一捆的麦子很快收拢整齐，在田野上排成方阵，就像一队队士兵在整装待发呢。那时，有句谚语说："男人割麦子，女人坐月子"，足见男人收麦子时所受之累、之苦、之难，犹如女人生孩子。那时的日头真毒，晒得人口干舌燥眼冒金星；那时的地头真长，一眼望不到边，令人心慌胆怯；那时的腰身真不管用，不一会儿便困疼酸乏，筋疲力尽；那时的麦芒真扎，一下子扎到血管里面，疼痛难忍；那时的夏日真长，有了开头，却没有结尾，火炉般蒸炖烧烤。尽管如此，人们都甩着赤膊，亮着膀子，扭着腰胯，挥着镰刀，从地这头朝地那头拼命地赶。人们的每一根神经都绷紧了。夏天的旋律是紧张焦灼的。你看田间那些挥镰的农民，流着汗，弯着腰，只是想着快割，快割；麦子上场了，又想着快打，快打。他们早起晚睡亦够苦了，午夜激灵灵醒来还要听听窗口，是否刮起了大风？望望窗外，天空是否遮上了云彩？

手提、肩扛、担挑、车载。麦捆都集结着上场了。脱粒机有两种，一种叫“大老虎”，将麦子囫囵着吞进去，爽利地吐出麦粒和乱草；一种叫“小老虎”，只能用小捆的麦把在上面抽刷，麦子远远地向前洒开，留下的麦秸整齐，可以用来修补茅屋的屋脊。那些茅屋已是往昔的陈迹了。我还记得多年前用木架掼麦的情景，那是一个由结实的木头做成的粗笨的木架，有时上面还会压上一块石头。父亲和母亲，一人抓一个麦把，一左一右，在上面使劲地掼着，边干活边谈论家务，有时还面红耳赤地争吵。木架下的麦子便渐渐成堆。后来不同了，接上电以后，“大老虎”虎虎地吼着，如山的麦捆迅速地矮下来，取而代之的是麦粒堆和更大的麦秸垛。那些手持木叉的人在下风处抢着将堆积的麦草搬走，脸上全是汗渍、灰尘和笑容，显得忙乱而有序。

扬场是不再需要扬锨了，还有一只巨大的筛子。也不用等一阵风来，有新买的扬风机。父亲找来一大堆“蛇皮袋”，在筛子停下的间隙，迅速用竹畚箕将它们灌满。那辆总看着它闲置的平板车，终于派上了用场。装上几只沉甸甸的口袋后，我推着试了试，起步要稳，双手用力要均衡，遇沟坎要小心避开，走下坡路时要冷静沉着，上坡了，要紧走几步，一口气猛冲上去，不能停滞——就像做人一样。

在新屋前面的水泥地上，麦子像一块金黄色的绸缎再一次迅捷地铺展，显得宁静而舒缓。但是在进仓之前，每一粒麦子就像一个活泼的精灵，在阳光下欢呼着跳跃着，闪耀着灿烂的光芒。这是民间的光芒，辉映你内心的琐碎和黯淡，照彻你内心的平庸和忧郁。父亲长长地松了一口气，习惯地把手随意伸进口袋里。我知道他想掏烟，倏地又缩了回来。戒烟了。于是他眯起眼睛，仔细打量着我，就像审视另一粒麦子一样。这一刻，我突然意识到父亲真的苍老了。我的眼睛被揉进了强烈的光芒，开始潮湿模糊了，泪水打着旋儿变成了雨滴，洒进金灿灿的麦野。

五月的麦子成熟了，熟成一粒粒饱满的小太阳，收获是一种绝妙的体味。一个人内心的美好被饱满和充实唤醒，就像麦粒被另外的麦粒唤醒。一片又一片，当五月的麦田次第金黄，又随着布谷鸟的叫声悠然消失，日子便在这流逝中放出奇异的光彩。而人，都将老去的，只是要像麦子一样，让生活简单而纯净，让心灵最终回归温暖而朴素的家园。

农谚曰：八成熟，十成收；十成熟，二成丢。因此，父母亲都要趁着天气晴朗抢时间抢速度。赤日炎炎下，大汗淋漓，这是庄稼人最苦的时候；打麦场上，脱粒机轰鸣声震耳欲聋，好多人奔前跑后地劳碌，这是庄稼人最累的时候；院场晒席上，当看到一堆堆饱满金黄的麦粒，所有的苦和累瞬间无影无踪，这是庄稼人最喜悦和欢欣的时刻；饭桌上，当巧手的母亲，端上来白乎乎热腾腾精致美味的花卷、馒头、面条……整个农家小院里袅绕的炊烟，漫溢着馋人的麦香，这是庄稼人最幸福的时刻。

岁月就是如此循环繁复呵，一辈又一辈的人，一茬又一茬的麦，一辈辈的人把麦种进地里，眼睛就夜以继日地拼命地渴望着，萌芽、成长、扬花、灌浆。一茬茬的麦把人送进土里，悲恸的眼泪就止不住地流淌着，那泪水浇灌着泥土，潮润着空气，哺育着下一轮生命从泥土中拱出。那些从黄土地走出来的人抖擞抖擞身上的泥土，走出了乡村，走进了城市，并向四面八方走去。城市或许是个圆梦的地方，色彩缤纷的霓虹总比单调乏味的黄土更容易让人羡慕和妒忌。

成熟的麦田里，一台台大型收割机正在穿梭来往，一片片丰满的麦子，在机械的作用下收获归仓。三三两两的农人驾驶着拖拉机等运输机械，悠闲地在地头等候，谈笑自若妙语横生，收割机械的轰鸣糅合着幸福的心跳，每个人的脸上都泛溢着丰收的喜悦，融漾在布谷鸟“播谷播谷，割麦播谷”的声声吟唱里……

随手采几枚麦穗，掐去尖细的麦芒，放在手心慢慢地来回揉搓，再用嘴轻轻一吹，一颗颗闪着金光的麦粒就纷纷呈现在眼前。捡几粒填进嘴中，慢慢咀嚼、细细品味：阳光的热辣、露珠的甜美、泥土的芬芳、麦粒的幽香，悄悄沁入你的肺腑。哦，多么熟稔的滋味！在我的记忆中，家乡就是这种滋味，这是一种生生不息、根植于心田的滋味。深吸一口气，那种融合着阳光、露珠、泥土和麦粒的馨香，浸入骨髓，至今在我的脑海里魂牵梦绕，挥之不去，难以忘怀。

乡村电影

或许是山珍海味吃腻了，我竟然时时想起生长在乡村田头的芥末菜、马兰头、婆婆丁等野菜的缘故吧！最近，我好想去乡村看一场大型的露天电影，真的。

二十世纪七十年代，农民生活清苦、枯燥，那日子就像冬天的小河水，干巴巴地流淌，显得疲软和毫无生气，乡村的夜晚更是单调乏味。尤其是在寒冬，天黑以后，一家人围坐在炉火旁瑟缩着烤火取暖，个个唉声叹气地，细捻着手中七皱八褶的日子。有时还要省油，干脆把灯吹灭，好几口人就这样在炉火前，炉火的光亮映得面庞斑驳陆离。在炎夏的晚上，稍微红火些，但劳累了一天的大人们，在河里洗了澡，便搬了草席躺在树下静静纳凉，我们小孩子则在银样的月光里玩耍追逐，无聊的时候也只能早早爬上床，即使偶尔听爷爷讲神话鬼怪故事，但这些都不是我们所喜爱的，因为最让人兴奋的莫过于看露天电影了。那时，乡村夜生活实在比粮食还要稀缺，能够看到露天电影是孩子们多么欢天喜地的事情啊！

儿时在乡下，娱乐活动极少。一年半载，外地的草台班子偶然来一次，演员们穿着半旧不新的戏装，咿咿呀呀地唱个不停，听着听着，我们小孩子就没有耐心了，便你追我赶钻人缝儿藏猫猫，惹得大人们跺脚瞪眼一顿好骂。只有看电影才是我渴盼已久的事。那时候村里并不富裕，但一年八九次电影还是能包得起的。露天电影大多设在村西宽阔敞亮的麦场里，深深地挖两个坑，三根竹竿两竖一横，然后将幕布挂上就大功告成了。晚上有一场电影要看，就像一个节日，活泼、刺激、惬意、舒爽！

孩子们听着信，心里长草似的，哪里还能静下来闲得住？个个都像野马脱缰，撒开脚丫急慌慌往家飞奔。看谁跑得快，风饱饱地鼓起了汗衫，像吹足了气的青蛙。“打仗的哪——看电影喽！”那时候，放电影，不是破案的就是战争片，或者是武打的。整个村子都轰动异常，热闹起来了。很快，家家户户都升起了浓浓的炊烟。

太阳绯红的脸掉到村西的河堤那边了，快被河堤上的树林遮住了，红艳艳的晚霞，像火一样烈烈燃烧着。趁着还有些许光亮，赶紧把鸡鸭撵进鸡圈里。真是越慌越忙，越急越掉链子。撒野的公鸡偏偏与人唱对台戏。它就是不老老实实地进笼子。男孩子气急了，拿起长竹竿猛赶，女孩子也操起大扫帚狠拍。公鸡惊惶地飞起来了，“咯咯咯咯”地大嗓门叫着，一会儿钻进墙旮旯里，一会儿飞到墙头上。最小的孩子一头闯了进来，猛地一把紧紧扯住了鸡腿：“我看你跑！该死的瘟鸡！……”公鸡的大红冠子霎时变成紫色的，陡陡地立着，它在拼命地挣扎，翅膀使劲扑棱着，尖利的爪子凶狠地抓着挠着，小孩子无奈地松开手了。孩子的手出现了几道血印，孩子咬着牙捂着手。“咯咯咯咯咯——嗒——”转眼间，公鸡飞上了堂屋八仙桌……鸭子扭着肥胖的身子，排着一列长队，相对乖顺一些，像一个文明绅士，昂着头一歪一歪地进了圈。在猪圈里，饥饿的两头黑毛大肥猪正“嗷嗷”叫着，用长嘴巴狠命拱着圈门，发出“哐啷啷”山响。大女孩子正在烧锅，朝锅洞里塞了一把柴火，飞快地捡起猪食盆，窝一瓢麦麸子，兑两瓢糠，再舀一瓢烀熟的南瓜，倒上潲水稍微搅拌。“哗啦”倒进猪槽子里。两头猪用前腿扒着圈门，眼巴巴望着，仰着的头左右晃动着，还牙疼似的哼唧着。啊，路上有这么多人去看电影！在田埂边，在大路上，在水渠畔，百鸟朝凤、蜂子朝王似的。十一二岁的男孩子，有着旺盛的精力。他们不走热闹的大路，专拣僻静的地方走。草里有蛇，田坎子有陡坡。一阵阵跟打狼似的。他们全不怕，而且比赛谁跑得快。经过人家门口时，惊动了看门狗，看门狗蹦跳着，“嗡——嗡——嗡——”地追着吼叫。男孩们在前面飞跑，几条狗在后头紧撵。那个调皮捣蛋的男孩子，弯腰从地上捡起一颗石子，回头狠狠地扔了过去，不料正好击中了狗头。“汪汪汪……”狗尖厉地惨叫着，在原地转了几圈，扭头就没命地往回跑。“活该！死狗，看你还追不？……”男孩们高兴地哄笑着，一溜烟似的跑远了。年轻的姑娘们，换上了干净素朴的衣服，走路窈窕窕的，头梳得光溜溜的，眼睛四处瞅着。上次李大妈介绍的那个相貌堂堂的男朋友，不知来了没？东边村子里的“刘排场”也来了，不知能搭上话不？那个不是好姐妹的对象吗，长得银盆大脸的，直溜一条线的。两个人肯定是约好了的，看电影不过是个幌子，等着瞧，片头还没放完，人一定没了影儿……

夏夜，月朗星稀，青蛙在田野里呱呱呱地叫着。花花绿绿穿着的电影迷，早已聚集在喜事人家的家门口，他们都从家里扛来了各种样式的椅子，悠然地扇着蒲扇，女人们正忙着吆喝自己的孩子，老人则正好利用时机相聚热情寒暄几句。人头人影晃来晃去，有说有笑又热又闹。而我们这些远地来的，不可能从家里带只凳子来，只好在僻静处拣了块砖头权作板凳，或者从柴火垛拽些麦秸席地而坐。只有当醉意洋洋的放映员打开光柱时，激动的人群才慢慢安静下来，个个瞪着大眼睛盯着幕布看着，或开怀大笑，或紧张冒汗。露天电影素来没有准时的钟点，通常是天完全黑下来，天幕缀满稠密的星星，人到个八九不离十，放映机便“嗡嗡”地有条不紊地转动起来。一道耀眼的亮光闪过，喧嚷的人群顿时静如止水。没有谁出面维持秩序，可每个人都那么自觉，说话都不敢大声，甚至嗓子眼痒痒也硬憋着，竭力保持安静，目不旁视、津津有味地跟随银幕上或喜或悲的故事情节，或脸上漾着微笑，或眼里汪着泪水。一阵微风拂过麦场，胶片滑动的声音真真切切清晰可闻。只有在换片的间隙，人群中才出现骚动，已经在别村看过一遍的，便给周围的观众神吹故事的结局如何意外如何过瘾……一弯端庄娴静的月牙儿在老槐树枝丫间稳稳歇着，几只不知名的鸟儿从头顶尖叫着飞过，这是在有条有理的电影里享受不到的一种兴致。我最关心的是那台发电机，安装以后用绳子狠狠一拉，“突突突……”地响了起来，接好的电灯同时也亮了起来，这个小村庄变成了另一个世界。一个困扰了我好长时间的问题是：为什么灌进去汽油，就能发出电来？接下来，工作人员要开始调试放映机，这时，我的心愈加焦灼，一道强光倏地亮出，照着那块雪白的银幕布，有时在调试过程中偶然会把亮光照偏在旁边的大树上，逗起孩子们一片好奇的笑声，有些调皮的孩子会举起自己的小手在那道光柱里晃晃，银幕上会马上呈现那不安分的小手。胶片终于安装好了，这时嘈杂声逐渐静止了，令人振奋的音乐响起了，终于开始放电影了，不论放映什么影片我都会沉浸其中，那些战争片或者似懂非懂的乡土生活片、爱情片，让我崇拜至极的武打片，我都看得那么陶醉，那么投入，那么尽兴！

每逢邻村包电影，等我们小孩子大汗淋漓地赶到时，整个麦场早已人头攒动，挤得水泄不漏，那几棵弯弯曲曲的柳树上也超负荷地“结”满了人。没有办法，我们就会坐在银幕的后面看“倒影”，其实反面和正面仅是图像翻了个个儿，一点也不影响视觉。当深夜的寒气上来时，实在坚持不住了，我们就把双脚插进麦秸垛里，互相倒腾揉搓，那滋味儿惬意得难以言表。瞬间，人声鼎沸的热闹场面变得鸦雀无声，如果说有声音，那也仅仅是人们吃豆子、嗑瓜子的声音。齐齐刷刷地，人们的目光聚焦到眼前的银幕上。那时节放电影，先放一部短片子，譬如动画片《渔童》什么的，然后才是大片登场。记忆中有《英雄儿女》《南征北战》《党的女儿》《扑不灭的火焰》等经典影片。每一部影片都牢牢地烙在人们记忆的深处。时至今日，仍然可以在“怀旧剧场”内看到他们的影子，我仍然看了一遍又一遍，不厌其烦。电影《董存瑞》中董存瑞举起炸药包，望着战友喊出的那句响彻云霄的口号：“为了新中国，前进！”我看了数次之后，依然热泪盈眶，依然热血沸腾，这样的英雄形象早已深深根植于我的心中，并一直崇拜和敬重着。村民们对露天电影的盼望，就像在春旱里渴盼一场酣畅淋漓的春雨，感觉实乃妙趣横生妙不可言！一年之中，不管天气多么恶劣，只要有电影下乡，一定会吸引一群群村民，像赶庙会一样，涌向人山人海的电影场。酷热的仲夏之夜，人们手里拿着一把硕大的芭蕉扇，在热气尚未散尽的乡场上，贪婪地欣赏着电影的每一个情节，看到精彩的地方，甚至还会与剧情里的人物同悲同喜，人们被剧情里的故事感动着。若是遇着下雨天，人们便撑起雨伞，坚持把电影看完。在寒冷的冬夜，人们顶着厚厚的浓霜，手脚都冻得麻木颤抖了，也不忍离场。此情此景，对现在的人们来说，确乎就是天方夜谭。

对城里人来说，乡下人对一场电影的渴望是无法想象的，在一个文化生活相对瘠薄的乡村，电影还是具有很大磁性的吸引力的，那一场又一场在乡间巡回演出的电影，就像一朵朵奔腾的浪花珍藏在时间长廊里，温暖着一代又一代人闪亮的记忆。在乡村电影场里，我看了《红孩子》《鹿鸣翠谷》《闪闪的红星》等好多影片，尽管有些片名及故事情节已想不起来了，但是乡村电影给予我们的那份感动永远磨灭不掉，对于往昔生活的点点滴滴仍然记忆犹新。乡村电影也给我幼小的心灵莫大的慰藉，原来生活竟然如此五彩斑斓，世界居然如此之大！让我更早地懂得人间真善美，让我盼望自己快点长大，做一些我应该做的事。

从露天电影、电影院到家庭影院，社会物质文明一步步前进，而却把自己一点点地挤向狭窄的空间，防盗门、防盗锁虽增强了防范意识，却把人们之间的感情疏远了，拉开了心与心之间的距离。什么是社会的缺失？老祖宗这样告诉我们：缺伴，缺结伴而行，结伴而谈，伴风搭雨。真的，居城市久了，真想再看一场乡村露天电影，那种悠闲、安详、质朴、纯厚，还带点爽朗、粗犷的场面，总是使人想到当下的流行语：返璞归真，回归自然。

蓄满月光的草帽

偶尔在繁华的街头漫步，一些靓女俊男头顶草帽，惊鸿一瞥地在人流中飘浮。炎炎夏日，行走乡间，我看到许多农民头戴草帽在田野里劳作，一个个圆圆的草帽在绿野波浪间晃来晃去，独特的美丽和别致的艺术融漾呈现着。

纯朴的草帽，一如淳厚的农民。草帽的颜色，总是透着一种宁静与恬淡。头戴草帽的农民在土地上早出晚归，欢快地忙碌，变成田野上的一道风景。劳动时，他们习惯用指头扣紧帽子、眯着眼睛瞧草帽外毒辣的烈日；休憩时，他们习惯卷起帽檐扇风。汗水浸润着草帽，金黄的草帽渐渐变成灰黄，像土地的色泽。时光就这样悠悠缓缓地淌过去了。他们在土地上耕耘、播种、收获，描绘着春华秋实不同的景色。他们微笑着与庄稼、土地交流，默默无闻地度过天长地久。阳光、风雨、田垄、庄稼、汗水、镰刀、草帽……它们共同构筑了农民眼中的生命形象。

他们起早歇晚，不避雨水、露水，不让微风、狂风，从出门的那一刻起，就不会摘下头顶的草帽。他们的注意力、精气神全聚在庄稼上，从不介意一顶草帽质量的优劣，能够遮蔽阳光就行，能够挡住雨水就行。草帽，在农人手里，还有其他的效果，累了，在田埂上坐坐，草帽变成了垫子；热了，将草帽的边缘一卷，草帽变成了扇子，甚至，还将草帽当作容器，譬如，拾取已经拿不了的谷物、花生等。高档草帽就没有这些功能了，它只能高高地翕动在头顶上，让别人收了又投去敬畏与羡慕的一缕缕目光。

在乡下的家里，草帽是一个与太阳分不开的东西，农村人常用于遮挡骄阳，有时也用它遮风挡雨。家乡的草帽远近有名，亮、白、轻，人躲在下面觉得神清气爽，还能嗅到淡淡的一丝丝清新的幽香。斗笠比草帽坚固结实耐用，缺点是重量沉，长时间戴在头上不舒服，只有成年人才能顶得起，而且必须在集市上掏钱买。而草帽比起斗笠，优缺点正好翻了个，草帽戴着轻便舒适，能就地取材自编，不用花钱，大人小孩都能戴，可是在结实耐用方面还差一筹。一般来说，经常干农活的庄稼人愿意戴斗笠，因为它经久耐用，不怕刮风下雨；而那时知识青年、驻队干部、大中学生都乐意把草帽戴在头顶，主要是漂亮。咋个漂亮？洁白的草帽手工精细，在圆圆的草帽贴近头部两只耳朵处上方，镶嵌着两个或四个银色的铝制圆孔，俗称气眼，再用两根圆圆的花带子穿过去，留出适当的长度，戴着时可系紧防风，不戴时可背在身上；草帽的外部醒目地印着大红的五角星图案，周圈印着“为人民服务”“向雷锋同志学习”等流行红色字样。在那个年代，有一顶这样牵动仰慕目光的草帽戴在头上、背在身上，就是一道靓丽的风景线，那是多么神气多么自豪多么潇洒的呀，就像人们拥有一顶的确良军帽和一身草绿色军装一样！

草帽是用初夏的麦秆做成的，将长长的麦秆掐节去穗，留下麦秆的最上部分，再剥去外皮在阳光下晒干，留下洁白的麦秆，就是最好的材料。那时农村都是草房，家家户户都要摔麦秸，以备修缮漏雨的房屋，所以，编织草帽的原料无处不在，成堆成垛，就地取材，用之不竭，取之不尽。每逢麦季，都要精心挑选新麦秸，其余的麦秸用来烧饭、喂牛。接着是编织，这是关键环节。把经过处理后的麦秆加工成两指宽的草编，仿佛编大姑娘头发辫子，注意续草均匀，宽窄一致，藏匿接头自然一体，条纹密实，美观好看。假如草编藏头不自然，薄厚不均匀，外露接头多而明显，色泽不好看，就会直接影响后道工序加工美观和质量，就像缝衣时布料质量的高低直接决定着最后成型的穿着质量一样。至于编织几米的长度，视大小厚薄情况而定。最后是缝制，这是定型，更是一锤定音，技术关键之关键。缝制是用一根结实而细长的白线把草编密密实实地缝制起来，先从头顶开始，固定后一圈又一圈地重叠环绕，再每一针每一线密密地结实缝穿起来，从外到里，不能有任何裸露的针线。定型最难，头型的大小谁戴按谁的尺寸直径去缝制，边缝边试戴，不行重来。只要头型固定好了，工序就完成了大半，至于整个草帽直径的大小根据人的喜好而定，愿意戴大的，就多缝几圈，愿意戴小的，就少缝几圈，最后收尾要注意自然，逐渐过渡，一定成为圆形。最后是按气眼儿，这是草帽的眼睛；串绳带，这是草帽的翅膀。大功告成！一顶草帽就这样问世了！

小麦收获的季节，麦秆也吸饱了太阳的金黄色，工工整整地擎起一片麦穗，在风里起伏波动，让人心里生出许多怜爱。在麦子碾打脱粒之前收获麦秆，全靠一双手掐。从麦穗以下的第一处茎节轻轻掐起，然后利索地去掉麦穗，耐心地剥掉麦秆上的茎衣，一根细细匀匀光光亮亮的麦秆就迷幻着人的眼睛了。家乡人把掐麦秆唤作去麦脑，喻麦穗为小麦的脑袋，这是一个非常亲昵的称谓。

一根一根地掐麦秆，需要十分留神和耐性。如果一根根地合拢起来，就得放在清水桶里蓄养着。虽已远离田野，麦秆仍然活着，期望着在灵巧人的手里，幻化成一顶金黄的草帽，抑或一对放黑白棋子的草罐，抑或一只盛蟋蟀的笼子。在水里重新焕发活力，麦秆就会变得特别光滑柔软。心灵性慧，随手赋形，手指舞动里是能感应着柔软的韧性。

收获季节是一年当中最忙碌的时候，很自然地，小孩子的活儿就是掐麦秆。学校放了农忙假，学生们见面聊天的话题，多是谁家掐的麦秆多，谁的姐姐草帽编得好。手巧的村姑，坐在院里就着银亮的月光，三个一堆，五个一群，说着风趣话，编着草帽辫子。几根麦秆随意排列着，在手指间活泼泼跳动着，帽辫子薄薄的窄窄的，在脚下长长地盘绕着，像一垛月光堆着聚着。村姑娴熟的手指左右腾挪，有麦田的芬芳氤氲开来。然后，变戏法似的，这些散乱的帽辫子神奇地变成了一顶顶草帽。编草帽有很多方法，像人字纹、回回纹等，先编表，再编里，里外编好，接着剪成圆形，镶上辫子，缝上帽圈。做好的草帽呈漏斗状，沉甸甸凉乎乎的，比当今塑料皮编制的遮阳帽更耐用、更结实。为了美观，草帽还要用硫黄熏蒸，所以新草帽都散逸一种淡淡的硫黄味。在水一样的月色里，隐约可见一根根麦秆在编帽人怀里舞动跳跃，依旧谈笑自若妙语横生，间或往草帽上瞄一眼，像不可思议的魔术似的，一个草帽坯子转眼间便做成了。

很快，自己编制的草帽飞向了家乡每个人的头上，温柔得像花一样开放着。紧跟着，外地有幸或有缘的人，也戴上了蓄满日辉月华的草帽。在家乡，不一定都会编草帽，但编蝈蝈笼子却都是拿手好戏，只在外观上有的朴拙，有的精美。纤巧的手和粗大的手，就有了差异，手艺也比出了高低上下。

麦熟时节，遍野黄金，那一脉浓浓的麦香，让人油然而生温馨、充盈而甜美的感觉。灵敏的耳朵循着响声，一只灵性的蝈蝈正蹲伏在麦秆上，悠然自得地吟唱，屏住呼吸，轻轻地两只手合拢着，嚯，小生灵便在两手之间活蹦乱跳了。蝈蝈的长须在使劲拂动着，两只长而有力的后腿拼命挣脱着，痒痒的手心都快攥出汗水来了。

把别致浓绿的小生灵，小心翼翼装进笼子，用一团树叶紧紧堵住出口，悄悄悬在院里的石榴树枝上，或置于厨房门旁的石磙上。蝈蝈欢欣的清音里，喝着茶抽着烟，神定气闲，很解乏，也很有趣。顽皮的小孩子，喂它金黄的南瓜花，手刚靠近笼子，就寂然无声了。惊诧间，蝈蝈反复辨认仅仅只是一朵南瓜花后，才毫无顾忌地振羽轻唱。在酷暑的“烤”验里，大多数人都不爱喝啤酒。从几十米深的压井里汲上来的水，喝下去满身舒坦，满嘴清凉。只有懵懂的小孩，把麦秆当吸管玩，一头在桶里，一头在嘴里，有滋有味地吮吸着。家乡水质好，清清脆脆，余味无穷，饮着清甜，饮后无恙。现在市场销售的各种天然饮料和美酒，细思深想，又怎能比得上家乡的井水？在三四十米深处，井水不知储存了多少年，酿得比任何美酒都要甘美都要醇正。即使是小孩子嘴里噙着的麦秆，又有哪种吸管能比它更天然呢？我暗自揣测，伯父的屋檐下，他老人家随意编成的蝈蝈笼子里，那悠扬婉转的天籁之音，与往年相比也毫不逊色吧！

有时候，不必打伞，最好是顶着用麦秸编成的草帽。这种草帽虽不如竹笠那样坚固硬实，被绵绵雨水润泽后，倒显得松软柔韧。雨水扑打在上面，滴滴答答噼噼啪啪，颇似跟你低声密谈窃窃私语。其实，问与不问，看与不看，要做什么，怎么去做，农家人心里明镜似的，因为，他们最领会土地的声音，季节的声音，风雨的声音，庄稼的声音，没人能够取代或超越，以致这么多年过去了，他们仍然弓身在田野里，戴着低档草帽匆匆忙忙。在我们的草帽下，固然也有躲不过去的悲伤，更多的是捧在手心里的喜悦。你可以品味雨丝的醇美，你可以呼吸漫天的清爽，你也可以聆听绝伦的天籁。你可以踟蹰，可以驻足，感悟岁月落下来的味道，凝视祖先离我们远去的背影。

草帽，雨天遮雨、热天防晒，乍看土里土气，却是我幼时最亲密、最熟悉的“伙伴”。作为成年人，如今的我戴着草帽，绿灯行，红灯停，穿梭熙来攘往的街市。不以物喜，不以己悲。雄伟的楼宇，与白云比高。烈日下，草帽包裹着我的头颅，我的思想；也窝藏着毛叶草、狗尾草、唢呐草，还有麦秸草的内质和意蕴。老农，夕阳下那弯佝偻的脊背，帽檐下那张枯瘦的脸盘，委实经历了五千年的风吹雨打。握锄的手与怀旧的锄头，瘦下去，瘦下去……我看见他满怀深情地亲吻着泥土，古铜色的额头，耕耘出一页页乡村历史的馨香。

尽管这座城市的建筑挤瘦了天空，尽管这座城市的肌肤恣肆地风行小麦色，但麦秸草帽在我的记忆里不会沉闷不会呆板，不会只是赶路的风。日复一日，那颗熠熠的太阳，依然是徐徐升起，辉耀着这片养育故事的土地。那麦秸草帽，虽饱经沧桑，却顽强坚守着，它纹丝不动地挂在墙上，再也没有人理会它了，甚或懒得瞅它一眼，可是，至今还有人惦记着怀想着风雨中的那顶草帽，那顶麦秸草帽，这确实令人百思不得其解呀！……我只有头顶我的麦秸草帽，才能不介意五花八门的目光，才能不介意风雨有多大路途有多长以及那酷热有多么疯狂！

油匠杜

在喜鹊村的西边，靠近汩汩滔滔大沙河的，是油匠杜家。

杜家世代出油匠，杜家的人都带着厚厚的油香。

杜家的芝麻香油绯绵、奇香，色泽黄澄，踅进喜鹊村，人就踅进郁郁的油香里了。那油，郁而不腻，香味地道醇厚，美酒般地醉人。方圆百里的人都戏谑说："吃了杜家的香油，你就不知道你姓甚名谁了。"

杜家的油坊民国时就响当当地有了名气。榨油坊很简陋，一排排木架子的上面摆满从河里割下来的干草，四周墙壁是秫秸秆上糊的一层泥巴。屋内靠里边放的是铁锹、杆称和桶、盆之类的东西，外边靠路的那头是一口能放进一头大肥猪的铁锅，旁边就是榨油的一排机器。油坊是如此简陋，以至于招牌都被省略了，可生意总是出奇的好，附近的村民早在十天半月前就排队了。"货好不用大嗓门，油香不怕巷子深。"油匠杜拍着胸脯自豪地说："要什么牌子，香气才是最好的招牌！""乡下人三大苦：打铁、做酱（油）、榨香油。"榨油的艰辛远远超出人们的想象：先是用宽大的木锨，选准风力、风向，把做油的芝麻细细地扬干净，接着用铁筛缓缓地过一遍，剔除礓、尘粒，再用沾水的棉毛巾轻轻抹一遍（家乡说芝麻有个娇脾气，不能像麦子那样在水里淘洗，否则就会不出油），把它们弄得体体面面、干干净净的，最后，放到锅里用文火炒熟、炒香。不能生，也不能太焦，不然就影响香油的品质与出油率。蓝蓝的火苗慢慢舔着锅底，幽幽地闪着光，照亮了炒工乌黑的脸膛和那挥汗如雨、汗水淋漓的脊背。“谁知瓶中油，滴滴皆辛苦”，此言不虚啊！

“趁热打铁，趁热出油”，炒好的芝麻，必须立即以最快的速度装进柔韧、结实、光滑的蒲包里，清香四溢、热气腾腾，像一块放大了几十倍的超级大月饼。说时迟，那时快，它们一块块摞在了榨油机里！早在一旁等候的压榨工，一把甩掉了小棉袄，抓起油光闪闪的长长的压杆，向下用力压去。“一分力气一分工”，力气通过长长的杠杆，迅速把榨油机底部的不锈钢立柱拱了出来，连续垂直地向上顶去（现在想来，其原理与二十世纪七八十年代物理教科书上的水压机相似）。刚开始，高高在上、养尊处优的芝麻饼（包）发出“咯咯吱吱”的声音，接下来，冒出了点点星星的油光，似乎有些害羞、有些害怕，紧接着，香喷喷、清亮亮香油如同开闸的洪水，如同脱缰的骏马，如同瓢泼的油雨，前呼后拥、争先恐后地溢了出来，由断线的珍珠、玛瑙，渐渐地、缓缓地成了亮亮的细线，而后成了绵绵、潺潺的小溪（名副其实、货真价实的香溪）。

“哎——哟——喂——嗨”“砰！”

“哎——哟——喂——嗨”这是劳动号子。这“砰”字儿呢？是应和着号子的撞杆撞击油榨的声音。“哎——哟——喂——”，十分力气。撞杆分明被油匠杜举得笔直向上，长长的一道弧线划下，铁头“呼呼”生风，以千钧之力，不偏不倚地撞向楔子。“嗨”“砰”，地皮都有些震动起来，两个铁头之间明显地溅出耀眼的三两滴火星，那楔子也随之进去不易察觉的些许。三声过后，“饼子”也显得“苗条”，铁环变得密密匝匝。汉子们每砸击一下，那榨槽里的竹圈便“嘎呀呀”一阵乱响，那木楔就低矮下去几寸。打油汉子反复抡锤，他们壮实敦厚而油光闪亮的背部肌肉不停地蠕动隆起，极为强悍健美，在弥漫的热气里，大粒大粒的汗珠从他们的肩头和脖颈扑簌簌滚落，沿着背脊和屁股“啪啪”地砸下……原本“哗啦啦”的“珍珠”不知啥时变成了一道道拖着长尾巴的“溪水”，香馥馥、亮晶晶、黄灿灿，笑得更欢了，“哗啦啦”顺势而下，汇集成一条“汩汩噜噜”的河流，泻入底下的大瓦缸里面。一波又一波的大木锤，接二连三地咚咚咚砸着油槽，随之溅起缕缕的冽冽油香袅袅娜娜。秋天收了芝麻，杜家的油坊就开始咕咚咕咚没日没夜地响，喜鹊村每个路口都撒满了扑鼻的绵香。

自从油坊开了锤，油匠就咧嘴笑着，那盘毛蓬蓬的脸成了弥勒佛，满脸汗水无法掩饰内心的喜悦与自豪，脸上油津津甜滋滋地闪亮。在村里遇上我们这些毛孩子，就呵呵哈哈地笑着，从油乎乎的衣袋里变戏法般摸出几块芝麻饼，你让他松针般毛蓬蓬的络腮胡扎一下你的小脸蛋，他就奖励你一块，爽朗的口吻：“香香的，快点啃！”

那个年月，只要听到油匠杜家的油锤咕咚咕咚响，我们有事没事就往油坊跑，闻闻油香也是种享受，或者在村里疯过来疯过去地玩耍，等着遇见油匠杜。

只要油匠杜开了锤，他走路的架势似乎都变了，一二百斤的芝麻担在膀上，还远远地踩着从村西漾过来的那咕咚咕咚的油锤响，来回摇摆扭秧歌似的，把一村的人都逗得笑嘻嘻地乐。

那时，油匠杜就像腿上绑铜锣，走哪哪响，是很招惹人喜欢的。

后来，油匠杜就不再呵呵开怀爽爽地笑了，冷眉冷眼，低头耷耳。他的油坊被定为“尾巴”，不准开了。他整天就像下锅的面条，霜打的茄子，哼哼唧唧，支支吾吾。

油坊的锤不声不响了，喜鹊村遽然冷清得没滋没味儿了。在村里，偶然遇见霜着脸的油匠杜，随意给他逗一声，他就恼张飞样龇眉瞪眼叱喝一声：

“滚！”唬得我们目瞪口呆惊慌失措，“哎哟”一声赶紧鸟兽状四下逃奔了。

油匠杜脾气也变得奇怪了。常常一个人坐在油坊边的树荫下，埋着头呆若木鸡，大气不敢喘，不看头顶啁啾飞过的鸟雀，也不看舟船在大沙河里来来往往，一蹲，就是老半天，石雕泥塑般。有时，夜半三更了，他打开水闸，咕咚咕咚地放着空锤。油锤砸着空空的油槽，很空洞地响，整个村子甚至整个世界在这无聊的响声里都显得十分的空荡。

一晃好多年过去了。前些日子回老家探亲，走进喜鹊村，就被那丝丝遥远而久违的郁香醉了。侧耳谛听，隐隐约约的咕咚咕咚油锤响，凝重、沉稳，节奏分明，似远古那清脆激越的石器乐。

村里的人说，改革开放后，油匠杜家又开锤了，这么多年，油匠杜给咱村里的小学捐助了好多钱，咱村里的路也是他帮着修的。

夕阳收束了最后一缕霞光，一缕缕烟霭笼罩着乡野，四周的农家传出长声歌吟，那是女人在唤鸡鸭回笼。吃过晚饭，一家人正坐在院子里闲聊，“吱呀”一声大门被推开了。一个老人提着个纸箱走进来，嗬，竟是油匠杜。进了门，他朗声大笑说：“俺来看看你，听说你回来了。”

纸箱里整整齐齐，排列着一瓶一瓶的香油。

油匠杜说，他的油坊开锤又有好多年了，也扩大了好几倍，全部换成电动的了，雇了镇上七八十个精壮汉子，近年来又特意吸收了二十来个返乡农民工，与县里的印刷厂和玻璃厂又订了长期供应纸箱和瓶子的合同，还去工商局立了个商标，他的香油不仅畅销周边地区，还漂洋过海卖到了国外。镇政府派来了好多拨人，正牵线搭桥，准备让油匠杜和外商办合资企业呢。“叫洋人也尝尝。”油匠杜呵呵笑着，气定神闲地说。

油匠杜好说歹说，执意送给我一箱香油，说，在城里你有五朋六友，往往来来的，就算给你杜叔这东西做宣传吧。杜叔我不给你掏宣传费，这箱油就顶了。

说罢，他爽爽地走了，脸上笑意粲然。

静谧的夜，一轮上弦月挂在中天，高高地闲闲地，月朗星稀，银辉满地，一家人都“呼噜呼噜”睡熟了，我却辗转反侧，怎么也睡不着。静静地听着村尽头大沙河潺潺地流，听那村尽头不眠的“咕咚咕咚”砸油声。

梦幻而至真，遥远而亲切。哦，一支多么美妙的田园新歌！

中国结

一阵轻柔的微风悠然拂过，让人感到一丝疲倦，我漫不经心地抬头望望，那优美精致、色泽红艳的中国结便摇曳在我眼前，浮跃在我心坎。我走过去，捧起它仔细地看了又看。好长时间没见到它了，它身上也积淀了很多灰尘，我用手轻轻地搓揉拍打，它便又恢复了往日的熠熠光彩——

岁月倥偬，天长日久，终于，有些词语已经褪色，有些事物已经淡忘。但是沿着来路回溯，触摸到的还是这些“结”……，让你的手停歇一下，每一个心结都藏着一个往昔的痕迹，而解开它们的密码或许早已迷失。就让这些绳结幽雅地横陈在那里吧，这样，再漫长的一生，蓦然回首，看到的也只是一连串密密麻麻的结。说到“中国结”，这是一件很不起眼的打结艺术。这种编织在我国农村地区十分流行，我们称它为“套扣”，这也是一种精美的民间工艺。我记得多是大姑娘小媳妇嗜好探究这门手艺，我在上中学时，班里的女生也不知受哪里的熏陶感染，个个连走着路都在低头学这行。在那个时候，她们心灵手巧，能扎出各种不同的图案来。我记忆中这些结扣的式样有“盘香结”“如意结”“万字圆”“狮子头”“龙抬头”等，结扣的手法有“步步紧”“二道扣”“环环套”等，各有千秋，不拘一格。这种工艺品在民间很有收藏价值，或许这应当是中国民间的特产，称之为“中国结”这是名副其实、当之无愧的。

每一个中国结均为纯手工编织，祝福虽然悄无声息，却有着滚烫的温度。丝丝红线，环环相扣，处处合拍，编织着中国结。中国结，那是中国“礼仪之邦”的道德秉承，那是龙之传人的智慧标志。典雅，超逸，中国的奥妙神秘。毋庸讳言，至于中国结，我是先爱斯名再爱斯物的。乍闻“中国结”，须臾间我就满心钟爱上她了。发音急切，却有着韶乐的余味；字数简捷，却有着唐诗的韵律。此外，她还是一个格外热忱的称呼呢。

从银装素裹的北国森林，到风光旖旎的南海泉河，你每一个扣都密集着炎黄子孙的龙筋脉络，你每一个结都紧连着华夏儿女的碧血丹心。你因中国人与时俱进的旋律而猛醒，你因新时代改革开放的思维而精湛。流光溢彩的扣，波光潋滟的结，款款倒映历史影像的血液，湍流着五千年文明斑斓色彩的壮观，海涵着论语、诗经和史记灯火的闪烁。热热烈烈的同心圆啊，红红火火的中国结，你是一个点，喷发出繁盛的渴盼，召唤着团聚的爱恋。你是一根线，紧紧凝集着世界华人的祈望，密密牵引着两岸同胞的目光。是你记载了千年中国的铮骨，百年中国的涅槃。悠悠华夏史，千千中国结，一根红线灵动，地一层，天一层，上下飞跃，豁然开朗，弥漫煜煜古韵，穿梭盘虬卧龙五千载。

中国结源远流长，肇始于远古，兴起于唐宋，盛行于明清。史书记载：“上古结绳而治，后世圣人易之以书契。”在唐代的铜镜图案中，绘有口衔绳结的飞鸟，寄寓着永结天作之合。在几千年的岁月里，绳早已不再是记事的实用工具，它从绳结技艺衍变为当今精巧雅致的艺术品。绳结在中国古代生活中被广泛使用。最初的衣服没有今天的拉链、纽扣等，系衣服多依靠衣带打结之法。中国人素来都有佩戴饰物的习俗，将饰物穿绳打结系在服装上。古人有把印鉴佩带在身上的习惯，因此传承下来的汉印都带有印纽。而古代铜镜背面中央都铸有镜纽，能够系绳以便于手持。古人喜爱用锦带编成连环回文式的结来表白爱慕的真情，并堂而皇之美其名曰：“同心结。”

有史以来，所有美好的事物都有一个诗意的名称，譬如：翡翠、琵琶、碧螺春，诸如此类，美妙纷纭。中国结也是这样。她同中国书法、中国二胡、中国茶叶一样，有着黑眼睛的血型，有着黄皮肤的姓氏。它总以那俏丽、优雅的造型和它那独特的魅力在人们的视野里活泼灵动，牵扯着人们的魂魄，汇聚着人们的心智。最令人惊奇的是，这独具匠心的艺术精品是由一根根丝线盘绕而成的。因为中华儿女同舟共济一条心！未见中国结的外表，我猜测她是华表状、蟠龙形；她还应当是红颜色的，这是中国的神采，一个民族的繁荣色彩；她是棉线抑或缫丝做成的，其上辅以珠宝、玛瑙什么的，还能化身风的乐器，仿若风铃，情悠悠、脆生生地与你叙着家常。有一天，当乡愁氤氲成一杯浓稠的酒时，这渲染着我们民族印迹的“中国结”大概能够让人的心田火热活络起来，因为这贯穿着中国人情感，链接着中国人心灵的结扣，千百年来锁定的是只属于中国人的眷念。

然后我遇到她了，一副娇俏、乖巧的神态。尽管揣测与本身还有些误差，但分毫没有更改我对她最初的厚爱。她静静地躺在我的右手上，恰如其分地说，她仅是一种手工编织物。她的顶部是由绳子做成的容易悬挂的圆拱，似亲切的上弦月微笑着，又似埙的嘴巴细细吐着清音；中部累积着的是那些老式衣襟上琵琶形状的布纽扣，两侧分别向外凸着扩张开来，酷似喜庆节日唢呐手鼓鼓的腮帮；下部是颀长的缀丝，像飘摇的灯笼垂穗，又像纷披的马尾辫。仔细端详，确乎是一个古朴雅致灯笼的样板。标致、古色的容貌，五脏六腑向外泛溢的是五千年的清馨。我手上的她是惹眼的红色，但她和她的姐妹不执拗于一款，不沿袭于一色，大自然有多少种类的鲜花，就有多少种类霓裳羽衣的她们，在商店，在街头，在家中，一束束的，一团团的，娴静而明朗地装点着我们平淡而甘美的生活。你瞧，在喜气盈盈的新婚洞房内，在热火朝天的舞台上，在琳琅满目的商场橱窗里，在机关单位的大门口，在老百姓的客厅中，以至在姑娘们的脖子上，在孩子们的胸前，那红艳、秀美、端庄的图案和富有丝绸质感的款式，中国结以它特有的风姿蓬勃在人们的笑容里，点缀着生活的怡悦。

中国结的编制颇为简单，仅仅只需一根线，在中国姑娘灵巧的手里，上下左右缠缠绕绕，仅仅几分钟，一条红绳就成了一个中国结。在中国结上，可以留一些晃晃悠悠的小穗穗，挂一些叮叮当当的铜钱，这样一来，中国结愈加显得绘声绘色惟妙惟肖了。醒目的火红象征着中国人民灼热的心，鲜亮的金黄代表着秋天丰硕的收获。中国结可以有很多种风格，中间是浑圆的，或者是菱形的，镶有毛主席等人的肖像，时刻激励我们要奋发进取。在日常生活里，中国结形影不离无处不在，汽车里，钥匙串上，自行车把上，同学们的书包上……中国结虽然简朴，但挂在哪里都显得雄健、英武。她真真切切是一朵奇葩呀！我在心里暗暗惊叹着。凝视着她，你会遐想到宫商徵羽中一枚衍着长音翔舞的乐符，遐想到嫘祖的聪敏而又轻捷的手指，遐想到仓颉缔造的又一个神奇的繁体汉字……

是的，我的海外亲戚朋友这样说，很多外国人，就像撷之一叶而倾慕巨木、舀之一勺而神往大海一样，他们将中国结视为华夏文明独树一帜的浓缩精华，宝贝似的带回自己的国度，让她与萨克斯的韵律，香槟水的芬芳，与光彩照人的钻戒……一起，构成一个富丽堂皇的物质精神世界。

传统的东西不应该害怕时光的推敲。或许现代人喝多了咖啡就觉得平淡无奇，或许忙碌久了就冀望有积淀和蕴蓄。大约在二十世纪九十年代初，现代人被一种怀旧的思想所萦绕，开始探寻传统文化。顺理成章，中华结艺被发掘出来了。然而，现代结艺并不是对传统文化的单纯延续，而是更多地揉进了现代意识的巧思。我的一位旅居北京的文友还告知我，他的早年擅长刺绣的房东大妈，最近几年一直心醉神迷孜孜不辍地编制中国结。大妈说：当今，咱们中国的喜事一个接着一个，每当国家新添一件大喜事，我就做一个一尺长的中国结，来庆贺咱们国家的巨大喜悦。

中国结，象征着福祉，代表着吉庆，预兆着长寿，讴歌着生命，烘托着欢畅，燃烧着热诚，隐喻着聪慧，呼唤着泰平……以结记事，这是一种分外熟稔的表达方式！我联想起先祖的以绳结事，而后以结作币的事来，这是遥相呼应的“中国情结”。虽世代相承，然此结非彼结。我们深知：古老的绳结不仅浸透了鲜血、汗水和眼泪，还有一些预兆着难分难解的纠葛和怅恨。而今朝的中国结，她是新世纪馈赠给中华民族的一份礼物，她是咱们中国人引以为豪、引以为荣的现代图腾！中国结之所以大受欢迎，是因为每一个中华儿女都知道他们是这条绳子的一部分！他们必须紧紧地缠绕在一起，相依相偎，不离不弃！

星移斗转，数千年弹指一挥间，人类的记忆方式已然承受了绳与甲骨、笔与纸张、铅与火焰、光与电流的磨砺与考验。当下，在笔记本电脑的方寸之间，轻触键盘，上下五千年的历史就能够尽展眼前。这条小小的彩色绳索早已不是人们记忆的工具，但当它被绑在各种绳结上时，却又再生了一个个悠久而璀璨的传说。

中国情，中国结，或标记着幸福，或呼唤着友谊，或隐喻着爱情，或赞美着生命。“祖国”这个词语早已深深扎根于我的心中。我最终找到了它！我发现，原来每个人的内心深处都有一份对祖国的深情厚爱，只是表现不同而已。

我瞩目那散逸着传统文化芳馨的中国结，好像品味到了中华民族的古老深邃和神秘灵隽。它的千变万化，它的古香古色，让我憧憬，让我景仰……又一阵清风微微拂过，沁透心脾。我想，其实祖国就像一条源源不绝的中国结，将华夏儿女兄弟姐妹的心密密实实地连在一起。

我爱你，中国结！